M. S. FAYES

tapete

VERMELHO

1ª Edição

2018

Direção Editorial: Roberta Teixeira
Revisão: Natalie Gerhardt
Arte de Capa: Dri KK Design
Diagramação: Carol Dias
Ícones de diagramação: Pixel Perfect e Smashicons/Flaticon

Copyright © M. S. Fayes, 2018
Copyright © The Gift Box, 2018
Todos os direitos reservados.
Nenhuma parte do conteúdo desse livro poderá ser reproduzida em qualquer meio ou forma – impresso, digital, áudio ou visual – sem a expressa autorização da editora sob penas criminais e ações civis.
Esta é uma obra de ficção. Nomes, personagens, lugares e acontecimentos descritos são produtos da imaginação da autora. Qualquer semelhança com nomes, datas ou acontecimentos reais é mera coincidência.

Este livro segue as regras da Nova Ortografia da Língua Portuguesa.

CIP-BRASIL. CATALOGAÇÃO NA PUBLICAÇÃO
SINDICATO NACIONAL DOS EDITORES DE LIVROS, RJ
Vanessa Mafra Xavier Salgado - Bibliotecária - CRB-7/6644

F291t

Fayes, M. S.
  Tapete vermelho / M. S. Fayes. - 1. ed. - Rio de Janeiro : The Gift Box, 2018.
  270 p. ; 23 cm.

  ISBN 978-85-52923-26-8

  1. Romance brasileiro. I. Título.

18-53395
                    CDD: 869.3
                    CDU: 82-31(81)

Capítulo 1

MARINA

Aeroporto de Los Angeles, 7:34 da manhã. Era inacreditável como a multidão realmente abafava o lugar. Aquela não era minha primeira viagem internacional, mas, sem dúvida, era a mais marcante pois eu estava viajando sozinha. Absolutamente sozinha. É claro que, como a Lei de Murphy se aplicava a tudo na minha vida, minha mala estava perdida no além daquele lugar enorme e lotado. Pior que isso, a mala ficara retida depois de ser confundida com a bagagem de alguém-não-sei-de-onde tremendamente suspeito. Depois de um milhão de desculpas pedidas pelas autoridades do aeroporto, eles enfim me colocaram na sala VIP, já que, por incrível que pareça, a bendita mala havia pego uma conexão para Houston. Paciência. A aventura já começava dali.

Nada como um maravilhoso curso de inglês no exterior... Ninguém prepara você para a dura realidade da coisa em si. Cursos de idioma no seu respectivo país ensinam o básico, básico mesmo. Quando se depara com os diversos sotaques em solo estrangeiro, é constrangedor: você se sente um alienígena descoordenado em meio a uma terra de ninguém. É como fazer uma análise de si mesmo no seu país – no meu caso, o Brasil – quando você viaja para outro estado. Se as diferentes regiões têm seus diferentes sotaques numa mesma língua, então por que eu acharia que seria diferente em outro país?

No auge dos meus 19 anos, lá estava eu, encarando um desafio gritante: aprimorar meu inglês para me preparar para uma possível pós-graduação vindoura. Eu estava de férias da faculdade de jornalismo e atravessava um momento delicado na vida pessoal também. Havia acabado de encerrar um relacionamento de dois anos com um namorado extremamente possessivo, e nada como o apoio da família para encerrar o episódio com milhares de quilômetros de distância. Opa! Agora eu tinha que aprender a converter para milhas... Engraçado como a família te apoia rápido nesses casos.

Parecia até que não sentiriam minha falta nos próximos três meses em que eu estaria fora.

Então, como uma boa turista, lá estava eu, me retorcendo de dor nos pés por ter ficado mais de doze horas com um sapato apertado. Fui dar ouvidos à minha mãe e acabei com um belíssimo par de pés inchados, sentindo uma falta terrível do meu par de Havaianas que se encontrava na maldita mala. É claro que eu não iria comprar um novo par no *free shop* do aeroporto, pois ninguém merece pagar o absurdo que eles cobram. Ainda por cima, as minhas eram mais bonitinhas e da última coleção.

Enfim, me arrastei pela sala VIP o máximo que pude sem mancar, com sono, cansada e com minha mochila um tanto quanto pesada nas costas. Comprei uma revista de fofocas das celebridades e, é claro, fingi que estava entendendo absolutamente tudo.

A sala não estava cheia, talvez houvesse umas três pessoas e, entre elas, um rapaz sentado quieto com seu *laptop*, usando um moletom com o capuz na cabeça. Achei engraçado o fato de ele estar de óculos escuros dentro da sala. De vez em quando, ele trocava umas palavras com um sujeito gigantesco de terno que se encontrava sentado na cadeira atrás dele. Uma senhora também estava na sala lendo um jornal e conversando freneticamente em dois celulares ao mesmo tempo, se é que isso é possível.

Saquei meu iPod e me encaminhei para me instalar no canto da sala. Consegui esbarrar no pé do rapaz de capuz, que mico!

— Descul... *sorry*... — *Ops*, esqueci que estava em solo estrangeiro.

Percebi certa agitação vinda do grandalhão e o rapaz levantou o rosto para me olhar. Claro que eu corei, sem graça, mas não entendi a atitude do gigante, que mais parecia um jogador de futebol americano. Estranhíssima atitude. O rapaz murmurou alguma coisa para ele e o sujeito abaixou a cabeça.

Eu me sentei calmamente no meu cantinho, folheei a revista sem dar atenção às páginas, cantarolei baixinho a música que estava ouvindo, quando, de repente, percebi que alguém se sentou ao meu lado. Aquilo meio que me irritou porque a sala não era gigante, mas também não era pequena, então deveria ter umas dezenas de outras cadeiras ali. Será que o assento do meu lado era muito mais legal? Será que eu não poderia gemer de dor nos pés sem ter alguém como plateia?

— Oi — disse uma voz aveludada em um inglês *bem* inglês.

Eu me virei calmamente para o lado e percebi que era o rapaz "encapuzado" e de óculos.

— Oi — respondi no mesmo tom, mas sem delongas, para que ele não percebesse meu inglês útil, porém sofrível. Voltei a atenção para a revista e percebi um certo tom de surpresa no meu recém-adquirido companheiro de cadeira.

— Desculpe por incomodar, mas você poderia me ajudar? — perguntou o rapaz.

Putz!, pensei, o que eu poderia fazer para ajudar alguém naquele lugar que não me pertencia? Tirei os fones do ouvido e olhei atentamente para ele. Funguei rapidamente para pensar em inglês o que eu poderia responder.

— Desculpe, eu não falo muito bem inglês, sabe? Pra você deve parecer até meio cômico, tipo "eu, Jane, você, Tarzan"— comecei, gesticulando de maneira nervosa. — Se é que me entende. No que eu poderia ajudar? Talvez eu não seja a pessoa adequada...

Naquele exato momento, ele tirou os óculos e lá estava um belíssimo par de olhos verdes-azulados de tirar o fôlego de qualquer garota. Olhei bem e achei seu rosto familiar de certa forma. Não sei de onde, sendo que eu estava ali havia poucas horas e não conhecia ninguém gringo o suficiente que se assemelhasse a alguém tão bem apessoado como ele. Então não entendia o porquê da sensação de conhecer o cara de algum lugar.

— Eu sei que é bem clichê o que vou...

— Desculpe, você poderia repetir? — Ai, que mico! Eu sempre me imaginei falando isso numa loja, mas nunca com um cara tão desconcertantemente bonito como o que estava na minha frente. Estava difícil me concentrar, o cara era de tirar o fôlego. — Vou me concentrar, mas eu

tapete VERMELHO

realmente não acho que possa ajudar, ainda mais se eu não entender exatamente o que você quer... — Ri de mim mesma e pelo jeito ele achou graça também, porque deu uma risada compreensiva.

— Tudo bem, meu nome é James Bradley, mas você pode me chamar de Jim.

Nesse exato momento senti meus olhos se arregalarem e compreendi de onde conhecia o cara.

— James Bradley, o ator do filme "Segredos de Marvely Island"? — perguntei, mesmo já sabendo a resposta. Tentei não parecer impressionada, mas o cara era conhecido da galera, especialmente da ala feminina. Ele era uma espécie de Tom Cruise da atualidade. Tentei catar na mente as informações que já tinha lido sobre ele em revistas, mas concluí que, mesmo que eu fizesse parte da ala feminina que delirava por ele nas telas de cinema, eu não era uma tiete e também não queria me parecer como uma. Então recuperei meu autocontrole e esperei.

— É, parece que sim. Mas você não teria me reconhecido se eu não tivesse me identificado, não é?

— Não. Desculpe. Sou totalmente desligada. Mas já vi filmes seus, claro. Na verdade, eu até estava me perguntando se conhecia você de algum lugar... — admiti, meio envergonhada. — Hum, entendi agora.

— O quê? — perguntou ele, desconcertado.

— A gritaria que estou ouvindo desde às cinco da manhã... — Senti que ele ficou sem graça e deu um sorriso torto. Tentei quebrar o gelo: — Puxa, e eu pensando que era pra mim. — Eu sei, a piada foi infame, mas funcionou, porque ele deu uma gargalhada que fez a senhora concentrada no jornal levantar os olhos e o grandalhão olhar feio pra mim. Então tive um *superinsight*, porque saquei que o sujeito gigantesco nada mais era do que o segurança do rapaz.

— Eu me apresentei, mas você não — disse ele.

— Ah, sim. Marina.

— Marina de onde? — perguntou.

— Brasil. Terra selvagem, essas coisas — tentei brincar para disfarçar meu constrangimento.

— Ah, então está explicado.

— O quê? — perguntei, curiosa e meio apreensiva. O que poderia estar explicado assim tão rapidamente? Claro que isso eu não verbalizei porque era uma frase muito longa e requeria um pensamento mais intenso para articulá-la da forma correta em inglês.

— Dizem que as mulheres brasileiras são conhecidas por sua beleza — declarou ele.

Corei até a raiz dos cabelos.

— Dizem? Honestamente, não sei, ainda não vi as mulheres daqui. — Tentei escapar do constrangimento brincando. Mas o que estava acontecendo comigo? Será que me atacaria uma verborragia naquele exato momento? — Mas você disse que queria minha ajuda? Está tentando aprender português? — perguntei, curiosa. — Provavelmente é só o que posso oferecer...

— Na verdade, é um pouco mais complexo que isso, mas também é simples.

— Hum?

— Você me acompanharia para fora desta sala? Tipo, como se fosse uma amiga? — sondou ele, falando devagar.

— Como? Acho que não entendi... — E eu não tinha entendido mesmo.

— Olha só. Estou criando coragem para enfrentar as fãs enlouquecidas lá fora e provavelmente a multidão de fotógrafos. E estou tentando escapar de uma onda de boatos relacionados ao meu nome, então pensei se você não poderia me ajudar a jogar um balde de água fria na mídia — perguntou ele pausadamente e na expectativa que eu entendesse.

— Deixe-me ver se entendi direito: você não quer ir aos leões sozinhos, é isso? — perguntei de pronto.

— Se você quiser entender assim... — respondeu ele, meio desanimado.

— Você está com medo de um monte de garotinhas histéricas no meio do aeroporto? E aquele ali não seria seu segurança? Olha o tamanho dele! — Tentei brincar.

— A situação é mais chata do que você imagina. As revistas de fofoca espalharam por aí que eu estava em uma clínica de reabilitação, então, chegar acompanhado por alguém vai fazer com que eles fiquem sem fala, entende? — argumentou ele. — Eu sei que não é muito justo porque vou meter você na história, mas quando a gente se separar, eles não vão achá-la, certo? Não precisam nem saber seu nome.

tapete VERMELHO

9

— Hum, desse jeito parece tão fácil como andar de bicicleta. Basta eu atravessar o saguão ao seu lado? E você estava ou não? — perguntei, tomada pela curiosidade.

— Estava onde? — perguntou ele rapidamente.

— Numa clínica de reabilitação? Não que seja da minha conta, mas você não parece estar saindo de uma, se me permite dizer...

— Valeu. Na verdade eu estava filmando, mas fofoca vende mais... Então, você estaria disposta a me ajudar?

Pensei realmente naquela proposta. De indecorosa não tinha nada, mas tinha que ser pensada. Eu não era uma garotinha de 16 anos que gritava e ansiava pelo ídolo, por mais gato que ele fosse. Também tinha que pesar os prós e os contras. Será que me abalaria o que as revistas de fofoca espalhassem ao meu respeito? Por mais que fosse uma caminhada rápida, eu já podia ver as manchetes: Ídolo do momento com uma morena misteriosa no aeroporto de L.A. Ai... será?

Eu não era fisicamente o que se poderia chamar de beldade. Eu era bonita, mas com um biotipo exótico para os padrões brasileiros: morena, pele dourada, cabelos compridos, lisos e escuros, olhos amendoados cor de avelã, e o corpo de uma boa brasileira, o que para bom entendedor já basta. Na verdade, na categoria beleza, as pessoas não conseguiam me definir como pertencente a lugar nenhum. Eu sempre havia sido classificada como uma beleza diferente do comum, exótica. Honestamente, as pessoas pareciam ficar incomodadas com minha beleza estranha. Elas diziam que se sentiam desconcertadas ao tentar entender o que me tornava tão diferente das minhas irmãs. Então eu me sentia desconcertada também por me achar bonita de alguma forma. Não que eu me achasse feia, mas eu me classificava como um tipo bem comum, assim não ficava grilada quando estava sendo observada.

Pensei mais ainda. Eu nunca imaginaria conhecer um astro de cinema. Nunca. Nem nos meus devaneios juvenis. Essas coisas simplesmente aconteciam com outras pessoas ou em algum filme hollywoodiano, não na realidade. E se aparecesse em alguma revista no Brasil? *Ah! Pare com isso!*, gritei para mim mesma. Fui para aquela viagem disposta a sair do período angustiante em que vivia. Nada mais justo do que já ir coletando as histórias para contar depois. Valeria boas risadas, talvez.

— Tá bom, eu vou com você. *Ops...*

— O que foi? — perguntou ele, ansioso, imaginando que eu mudaria de ideia.

— Eu não posso sair daqui. Minha mala pegou uma conexão sei lá quando para Houston e, sabe como é, estou na espera de que ela resolva voltar ao lugar a que pertence, é só por isso que estou na sala VIP: foi uma forma que encontraram de se desculpar comigo... — expliquei, no meu inglês atropelado, a situação.

— Isso eu posso resolver. É só me acompanhar até o hotel e esperar lá. Depois eu levo você ao seu destino e peço alguém para apanhar sua bagagem. Se você não se incomodar, claro.

— Hum, não vai ser trabalhoso?

— Não. Você está me fazendo um favor, certo? Então, uma mão lava a outra. E pode confiar em mim, prometo não ter segundas intenções... — riu ele descaradamente.

— Ufa. Ainda bem que você me avisou! Acabei de me lembrar que não trouxe meu spray de pimenta — respondi, brincando.

Acertados os detalhes da saída estratégica com o segurança gigantesco, que se apresentou como Carl, saquei os óculos escuros da mochila, soltei o cabelo para dar um ar diferente do meu habitual coque frouxo, coloquei um chiclete na boca para passar um ar de descontração e... Bateu a insegurança.

— Você tem certeza mesmo disso? Quero dizer, você vai ter que lidar com um monte de perguntas sobre quem sou eu e será que isso não vai deixar você constrangido?

— Como assim? — indagou ele.

— Sei lá. Você só anda com beldades, atrizes etc. Eu sou o oposto disso. Nem perfil pra ser sua amiga eu tenho.

— Como assim? — repetiu a pergunta de uma maneira um pouco mais histérica.

— Ah, não consigo explicar... eu sou só uma brasileira comum que você pegou no meio do aeroporto. Opa, não caiu bem essa explicação! — Nessa hora ele já estava rindo alto.

— Garota, você vai incendiar os noticiários! Você não se enxerga muito bem, não é?

tapete VERMELHO

— Hum, tenho problema de vista. Então tá, você é quem sabe — respondi categoricamente, meio grilada porque ele ainda estava rindo e era um saco tentar decifrar em outro idioma o sentido das palavras. Dei de ombros e resolvi deixar pra lá.

Saí para minha missão humanitária de ajudar ao próximo... quem eu tentava enganar? Estava sendo emocionante. O cara era literalmente lindo. De repente, me senti uma tiete, e, quando eu estava me preparando mentalmente, Carl, o gigante, pegou minha mochila para que Jim Bradley pudesse colocar o braço em meus ombros. Acho que eu não estava preparada para a onda de eletricidade que me percorreu. Calma, devia ter alguma coisa a ver com o fato de ser algo completamente inimaginável e fora dos meus padrões. Eu me obriguei a respirar.

— Tape os ouvidos, garota. Se quiser sorrir, fique à vontade... — ele disse enquanto as portas automáticas se abriam. E, pior, sussurrou no meu ouvido. Outra onda de eletricidade passou por mim, eriçando meus cabelos.

JAMES BRADLEY

Eu já estava esgotado da viagem e do tempo da espera. Estar "refém" da decisão se eu devia ou não sair logo da sala *Vip* e encarar a multidão no saguão era um saco. O brinde de ar fresco veio com a jovem misteriosa que, muito prontamente, aceitou, sem pestanejar, me ajudar no plano mirabolante que surgiu na minha mente.

Minha mãe sempre disse que eu era um bom julgador de caráter. Eu podia dizer que a garota era ingênua e não tinha intenções escusas por trás. Ela mal havia me reconhecido. Não parecia afetada pela minha fama, riqueza ou o fato de eu estar sob a atenção da mídia.

Já tive o desprazer de me deparar com mulheres que só tinham uma coisa em suas mentes ao se aproximarem de mim: receber algo em troca.

A garota em questão não exalava aquela vibração de mulher sedutora, que faria de tudo para usar de suas artimanhas para conquistar um momento de fama.

Eu estava me sentindo nas nuvens. Pela primeira vez em muito tempo, eu podia tentar conversar verdadeiramente com uma mulher que não tivesse se aproximado de mim com segundas intenções. Minha vida era fastidiosa assim. Atrizes aspirantes ao sucesso me buscavam incansavelmente em busca de possíveis trabalhos ou contatos. Modelos famosas se penduravam em meu braço, ou tentando se manter no topo, ou tentando alcançar a luz dos holofotes e despertar a atenção para si mesmas.

Ali estava uma garota linda, jovial, dentro do público-alvo de fãs que me conheciam e que, aparentemente, não mostrara conhecimento da minha identidade sem que eu a revelasse.

Porra... há tempos não me sentia tão vivo em uma simples conversa. Poucos diálogos, poucas frases, mas eram tantas as sensações que eu sentia ali naquele momento. Era inexplicável. Piegas até, se alguém quisesse classificar.

De todas as maneiras, ela ferveria as manchetes porque era linda. As brasileiras eram conhecidas como as mulheres mais belas do planeta. Elas apresentavam um sex appeal evidente e detectado a milhas de distância. Eu não saberia explicar, mas a beleza tão exótica dela me fazia suspirar quase audivelmente. Já tive contato com mulheres consideradas ícones da beleza no mundo *fashion*, tive relacionamentos românticos com as mais belas divas do cinema, mas nenhuma delas me despertara tão rapidamente, e sem precedentes, como a garota simples que estava diante de mim.

Sua tez morena dourada lembrava o sol. E seus cabelos azeviches eram quase azulados de tão negros. *Okay*... eu estava definitivamente piegas e poético. Mas ela realmente conseguira atrair minha atenção e meu foco estava todo voltado para ela.

Pude ver dúvidas surgirem naqueles olhos profundos. Embora com um leve ar de cansaço, ela não deixava de exalar a beleza agressiva que tinha. Era isso. A beleza dela era ostensiva, se eu pudesse escolher apenas uma palavra. Chegava sem avisar. Conquistava sem pelejas. Ela simplesmente *Era*. Era *a* garota. Diferente.

Sequer permiti que meus olhos percorressem seu corpo para evitar

tapete VERMELHO

13

constrangimentos para nós dois. Eu possivelmente não responderia pelos atos do meu corpo diante de um olhar mais demorado. Porém, era óbvio que ela levava na bagagem a herança dos genes brasileiros.

Eu realmente esperava que o plano em ação desse certo e não me colocasse em maus lençóis. Nem a mim, nem a garota que tão inocentemente resolveu ceder uma parcela de seu tempo para me ajudar. Daí, eu, como um cavalheiro, faria de tudo para tornar aqueles poucos momentos em que estaríamos um ao lado do outro, ao menos, memoráveis.

Meu coração estava disparado. Há tempos eu não sabia o que era ter o coração acelerado com excitação por um momento. Nossa saída daquela sala VIP seria tal qual minha entrada no *set* de filmagem, ou numa peça de teatro. Eu estava arrastando comigo uma adorável criatura que se dispusera a me ajudar.

Com aquilo em mente, e tendo já tudo organizado com ela, passei algumas instruções rapidamente para Carl:

— Carl, preciso que você se atente a todos os detalhes. Cubra suas costas o máximo que puder e tente obstruir as lentes dos fotógrafos com seu corpo avantajado. — Carl riu. — Sério. Quero que tentemos preservar um pouco a imagem dela... — Observei enquanto ela ajeitava suas coisas. — Ela está me fazendo um enorme favor... não vamos complicar a vida dela mais do que o esperado, *okay*?

Peguei sua mão e percebi que estava gelada. Será que ela estava com medo? Do desconhecido, talvez.

Resolvi largar sua mão e fazer uma nova abordagem. Eu queria proteger aquela garota altruísta de todas as maneiras. Com apenas um olhar solicitei que Carl apanhasse a mochila dela e estendi o braço possessivamente em seus ombros. O cheiro de seu xampu acendeu uma chama estranha dentro de mim. De repente, tudo o que eu queria era que o tempo parasse e aquele momento se prolongasse.

Senti uma descarga elétrica percorrer meu corpo quando a abracei, ajustando nossas estaturas para que eu a guiasse pelo saguão. Senti-a inspirar profundamente, como se estivesse tomando coragem para enfrentar o desconhecido e, quando as portas automáticas se abriram, apenas falei em seu ouvido:

— Tape os ouvidos, garota. E se quiser sorrir, fique à vontade...

Capítulo 2

MARINA

Nada prepara você para aquele mar de garotas ensandecidas gritando desesperadamente pelo cara que estava ao seu lado. Não eram só *teenagers*. Mulheres de todas as idades se aglomeravam no saguão do aeroporto, enquanto Carl andava com a mão protetora nas nossas costas, literalmente, porque eu estava quase colada ao corpo de Jim Bradley. Na verdade, a sensação era a de que eu estava dentro do bolso do casaco dele. A multidão empurrava o cordão de isolamento. Enquanto isso, um milhão de *flashes* pipocavam à nossa volta, vindos de todas as direções. Era como estar deitada na barca dos fogos de artifício de Copacabana — um exagero da minha parte, já que ninguém seria louco o suficiente para ficar dentro da barca, salvo os operadores dos fogos... Mas por que eu estava pensando nisso? Sei lá, acho que foi um momento psicodélico.

Atravessamos o saguão e entramos rapidamente num Range Rover preto já estacionado. Ufa! Sentei e ainda olhei para trás, sem acreditar naquilo. Pior. Eu não estava acreditando que tinha feito aquilo, ainda mais porque eu ainda estava grudada ao corpo de James Bradley.

— *Ops*, desculpe. — Eu me afastei rapidamente para o canto do carro, enquanto sentia meu rosto corar.

Ouvi o riso debochado dele antes de se dirigir a mim:

— Foi melhor do eu pensava — disse ele.

— É mesmo? É sempre assim? — perguntei, chocada.

— Nem sempre eu tenho uma companhia tão interessante...

— Ah, fala sério! — tentei fazer graça.

Mas, na verdade, eu estava muito sem graça por agora estar pensando: *E agora? Vou pro hotel com o cara? Caracas. Meu pai vai me fritar no óleo quente.*

— Então, o que será agora? Você pode me deixar aqui depois? Digo, não você, alguém? Na verdade, não sei nada sobre a minha mala perdida.

— Acalme-se, garota. Você está no meu mundo agora. As coisas se resolvem num piscar de olhos.

Tentei sorrir, imaginando se foi impressão minha as palavras de duplo sentido. Claro que foi imaginação minha. Imagina, o cara me paquerando? em um bom inglês, eu diria: *"no way"*.

— Certo. Estou sem graça neste momento porque minha missão já se encerrou. Qualquer coisa que exija um diálogo maior vai me constranger, por razões óbvias.

— Marina, o seu inglês não é tão ruim quanto você imagina. Um pouco de prática e você vai se parecer com uma americana. Não, isso não seria possível. Definitivamente você não se pareceria com uma...

— Ah, obrigada — agradeci, sem saber se aquilo era um elogio ou não.

Fiquei calada a partir dali. Vi quando ele pegou o celular e começou a fazer suas ligações. Havia muita coisa em que me concentrar. Era como assistir a um filme sem a boa e velha legenda. Meus neurônios estavam supercansados e isso se refletiu nos meus olhos, que começaram a se fechar. Claro que, como eu estava de óculos escuros, pude fingir que estava admirando a belíssima cidade de Los Angeles pela janela do carro.

A lei de Murphy estava contra mim novamente. Cochilei o suficiente para tombar a cabeça contra o vidro. Acordei com as risadinhas de James e Carl. Eu me recompus rapidamente, gracejei um pedido de desculpas e disfarcei um bocejo. Puxa, eu ainda estava com muito sono... Quando será que eu poderia dormir um pouquinho?

— Chegamos — disse um descontraído James.

Olhei ao redor, mexendo nervosamente as mãos, que podia sentir suadas. Enxuguei o suor na calça *jeans*.

— Seu papel ainda não chegou ao fim. Temos mais uma etapa agora, até a segurança do elevador, e, mesmo assim, nunca se sabe... Pode ter um *paparazzi* escondido no fosso.

— Poxa, que missão suicida, hein? Minha remuneração por este dia de trabalho poderá ser uma bela soneca? — perguntei alegremente.

— Claro, a não ser que você tenha outras coisas em mente... — sugeriu ele.

Novamente senti a eletricidade levantar meus fios de cabelo. Não, deve ser impressão minha mesmo, ou então melhor: um cara desses deve estar superacostumado a paquerar até uma estátua, se precisar, e ser paquerado também. Talvez ele estivesse testando seu potencial, já que até então eu ainda não o tinha pedido em casamento, como os milhares de cartazes que agora estavam sendo agitados na frente do hotel.

Putz, um mega hotel! Hyatt Hotel: luxo e poder reunidos em um mesmo lugar. Nunca me imaginei em um desses. Parecia que uma constelação estava reunida ali.

Respirei fundo. Se eu já tinha chegado até ali, não me custaria nada prosseguir. Perguntei:

— Você tem alguma direção para este momento? Tipo, algo pra fazer: correr, andar... tudo menos cair! Seria um mico mais do que galáctico.

— Hum, você pode segurar minha mão e atravessamos juntos. Eu saio primeiro, aceno para as pessoas e daí você vem e eu a guio rapidamente para o saguão. Pode ser?

— Claro, por que não? Devo ter medo? Tipo, mulheres se descabelando ou tentando me atacar? — tentei brincar.

— Não, normalmente elas me atacam, mas o Carl vai estar aqui pra nos proteger, não é, Carl? — perguntou Jim ao carrancudo segurança.

— É — respondeu ele com uma voz de trovão. Parecia a voz desses *rappers* americanos, bem grossa. Nossa, eu estava tendo minha dose de experiências somente televisivas.

Como Jim avisara antes, ele saiu primeiro, acenou para a multidão enlouquecida, os *flashes* espocaram e, como que em câmera lenta, ele estendeu a mão para mim. Saí do carro e novamente tive a sensação do *Ooooooh* generalizado. Não entendi bem as perguntas cuspidas para ele, que me puxou rapidamente para o conforto dos seus braços. Ué, ele não disse que iríamos andar de mãos dadas até o saguão? Por que aquele agarramento protetor? Não que estivesse ruim, eu até queria protelar o momento da separação, mas ficava difícil respirar com aquele pescoço másculo tão próximo ao meu nariz. Tinha um cheiro almiscarado... Hum, que perfume seria aquele? Nossa, será que eu estava tão perto que

tapete VERMELHO

dava pra sentir e tentar divagar que perfume seria aquele? É, estava sim, quase dentro do bolso dele de novo. Então eu percebi que, na verdade, ele tentava me esconder dos fotógrafos.

— Desculpe por isso... — ele me disse, constrangido.

— Pelo quê? — perguntei, sem entender e meio tonta.

— As perguntas ficam mais ríspidas quando estamos fora do ambiente do Governo, como o aeroporto...

— Ah, tudo bem, não entendi uma palavra sequer... Tem certeza de que era em inglês? — tentei brincar com ele para desfazer a ruga entre suas sobrancelhas.

— Rárárá. Engraçadinha. De toda forma, muito obrigado.

— Não tem de quê. Aposto como minha boa ação de hoje vai me valer um bom lugar no céu. — Ri da minha piada, feliz por ele ter rido também. Eu estava ficando boa naquela coisa de conversação em inglês. Até piadinhas estava conseguindo fazer!

Entramos no elevador e me senti no Brasil: estava tocando uma suave melodia de Bossa Nova, como eu também já havia visto em filmes. Engraçado como as coisas pareciam ter se tornado cada vez mais comuns só porque eu estava em solo estrangeiro. Suspirei enlevada com a situação.

— O que foi? — Jim me perguntou, curioso.

— Hã? Nada, só estou matando saudade da música. É Tom Jobim, conhece? Música Popular Brasileira — informei com meu inglês rudimentar. Eu estava na dúvida se tinha falado a ordem correta das palavras que representam a sigla musical. Senti vontade de rir da minha própria estupidez.

— Sim, tenho uma certa coleção de músicas brasileiras, embora não entenda nada...

— Ah, então estamos quites, não é? Eu também ouço as músicas em inglês e não entendo grande parte da letra...

O elevador subia em um ritmo lento, como para prolongar o momento da despedida.

— Você não me disse ainda o que veio fazer aqui... — perguntou.

— Hum, acho que você não perguntou antes. Estou aqui para um curso rápido de inglês na UCLA, começo daqui a dois dias, mas vim antes para me alojar logo no *Campus* e não ficar completamente perdida...

— expliquei com calma.

— Hum, entendi... Então é uma viagem rápida — sondou ele.

— É, se você considerar três meses fora de casa como uma viagem rápida...

— Eu passo mais tempo que isso fora, filmando, essas coisas... Então já estou meio acostumado a quase não estar em casa. Ainda mais porque moro bem longe daqui, como você.

— É mesmo? Você é de onde? — perguntei, interessada.

— Londres, Inglaterra — respondeu prontamente.

— Ufa. Ainda bem que você me esclareceu que Londres fica na Inglaterra — ironizei. Peraí, posso ser brasileira, mas também não sou burra! De geografia eu sabia muito bem. Mas é claro que não verbalizei meu sarcasmo mais evidente.

Dali em diante fiquei meio calada. Acho que ele percebeu meu silêncio e também não falou nada. Quando chegamos ao décimo sexto andar, ele abriu passagem para me deixar passar primeiro. Chegamos à suíte 1612 e o susto foi maior ainda: era simplesmente gigantesca! Na verdade, se parecia com um apartamento, só que com o luxo de um hotel de grande porte. Ele tirou sua mochila de viagem das costas, pegou a minha com Carl e colocou-as numa poltrona. Naquele momento, eu realmente fiquei constrangida pois não tinha a mínima ideia do que dizer ou fazer. Eu queria descansar da viagem, tomar uma ducha, mas sem a minha adorável mala isso seria impossível. Numa próxima, eu colocaria umas duas mudas de roupa na bagagem de mão. Eu já tinha ouvido falar do infortúnio que era ter a bagagem extraviada, mas sentir isso na pele era simplesmente o caos.

Sentei na poltrona mais próxima e suspirei.

tapete VERMELHO

Capítulo 3

MARINA

Passados dois intermináveis minutos, percebi que Jim estava me encarando. Imaginei que eu tivesse suspirado alto demais, ou que meu suspiro tinha um certo tom de enfado. Dei uma rápida olhada em mim mesma pra ver se estava tudo no lugar, ou se eu estava um bagaço tão horrendo que ele teria se arrependido muito de ter pedido minha ajuda.

— O que foi? — perguntei, meio exasperada. Realmente o cansaço não estava me fazendo bem, eu estava me sentindo meio irascível.

— Você quer dormir um pouco? Eu liguei para o aeroporto e sua mala já foi localizada, mas só chega daqui a umas duas horas mais ou menos. Eles vão enviá-la pra cá. Eu sei que você queria ir para o *campus*, mas é melhor esperar aqui, assim sua mala não seria extraviada de novo... — informou James.

Nessa hora, ele tirou o capuz, e aquilo foi demais pra minha juventude... Suspirei, mal acreditando em mim mesma: o cara era lindo, de tirar o fôlego. Os cabelos eram de um tom dourado, sem ser loiro, meticulosamente desgrenhados num estilo quero-ser-*fashion*-sem-ser, os olhos eram límpidos e maravilhosamente verdes – ou seriam azuis? – o sorriso era de arrasar um quarteirão inteiro, com dentes tão perfeitos que fariam inveja a qualquer dentista, o corpo era meio atlético, sem exageros, e ele era alto. Engraçado como eu não tinha percebido o quanto ele era alto. Engoli em seco e me preparei mentalmente para a resposta. Eu tinha ficado tão absorta na minha análise dele sem o moletom que não consegui articular os pensamentos em inglês, me deu um branco total.

Mico mais uma vez. Eu estava sem fala. Mas não sem fala em português, estava sem fala em inglês...

— Hã... se eu puder cochilar só um pouquinho já vai ser suficiente, acho — respondi, incerta. Eu não estava muito à vontade em dormir no quarto de hotel do cara. Embora ali houvesse mais de um quarto, me pareceu errado, ou a ideia do que pareceria estava errada. Mas eu deveria ter pensando nisso antes de me meter na história, certo?

— Você pode ficar com aquele quarto da esquerda. Prometo que ninguém vai te incomodá-la. Se você quiser se refrescar também...

— Ah não, tudo bem... — recusei logo. Eu estava sem minhas roupas, então, só se eu vestisse as mesmas. A ideia de um banho seria excelente, mas vestir as mesmas roupas de tantas horas atrás, não.

— Posso emprestar uma camiseta, se você quiser... — ofereceu Jim, solícito, parecendo que lia minha mente.

— Ah, obrigada, acho que posso esperar umas duas horas. Mas o cochilo eu aceito — respondi. Era engraçado pensar em dormir, sendo que eu poderia aproveitar duas horas com o cara mais lindo que eu já tinha visto, mas o cansaço sobrepujava meus argumentos mentais. Meus olhos realmente pareciam ter areia por dentro das pálpebras. Eu temia não conseguir mais articular o idioma correto no modo zumbi que estava me sentindo. Acho que o fuso horário poderia estar zoando meus miolos de alguma forma.

Eu me encaminhei para o quarto e retirei os sapatos cuidadosamente, gemendo bem baixinho. Ui, como doía! Acho que o dia seguinte seria de repouso, porque eu tinha certeza que meus pés se recusariam a andar novamente. Minhas Havaianas! Suspirei outra vez, ansiando pelo reencontro. Tirei o casaco fresquinho e me deitei de bruços. Dali a um minuto e meio eu já estava completamente apagada.

Acordei sobressaltada com o quarto escuro. Percebi que estava coberta. Tentei me situar, lembrar onde eu estava, olhei o relógio mas não enxerguei absolutamente nada. Sentei na cama gigantesca e acendi a luz do abajur. Poxa, que horas seriam? Não conseguia me lembrar... eram quase 6 horas da tarde! Então eu tinha dormido muito mais que duas horas e, neste exato momento, me dei conta de que minha mala já devia estar por ali há séculos. Não me preocupei nem em calçar os sapatos de novo. Fui descalça mesmo para a sala e me deparei com Jim Bradley assistindo TV despreocupadamente.

— Olá — cumprimentei, meio sem graça.

— Olá, Bela Adormecida... você estava cansada mesmo, né? — perguntou um simpático monumento sentado no sofá. Ele bateu a mão ao lado do seu assento, me chamando para sentar ali.

Fui caminhando calmamente, mas preferi me sentar na outra poltrona. Vasculhei o quarto em busca da minha mala querida e lá estava ela. No canto da porta. *Ai, que alívio*, pensei. Agora sim estava tudo nos conformes.

— Sua mala chegou — disse ele hesitante. — Você gostaria de tomar um banho antes de deixarmos você na Universidade ou prefere ir logo?

Senti um baque surdo na consciência pensando que aquele momento chegara ao fim. Suspirei e soltei o ar longamente. Eu não queria dar a impressão de que estava postergando o momento da despedida, ainda mais porque eu realmente tinha apagado por mais de dez horas e já ficara ali mais do que o combinado. Mas eu ansiava por um banho como quem anseia por um copo d'água no deserto, e, nesse momento, meu estômago roncou: percebi que não comia desde quando estava no avião. Caracas, que fome! Mas isso podia esperar. O que eu realmente queria era um banho e comecei a torcer para que eu não tivesse nenhuma vertigem causada por uma possível hipoglicemia de jejum... seria mico demais para uma pessoa só.

— Eu aceito a oferta do banho, se não for incômodo pra você. Acho que já atrasei bastante sua vida com meu cochilo rápido — respondi, tentando fazer piada da situação.

Não notei nenhuma mudança em sua postura, como se estivesse aborrecido por estar preso ali. Ele deu de ombros, sorrindo, e alegou que descansara também. Avisou que os fotógrafos haviam dado uma trégua e as fãs tinham se dispersado. Agradeci e peguei minha mala. Antes que eu chegasse até ela, Jim já estava ali, como um bom cavalheiro, para carregá-la.

— Obrigada — agradeci, constrangida. Eu realmente não esperava que uma celebridade pudesse ser tão gentil assim. Eles não tinham os outros para fazer tudo o que quisessem, sem precisar sair do lugar? Pelo menos, eu sempre imaginei desta forma: um estalar de dedos e, "*voilà*,

tapete VERMELHO

23

aqui está, senhor".

Depois de uma ducha ultrarrelaxante, em que pude analisar todos os momentos daquele dia estranho, eu me sentia mais preparada para enfrentar a realidade. Chequei mentalmente o que deveria fazer: ligar para meus pais seria a primeira tarefa, e aproveitar para dar umas boas risadas contando o mínimo possível; checar os formulários da Universidade e me dirigir para a secretaria do **campus**, que ficava aberta até mais tarde – ainda bem, senão eu não teria como pegar a chave do alojamento; deveria me preparar para conhecer as colegas de quarto, torcendo inutilmente que fossem tão brasileiras quanto eu; depois iria dormir e acordar para a nova etapa da minha aventura.

Vesti minha blusa preta com calças *jeans*, calcei meus tênis All Star megaconfortáveis, penteei o cabelo recém-lavado – sendo essa tarefa a mais árdua, porque o coitadinho estava absolutamente embaraçado, nem o condicionador conseguiu domá-lo direito...

Passei um batom para tirar o aspecto pálido do rosto, retoquei o lápis nos olhos, não meramente por uma questão de vaidade juvenil, mas por hábito mesmo – se tinha uma coisa de que eu gostava em mim eram os olhos, então, desde cedo passei a valorizá-los usando *kajal* –, e passei longe do vidro de perfume: embora adorasse andar perfumada diariamente, eu não queria que parecesse que estava querendo impressionar o cara da sala ao lado, como se isso fosse possível. Averiguei minha imagem no espelho e me achei realmente com cara de Marina Fernandes. Ali estava eu, suspirando novamente. Coloquei a mochila nas costas e me preparei para enfrentar o desconhecido.

Capítulo 4

MARINA

Ele já estava em pé me aguardando. Escondi o fato de que talvez tivesse ficado desapontada imaginando sua pressa em me entregar logo ao destino final. Caminhei lentamente para a porta enquanto Carl, dessa vez, pegava minha mala. Estava já abrindo a porta quando Jim segurou meu cotovelo e disse, suavemente:

— Não é tão simples quanto parece. Ainda temos que sair sob monitoração constante — disse a título de informação.

Escondi o ar de dúvida que pairou no ar.

— Mas eu posso sair normalmente sem que ninguém me note, como uma hóspede qualquer... você não vai estar junto para atrapalhar meus planos de seguir discretamente pelo saguão, certo? — tentei brincar.

— Errado. Eu vou estar junto. Tenho um compromisso mais tarde e, se eu te coloquei nesta enrascada, faço questão de fazer o serviço completo te deixando na porta da Universidade, certo? — argumentou ele.

— Ué, você é quem sabe. Eu acho que não tem necessidade nem mesmo de me levar. Acredito que um táxi faria o serviço do mesmo jeito... — falei forçosamente, porque na verdade eu tinha que admitir que estava ansiosa por mais algum tempo ao lado dele. Afinal, o que eu fiz com dez horas daquele dia? Ao invés de passar mais tempo com ele, eu apaguei. Como uma chama de vela sem oxigênio.

Jim também havia tomado banho e trocado de roupa, só agora eu percebia. Estava mais bonito que nunca, se é que isso era possível. Meu Deus, será que o mosquito da tietagem tinha, enfim, me picado? Meu ex-namorado era um cara bonito, charmoso e chamava atenção aonde ia, então não era uma novidade extrema estar ao lado de alguém tão bonito. Mas era diferente: ele tinha um ar de sofisticação inconfundível dos grandes astros do *show bussiness*, ele era um astro de cinema, vestido como um homem normal, mas com uma aura diferente: era como a materialização de uma foto publicitária na minha frente. Gente, eu estava louca mesmo! Seria por isso que eu sentia meu estômago se contorcendo e congelando por dentro ou eu estava simplesmente com fome e não fazia ideia da imensidão disso? Foi falar no órgão em questão que ele roncou. Espero ardentemente que ele não tenha ouvido o som pavoroso.

— Na verdade, nós vamos jantar antes, se você não se incomoda... — Por que ele continuava perguntando se eu me incomodava? Pelo amor de Deus, eu estava com fome e não queria que o dia terminasse. Estava tão emocionante! Era como se eu tivesse 15 anos novamente. Ansiando por estar junto, doida para contar para alguma amiga, escrever no diário, essas coisas de garotinhas... Putz, eu estava mesmo com um mega-astro de cinema! Acho que a ficha estava caindo naquela hora, porque arregalei os olhos e ele percebeu que eu estava pensando alguma coisa.

— O que foi? — perguntou, em um tom preocupado.

— Ah, nada... Eu só acho que você já ficou por minha conta demais hoje, não?

Na verdade, agora eu estava preocupada mesmo. Eu sabia que ele era um astro de cinema, mas não sabia absolutamente mais nada sobre ele. Isso era estranho, porque a sensação de estar junto de alguém que milhares de pessoas no mundo conheciam não o tornava nem um pouco perigoso. Mas eu não o conhecia, certo? Nem ele me conhecia. Então por que eu me sentia tão à vontade com Jim, como se fôssemos amigos e como se o idioma não fosse tão importante como o ar que respirávamos? Hormônios adolescentes, talvez. Embora eu já nem me considerasse assim. Mas havia aquela tênue sensação de fazer algo fora do padrão com o que se está habituado uma vida inteira, a sensação de liberdade. Eu estava em outro continente e não tinha que me preocupar com a opinião de ninguém, com exceção dos tabloides que publicariam as fotos e fofocas, mas ninguém sabia meu nome. Nem ele sabia direito. Isso dava uma sensação estranha de liberdade prazerosa e de solidão, porque provavelmente depois daquela noite eu só o veria nas telas de cinema de novo, certo? Então, que seja. Vamos aproveitar o resto do dia. *Carpe diem*. Oh, merda. Era noite já. Então vamos de *Carpe Noctem*.

— Tenha certeza de que você me ajudou muito mais do que imagina. Na verdade, eu praticamente não fiz nada por você. Então vou levá-la para ser devidamente alimentada — ele disse de maneira galante. Acho que meu rosto devia estar pegando fogo.

— *Okay*. E quais são os passos que devem ser seguidos agora? Eu vou primeiro? Vamos pelos fundos? Eu me escondo atrás de algum vaso de plantas? — Ri e percebi que ele fazia o mesmo. Carl nos olhava de soslaio, provavelmente pensando que eu era louca, já que minha comunicação devia estar cada vez mais engraçada.

Depois de uma breve caminhada até o elevador, aguardei para ouvir novamente a musiquinha de fundo e... lá estava ela! Dessa vez, Elis Regina. Sorri para mim mesma e cantarolei a canção "Águas de Março".

Senti que ele me olhava enviesado e percebi que não entendia absolutamente nada do que eu estava falando; apontei para o alto-falante no canto do elevador e ele percebeu que eu estava cantando. Me deu uma sensação boa de liberdade: eu podia falar o que quisesse e ele não entenderia, certo? Melhor não arriscar colocar em português as palavras que me vinham à mente naquele momento, pois tenho certeza de que *gato* ou *gostoso* seriam devidamente reconhecidas no sentido geral. Suspirei. Hormônios estavam em polvorosa.

Começou uma canção que eu amava, mas dessa vez não arrisquei cantar porque era de uma banda americana – *Foreigner*, eu acho – e não queria correr o risco de cantar em inglês como quase todo brasileiro faz, inventando algumas palavrinhas no meio, "inglesando", por assim dizer.

Como comecei a rir sozinha, acho que ele pensou que eu estava passando mal. Será que ele pensava que eu estava em choque? Ou que eu o agarraria ali mesmo no elevador com Carl assistindo e depois tentando me soltar de seu protegido? Isso me deu um arrepio, mas continuei rindo.

— O que foi? — Dessa vez ele ria também. — Estou curioso pra saber o motivo de tanta alegria. Será por que você logo se verá livre de mim? — perguntou fazendo um beicinho. Ou ao menos eu entendi aquilo.

Ai, ai... Suspirei. Homens sabem mesmo como fazer uma mulher

tapete VERMELHO

quase ter um ataque cardíaco: as descargas de adrenalina já estavam danificando meu coração. Eu não queria que aquele momento terminasse. Mas terminaria.

Apenas me resignei a negar com a cabeça, agora com o riso contido, mas um sorriso brando no rosto.

Chegamos ao saguão e passamos pela parte dos fundos, adentrando a cozinha. A galera nos olhou rapidamente, mas pelo jeito já deviam estar acostumados com essas coisas, uma vez que aquele hotel era *point* de celebridades. Acho que eles olharam com mais curiosidade para mim, sei lá. No sentido: "quem é esta criatura?"

Talvez porque eu ainda estivesse rindo de mim mesma. Tirei o sorriso da cara na hora. Não queria dar a impressão de deslumbramento que eu estava sentindo. Esse era um segredo só meu.

Entramos no carro novamente. O veículo arrancou tão rápido que me jogou de encontro ao corpo dele. Murmurei um pedido de desculpas e coloquei o cinto, tentando imaginar o porquê da pressa exacerbada do motorista. Entendi minutos depois, ao ver que estávamos sendo seguidos por outro carro. Eu podia ver os *flashes* pela janela traseira. Do que estavam tirando foto, afinal? Da placa do carro? As películas dos vidros eram tão escuras que não daria para ver ninguém dentro, nem se iluminasse com uma lanterna. Eu tinha certeza de que no Brasil esse tipo de película era proibida.

Chegamos logo a um restaurante sossegado numa avenida famosa de que eu não pretendia me recordar de jeito nenhum, para não querer futuramente passar por ali por acaso, para ver se o veria de novo. Seria um momento em que eu me sentiria uma perseguidora total.

Descemos do carro de forma mais tranquila agora. O restaurante tinha uma área reservada e bem guardada dos fotógrafos para proteger seus clientes Vip. Esperei o *maître* nos levar à mesa já reservada e me sentei. Sem ter onde colocar as mãos, apoiei os cotovelos na mesa, como as boas regras de etiqueta condenam.

Ele se sentou à minha frente e, dessa vez, eu não fazia ideia de onde Carl pudesse estar. Vasculhei com os olhos o recinto e nada. Éramos quase imperceptíveis ali. Eu já estava acostumada ao nosso terceiro ouvinte, senti falta dele. Não, mentira, não senti não. Agora eu podia conversar a sós com Jim. Não que isso realmente fizesse uma diferença futura. Talvez percebendo minha busca com o olhar, ele comentou na mesma hora:

— Carl está na área reservada aos seguranças.

Nossa, eu nem sabia que existia isso... Mas tudo bem, estávamos em uma outra dimensão, certo? Nada era exatamente como o que eu estava acostumada a ver.

— Ah, certo — respondi, desconcertada ao ver que ele percebera meu nervosismo. Eu não queria transparecer aquilo, mas foi inevitável. Era mais forte que eu.

Ele passou a mão pelos cabelos desgrenhados, dando um certo charme à bagunça capilar que estava ali, e logo suspirei. Olhou para mim rapidamente e fez o pedido. Depois se desculpou por não ter me perguntado o que eu queria.

Fiz que tudo bem, eu realmente não me importei com aquilo. Como que compreendendo meu silêncio, ele começou:

— Então, Marina do Brasil, você tem um sobrenome? Prometo não fornecer aos jornais sensacionalistas, que matariam por essa informação... — comentou ele.

— Então, James da Inglaterra, sou Marina Fernandes ao seu dispor, mas acho que isso está um pouco atrasado, não é? — respondi no mesmo tom.

— Você poderia aproveitar este momento e me falar mais sobre você, o que acha? — perguntou ele incerto.

— Poderia. Mas por quê? Digo, sem querer ser mal educada, mas provavelmente a gente nunca mais se encontre, então pra que usar um departamento do seu cérebro armazenando estas informações que não são vitais à sua existência? — disparei de uma só vez. Não sei realmente como saiu gramaticalmente, mas que foi o suficiente pra ele rir, isso foi. Até as pessoas nas outras mesas nos olharam sobressaltadas.

— Quem disse isso pra você? Sobre utilizar um departamento do cérebro?

— Bom, meu ex-namorado costumava alegar isso quando não queria armazenar certos dados na cabeça que pudessem requerer uma memória de informações... — Senti que ele se retesou, não entendi bem o porquê.

tapete VERMELHO

— Bom, já sabemos da presença de um namorado...

— Ex... — interrompi rapidamente. Mas comecei a explicar antes que ele interpretasse minha pressa de forma errada. — Na verdade, esse é um dos motivos para eu estar tão longe de casa. O curso de inglês só veio a calhar. Terminei o relacionamento uns meses atrás, mas acho que ele não entendeu bem a situação, então, nada como "fugir" do país.

— É, eu sei bem como é, embora nunca tenha estado na sua situação, nem nunca queira estar na dele. Mas me diga, quantos anos você tem, o que você faz...

— Tenho 19 anos. Faço Jornalismo e estou de férias da faculdade. Tenho três irmãos, dois sobrinhos e estou viajando sozinha pela primeira vez. E quanto a você?

— Eu tenho 25, sou ator e estou de férias das filmagens do meu último longa, mas não por muito tempo. Acabei de chegar da França, onde começarão as gravações do próximo filme, tenho um irmão casado, nenhum sobrinho e costumo viajar sozinho, com exceção do Carl, sempre, ou quase sempre. De onde você é precisamente?

— São Paulo, capital. Não tenho tanta informação interessante pra passar. Ao contrário de você, que poderia me contar sobre suas gravações. Tenho certeza de que seria interessante ouvir...

Meio a contragosto, ele acabou me contando as peripécias de seu último filme, rodado na Austrália. Eu prestava atenção, completamente fascinada, mas encarar aqueles magníficos olhos verdes – Oh, céus... eu estava divagando se estavam mais verdes agora, do que antes, que pareciam azuis... – estava me tirando a concentração. Desde quando eu tinha ficado tão piegas? Se eu não me conhecesse bem, poderia jurar que estava suspirando apaixonada. Eu me retesei porque poderia estar passando exatamente esta impressão para quem olhava de fora, já que eu estava com o queixo apoiado nas mãos cruzadas, ouvindo enquanto Jim divagava sobre suas aventuras e ria de vez em quando. Eu sabia que ele estava fazendo um esforço hercúleo para falar pausadamente e ainda repetir quando eu não entendia alguma palavra.

A comida chegou e comemos em um silêncio até mesmo confortável. Uma mocinha parou ao seu lado num determinado momento e estendeu um papel para ele. Vi quando Jim assinou seu nome, gracejou alguma coisa e observei a moça cambalear de volta para sua mesa suspirando.

— Autógrafo? — perguntei sorrindo. Meu Deus, como eu era óbvia.

— É... — respondeu ele, meio sem graça.

— Isso te incomoda? — perguntei de pronto.

— Não é isso... é porque às vezes eu tento fingir que sou normal, tanto quanto qualquer outro cara em um encontro, mas isso meio que desequilibra as coisas.

Tá, respirei fundo. Entendi ele falando encontro? Tipo, encontro de verdade, comigo? Ele estava considerando aquilo mesmo? Não, deve ter sido impressão minha no uso e na interpretação das palavras que ele usou, então apaguei aquilo da memória para não dar margem a ideias errôneas de paixonites juvenis. Já bastava que eu estivesse com uma comichão no estômago, eu não iria querer que ele soubesse que poderia estar ansiosa por aquilo. Não, definitivamente não. Essas coisas não acontecem com pessoas normais no meu mundo, no meu país. Claro, eu sempre soube de celebridades que se relacionavam com pessoas que não eram do meio artístico, mas comigo isso não era uma opção, porque era surreal demais.

Acho que eu estava precisando de uma dose de realidade na cara naquele exato momento. Então achei melhor fingir que não tinha entendido, e foi o que eu fiz... Assumi o famoso ar de "João sem Braço" e continuei saboreando a refeição calmamente, não sem antes tomar um belo gole de refrigerante. O vinho estava por ali, mas eu não quis arriscar: já bastava estar me sentindo embriagada com a presença magnética do homem sentado à minha frente.

Terminada toda a divagação a respeito dos meus sentimentos e tendo ele terminado a explanação de suas aventuras cinematográficas, percebi que ficara aérea. Era isso, o sentimento do fim. Mas provavelmente eu nunca esqueceria aquele dia, pelo resto da minha vida. Já podia até mesmo me imaginar contando a história para meus filhos. Engraçado, na minha imaginação, repentinamente, eles eram bem parecidos com ele... Opa! E um *big* opa! *Pare com isso agora!*, ordenei para mim mesma. *Chega de sonhar acordada!*

— Você ficou distante... eu a aborreci?

— Não, de forma alguma, é que isso é tão irreal no meu mundo que

tapete VERMELHO

31

fica difícil imaginar... — respondi calmamente, esperando que minha voz não estivesse trêmula.

— A gente vive no mesmo mundo, Marina, só temos realidades diferentes, mas vou lhe dizer que às vezes eu desejaria viver na sua realidade — respondeu ele, tristemente.

— Ah, você não sabe do que está falando. Garanto que muita gente daria tudo para estar no seu lugar... — argumentei.

A conta chegou e nos levantamos para ir embora. Às vezes eu tinha a impressão de que ele estava tão relutante quanto eu em relação ao término da noite, mas acho que era só impressão mesmo. Preferi pensar dessa forma, seria muito menos traumático do que ficar imaginando alguma coisa que provavelmente só minha cabeça estava articulando.

Carl nos encontrou já no carro e murmurou alguma coisa para Jim que não entendi bem. Ele disfarçou, mas nem precisava, porque eu realmente não havia entendido. A curiosidade ficou, mas tudo bem. Naquele momento, eu estava ansiosa para que a noite acabasse logo, eu não estava me sentindo bem; nada físico, longe disso: minha mente é que estava me dando trabalho, divagando loucamente por caminhos tortuosos, sonhos de amor, paixão desenfreada... Nossa, acho que o refrigerante estava batizado com alguma substância, pois eu estava imaginando naquele exato momento como seria dar um belo agarro no pescoço dele e salpicar-lhe um beijo ardente... Meu Deus, eu definitivamente não estava bem!

Chegamos à Universidade e pedi que ele me deixasse na frente da secretaria principal, que eu não fazia a mínima ideia de onde ficava. O carro estacionou e ele pediu que Carl checasse a secretaria e as informações passadas antes pelo agente dele, se é que entendi bem. Ficamos sozinhos no carro e, de repente, me senti tensa. Fiquei arrepiada, não sei por que, como um momento de precipitação... mas precipitação de quê? Eu estava louca...

— Bom, eu deixo você aqui, mas não sem antes agradecer sua ajuda no dia de hoje, e queria dizer que qualquer coisa que você precisar, pode entrar em contato comigo, através deste cartão. É só não deixar que ele caia em mãos erradas, se é que você me entende — explicou ele, meio sem graça.

— Claro, fãs enlouquecidas, entendi. Olha, foi um prazer ajudá-lo.

Na verdade, o dia foi bem... interessante. Vou poder acompanhar sua carreira agora e imaginar que você é real. — Droga, por que eu disse aquilo? Incongruente, que saco! O branco do idioma me pegou de novo.

— Tudo certo, então. Seja bem-vinda aos Estados Unidos da América, terra das oportunidades. — E, como quem hesita, ele se inclinou para o meu lado. Travei. Não sabia o que fazer, estava realmente parecendo uma adolescente no ato do primeiro beijo... Ai, Meu Deus, não era isso que ia acontecer, era? Continuei estática e senti o roçar de leve na minha bochecha. Em seguida, ele me deu um abraço e desceu, estendendo sua mão para me ajudar a sair. Minha mão estava trêmula quando se conectou à dele. Dei um tchau meio sem graça. Enquanto isso, Carl já voltara falando que minha bagagem estava devidamente guardada no alojamento, me entregou os papéis e se despediu. Acenei uma última vez e vi o carro desaparecer na rua.

JAMES BRADLEY

A garota estava me deixando nervoso. Como há muito tempo eu não ficava. Mal podia me reconhecer. Não obstante ter entrado furtivamente em seu quarto para cobri-la, e tê-la admirado por uma fração de segundos, fazendo com que eu me sentisse a pior estirpe de perseguidor de merda, ainda fiquei rondando a porta de seu quarto, ligado ao meu.

Era estranho, mas mesmo tendo feito uma série de outras coisas com o intuito de esquecer que eu tinha uma visitante dividindo o mesmo espaço, ainda assim, sua presença era bem nítida para mim. Era como uma chama viva no quarto ao lado.

Esperei como um adolescente ansioso que ela pudesse sair dali, talvez até mesmo para conferir se a impressão que tive da primeira vez ainda persistiria. Será que todo aquele frescor que podia divisar em seu rosto ainda estaria presente? Será que havia sido apenas fruto do meu longo e cansativo voo? Será que eu queria ver algo que inexistia?

Quando, por fim, ela saiu, timidamente, a princípio, tive que conter meu próprio impulso de admirá-la de forma óbvia. Se mesmo cansada, ela já era linda, depois de um descanso, ela era simplesmente fabulosa.

Era uma pena que tudo o que era bom tendia a durar pouco. E meus dias de alegrias estavam sendo escassos ultimamente. Posterguei o máximo que pude e usufruí de sua doce presença pelo tempo que pude. Levei-a para jantar, tentei arrancar algumas partículas de informações que permaneceriam guardadas em minha memória, e, infelizmente, a deixei em seu destino final.

Não sem antes sentir que meu próprio pulso acelerava de maneira irrevogavelmente errática, como há muito tempo não acontecia.

Respirei fundo em meu assento, enquanto o carro arrancava em velocidade, me afastando daquele pequeno pedaço de normalidade na minha vida cheia de complicações.

Capítulo 5

MARINA

Exatamente uma semana havia se passado desde aquele dia extraordinário. O dia em que cheguei aos Estados Unidos, o mesmo dia que conheci e desfrutei da presença do cara mais lindo da atualidade... Bom, se eu não tivesse dormido tanto tempo...

É claro que, depois daquele dia, a internet virou uma fonte de pesquisas sobre a vida dele, só por curiosidade. Eu já sabia praticamente tudo, se é que tudo era verdade. Filmes, namoros, prêmios etc. As manchetes foram fervilhantes em relação àquele dia. Saiu em quase todas as capas de revistas de fofoca do país. Não necessariamente matérias inteiras, porque faltava o essencial para a notícia: informações sobre quem eu era.

Às vezes eu tinha impressão de que estava sendo observada, mas tirava logo isso da cabeça, senão ficaria paranoica com tudo. Eu não seria reconhecida nem por mim mesma, já que eu estava bem diferente nas fotos. Os cabelos soltos conferiam um ar selvagem e acho que nem minha mãe me reconheceria ali. As manchetes me qualificavam como "mulher misteriosa", "noiva escondida", "casamento-relâmpago", "segredo de estado", "modelo" (*oi?*), "atriz coadjuvante da última produção cinematográfica" e um milhão de outras coisas que poderiam ser encaradas de forma ofensiva se eu realmente não tivesse guardado aquele momento como um episódio mágico na minha vida até então pacata. Eu ria sozinha... *modelo?* Gente, modelo não deveria ter altura e ser um espetáculo para ser classificada como tal? Dessa vez eu estava quase chorando de rir!

A biblioteca tinha laboratórios de informática que permitiam livre acesso à internet, e eu não tinha um *laptop* como as minhas companheiras de quarto, Janet, da Austrália, e Lindsey, da Inglaterra – até ali ele estava me perseguindo, no sotaque dela. Deixei a curiosidade de lado, resolvi me abster de perguntar o mínimo possível. Eu tinha um temperamento expansivo, mas estava tão fechada em mim mesma que não permiti uma aproximação maior dos colegas de turma. Os brasileiros tinham fama de ser extremamente divertidos e "dados" até demais, segundo relatos, o que deixava alguns membros da turma ansiosos.

Acho que eles pensavam que brasileiro, por ser da terra do carnaval, tinha necessariamente que ser aberto demais a certas atividades... Bom, provei que a maioria não era assim e fiquei na minha. De vez em quando, recebia uns convites para festinhas e baladas da universidade regadas a muita bebida e... não queria nem pensar em que mais.

Continuei minhas aulas sistematicamente pela manhã, e peguei umas turmas de reforço no período da tarde. Perdi a vontade de sair e turistar pela cidade, o interesse foi embora. Então resolvi me apegar com afinco aos estudos, já que quem estava pagando era eu. Nem isso eu devia aos meus pais, mas nem por isso iria cabular aula para ficar deitada sonhando acordada com um príncipe encantado de olhos magicamente azul-esverdeados, ou ficar à toa na internet postando no Facebook e Twitter, ou caçando informações de uma certa pessoa *Google* afora. Droga. O Instagram me perseguia com alertas de diversas fotos marcadas com a *hashtag*: #jamesbradleygorgeous. Não, isso era inconcebível. Eu já tinha admitido para mim mesma que tinha me apaixonado pela figura, ficar remoendo a história eram outros quinhentos. Sempre que eu sentia a aproximação de alguém, minimizava a página da *web*, com medo de alguém me associar à garota daquele dia.

Percebi Peter parado na porta do laboratório e esperei que me chamasse, como sempre fazia. Engraçado como esses garotos achavam que uma semana era tempo mais do que suficiente para se apaixonar, mas eu mesma não tinha me apaixonado no primeiro dia?

— E então, lindeza? Vamos dar um rolé com a galera esta tarde? Você quase não tem saído — perguntou ele, se aproximando.

Eu já esperava a mão no meu cabelo: era um hábito que ele tinha adquirido logo que percebeu que, por mais que estivesse preso, o comprimento chegava à cintura. Alguns homens definitivamente gostam de cabelos compridos, e eu nunca havia entendido essa obsessão masculina.

Afastei a cabeça da mão que alisava meu coque na tentativa vã de soltá-lo. Eu tinha um método muito eficiente de prender o cabelo, que nem a maior rajada de vento poderia desmanchar.

— Ah, não dá, Peter. Fica para outro dia. Eu estou no meio dos estudos — afirmei mais para mim mesma do que para ele.

— As provas serão daqui a duas semanas, Nina... — gracejou ele com o apelido que eu mesma me dera. Era difícil não rir quando eles tentavam falar meu nome, pois para mim era tão fácil como para qualquer outro fazer a associação com o mar, mas no inglês tinha uma variação, então dei a eles a oportunidade de não ficarem embaraçados com minhas risadas, afinal, alguns nomes eu também não conseguia pronunciar: Gweneth, Dwayne... sei lá, eram estranhos.

— Eu sei, mas preciso me concentrar mais do que os outros.

—Tudo bem, mas não vou desistir, você vai sair comigo qualquer dia desses... — retorquiu e me deu um beijo na cabeça. Eu não gostava desses avanços, mas Peter era tão educado e simpático que eu simplesmente não conseguia tratá-lo mal, mas também não queria que ele confundisse as coisas. Seria uma complicação a mais. Meu coração já estava dominado e inteiramente despedaçado pela angústia do impossível.

Peguei meus livros e a bolsa e comecei a me dirigir para o alojamento a fim de ajeitar minhas coisas para sair e comer alguma bobagem. Na verdade, que falta fazia a boa e velha comida brasileira da mamãe. Ultimamente, eu só estava comendo porcarias. Nada de arroz e feijão e afins saudáveis. Estava vasculhando minha bolsa em busca da minha chave, quando levantei os olhos e vi ao longe um carro conhecido dos meus sonhos. Um Range Rover preto com janelas mais escuras que o próprio carro estava estacionado quase em frente à entrada do alojamento. Meu coração deu um salto, engasguei e depois me acalmei. Claro que deveria haver vários como aquele na cidade, estávamos em Los Angeles e não era difícil ver um carrão daqueles por ali. Mas algo despertou em mim o desejo de que aquele fosse *O* carro que eu queria que fosse. Eu estava confusa,

tapete VERMELHO

abaixei a cabeça e continuei andando como se nada tivesse acontecido. Eu não me deixaria cair nos meus devaneios novamente... Toda vez que visse um Range Rover preto, eu teria uma síncope? Claro que não! Sacudi a cabeça para afastar o pensamento fortuito. Já estava quase na escada quando a porta do carro se abriu e um Carl sorridente apareceu.

— Oi, jovem... poderia me dar uma informação? — perguntou. Achei estranhíssimo o tom simpático do gigante segurança, arfei assustada e emocionada demais para articular as palavras e me aproximei.

Ele abriu a porta para mim e entrei. Quase morri de susto porque o rosto que me perseguia em sonhos estava ali mais sorridente do que da última vez em que o havia visto. Nossa, não lembrava que ele era tão bonito assim. Senti o coração quase parando de novo e sorri timidamente, mas consegui articular as palavras dessa vez:

— Oi... O que houve? Precisa ser salvo novamente de uma multidão enfurecida de moçoilas? — perguntei, brincando com as palavras. Nada como uma semana intensa de estudos para me deixar mais confiante.

— Nossa... como você adivinhou? — perguntou ele no mesmo tom. — Vejo que andou estudando com afinco. Onde aprendeu a palavra "moçoilas"? Não escuto esta há um bom tempo...

Rimos os dois e esperei a explicação para o motivo de ele estar ali. Não que eu não estivesse feliz, mas eu já tinha assimilado que aquele dia tinha sido único na minha vida.

— Na verdade, você pode não acreditar, mas eu... ah, senti saudades... — informou um James, muito sem graça. Estranho, astros de cinema não ficam sem graça diante de mulheres, ficam? Ele devia estar treinando para algum filme de comédia, era isso.

Fiquei sem saber o que falar. Abri a boca e não emiti nenhum som.

— Você não vai falar nada? Talvez, que sentiu minha falta também? — perguntou sorrindo.

— Hã... estou sem jeito, vo-você me pe-pegou de surpresa... — gaguejei.

— Mas você sentiu saudades? — insistiu categoricamente.

Fechei os olhos por um instante, pensando no que poderia responder sem me comprometer de cara ou dar uma superbandeira do que estava sentindo nos últimos dias.

— Senti — afirmei em um tom tão baixo que ele colocou o dedo no meu queixo e levantou meu rosto, perguntando de novo. — Senti, pronto — resmunguei entre os dentes. — Satisfeito?

— Bastante. Eu achei que só eu estava me sentindo desnorteado. Então, vamos sair? Tipo, um encontro mesmo? Eu já estou sendo direto porque não sou muito bom de rodeios... — disse ele logo. Meu coração palpitou tanto que senti medo que ele pudesse estar escutando suas batidas frenéticas.

— Ah, sair em que termos? — *Que raio de pergunta era essa?*

— Nos termos habituais, ora. A mídia já te colocou como minha namorada atual, vamos enlouquecê-los de vez. O que você acha?

— Olha, eu realmente não sei... — vacilei nesta parte. Meu corpo ansiava dizer que eu topava tudo com ele, mas a cabeça estava mais lenta.

— O que foi? Eu realmente não a agradei? Esperei seu contato ansiosamente nestes últimos dias e, como nada aconteceu, tive que me materializar aqui. Larguei minhas filmagens no estúdio porque não aguentava mais a espera.

Senti um certo tom inseguro no argumento. Inseguro, ele? Eu só podia estar sonhando... essas coisas não acontecem com pessoas normais, acontecem? No Brasil, eu nunca vi um galã de novela de perto, que dirá achar que veria um astro hollywoodiano na minha frente, mais precisamente com o joelho colado no meu e me chamando pra sair.

— Bom, eu não procurei você porque realmente não sou esse tipo de garota... Eu sou à moda antiga e, honestamente, eu nunca iria imaginar que a gente se veria de novo — respondi com sinceridade. Nada contra as garotas que iam à luta em busca do objeto do desejo, mas nesse quesito eu era um pouco tímida.

— Mas isso não responde à minha pergunta. E então, quer sair comigo? É claro que arcando com as consequências desse ato... — Sorriu maliciosamente.

— Que consequências? Ah, enfrentar as feras diárias que você enfrenta? Será que consigo? — perguntei mais para mim mesma do que para ele.

— Tenho certeza que sim. Se você quiser, eu posso esconder sua identidade, mas isso só atiçaria mais ainda os *paparazzi*. Eu já soube que eles estavam numa intensa investigação, quase criminal, para descobrir

tapete VERMELHO

quem é você. Acompanhou as fofocas? — perguntou sorrindo.

— Naann... estava estudando e cuidando para que ninguém me associasse a você — respondi, sem graça com a meia verdade.

— Sério? Você não contou pra ninguém? — perguntou um incrédulo James.

— Não. O que eu iria falar? "Oi, sabe essa garota aqui? Olha, sou eu"... Até parece! Já te disse que não sou desse tipo.

— Eu sei, por isso você me intrigou tanto. É bom sair com uma garota que não fica absolutamente deslumbrada pelo mundo das celebridades, faz com que eu me sinta um cara normal com você — afirmou ele.

Tá bom, ele estava errado em partes. Eu estava deslumbrada por ele. Não pelo que aquilo representaria para mim, como sucesso súbito e repentino e holofotes, mas eu estava fascinada, sim. Ele era um sonho em pessoa, era lindo mesmo, literalmente. E qualquer garota, mulher, o que fosse, ficaria encantada se sentisse que era o centro das atenções daquele cara.

Na verdade, eu nem queria pensar no mundo das celebridades, eu até preferiria que ele não fosse um ator famoso, queria que fosse um colega de faculdade bem normal, mas com aquela aparência... seria perfeito. Nossa, de repente, este pensamento me pareceu um tanto quanto fútil, mas meu cérebro congelava na racionalidade quando eu estava na presença daquele cara.

— Ah, mas é engraçada essa situação, porque não faz com que eu me sinta uma garota normal, com um cara normal, entende? — argumentei, confusa, mas acho que ele me entendeu.

— De qualquer forma, eu não vou desistir tão fácil; você vai ter que sair comigo. — Engraçado, eu ri lembrando que tinha ouvido aquelas mesmas palavras agora há pouco. O que estava acontecendo com os rapazes daquela cidade, afinal? Eu nem era tão interessante assim na minha cidade; despertei tarde para as paixões juvenis, só havia tido três namorados ao longo da minha existência amorosa. Sendo que um havia sido um namoro sério e os outros dois, apenas namoricos.

— Tudo bem. Mas sem segundas intenções, *okay*? — perguntei jocosamente.

—Na verdade, dessa vez não posso prometer nada: eu tenho segundas, terceiras e quartas intenções — respondeu ele, de forma enigmática.

Tomei um susto com a veemência de suas palavras. Eu não esperava que ele fosse tão direto. Fiquei tão zonza com suas palavras que nem soube o que responder. Dei um sorriso sem graça, sem saber o que dizer ou fazer. Para desconversar, preferi abordar outro tema.

— Que dia, mais precisamente? — perguntei torcendo para ser sequestrada naquele exato momento num superarroubo de paixão juvenil.

— Agora. Neste exato momento. Podemos ir? — perguntou-me um esperançoso James.

Nossa, eu estava desejando que fosse breve, mas não esperava que fosse assim tão imediato. Decidi que a gente ganha o que deseja, e se havia sido exatamente aquilo que eu havia desejado, então eu deveria aproveitar a chance.

— Ah, será que posso trocar de roupa? Ou será que você poderia me informar quais são seus planos, para eu me preparar? — perguntei já maquinando que roupa deveria usar. Depois deixei passar, porque não importavam os trajes, a companhia já me faria ganhar o dia.

— Você quer o cronograma todo ou posso deixar para fazer surpresa? — perguntou ele, brincando com uma mecha solta do meu cabelo. — Na verdade, eu gostaria de poder sair daqui agora, para que o carro não levante suspeitas e um segurança venha checar. Seria uma notícia bombástica no *campus*, sua vida se tornaria um inferno. De qualquer maneira, eu acho que sua vida vai se tornar um inferno no primeiro momento em que você realmente for vista comigo.

— Podemos ficar com o esquema do segredo? O que você acha? — perguntei, na esperança de ver meu nome salvaguardado.

— Ah, mas eu gostaria muito de assumir você publicamente, estava pensando em fazer uma cena como a do Tom Cruise no programa da Oprah, tantos anos atrás, o que você acha? — ele brincou comigo enquanto continuava a mexer no meu cabelo. Então notei que ele soltava as mechas do meu coque.

Desconcertada como eu estava, acabei me esquecendo de responder de imediato. Quando percebi o que ele falara, me agitei, estendi as mãos e falei freneticamente:

— O quê? Não, não, peraí... você não pode estar falando sério, né?

tapete VERMELHO

— perguntei, meio chocada. Eu me lembrava de algo meio embaraçoso que o referido ator fizera assim que assumira o namoro, e veja lá... tempos depois... nem juntos estavam mais.

— Estou brincando, acalme seu coração. Você gostaria de testar um nome falso? — perguntou ele, rindo.

— Ah... Nina. Ou não, esse já é meu codinome aqui — continuei divagando quando ele me interrompeu.

— Você não vai poder continuar aqui, Marina...

— Hã? — perguntei em um tom um pouco alto demais.

— Você quer aprender inglês, não é? — Calmamente senti a argumentação vindo.

Acenei afirmativamente com a cabeça, mas sem responder com palavras, ainda sem compreender o que ele queria dizer.

— Então, vou contratar uma professora particular pra você, daí não vai precisar frequentar o *campus*.

Interrompi prontamente o argumento com uma mão estendida no ar. Acho que minha cara de espanto falou mais do que palavras.

— O quê? Peraí, as coisas não são bagunçadas assim não, Jim... Eu trabalhei duro para pagar este curso por muito tempo, não posso simplesmente abandoná-lo, ainda mais porque eu estou alojada aqui no *campus*... — Nessa hora percebi um algo mais. — Opa! Você não está pensando o que eu estou pensando, não é?

— E o que eu poderia estar pensando? — Jim perguntou com uma inocência fingida.

— Você... você... não pode estar me fazendo uma proposta indecorosa, né?

Meu sangue ferveu na hora. Nem nos meus mais loucos sonhos, eu poderia me imaginar aceitando uma oferta infame dessa; embora eu fosse mente aberta para uma série de coisas, ainda assim eu não era uma garota sem eira nem beira, jogada ao vento; eu tinha família, princípios. Fiquei com tanta raiva que fiz menção de sair do carro. Senti dois braços me segurando para impedir minha saída intempestiva. Eu estava furiosa! Que raio de garota ele estava pensando que eu era? A do tipo fácil? Que só porque estava com um *popstar* se entregava facilmente e ainda agradecia aos céus aquela oportunidade? De jeito nenhum. Ainda estava mais revoltada porque não gostava da sensação de estar sendo manobrada.

— Me solta! — pedi entre dentes. — Eu vou sair deste carro agora!

— Espera aí... — ele tentava me segurar e explicar. — Eu não quis dizer que você iria morar comigo. Eu preciso que me escute. Apenas reservei um quarto no hotel e você teria liberdade, só pensei em te poupar desse lugar.

— O que tem de errado com esse lugar? — perguntei bruscamente.

— Nada, acho... Eu nunca estudei em um lugar desses, só queria que você estivesse protegida dos boatos que vão surgir. Você tem que entender que, infelizmente, isso vai acontecer. Eu não estou disposto a ser altruísta e poupar você disso, porque tudo o que eu mais quero neste momento é sua companhia. Por favor... — implorou com os olhos cheios de ardor.

— *Argh!*, não estou acreditando nisto! Eu não sei, James. É uma atitude muito radical, e eu não posso simplesmente desaparecer daqui! Além disso, tenho um dever a cumprir, tenho que cumprir isto no meu visto, sabia? Senão, posso ser considerada uma imigrante ilegal. Que horror! Já imaginou? — brinquei com a piada universal.

— Você poderia pelo menos pensar? — insistiu.

— Tudo bem, vamos deixar a coisa rolar, então, certo? Vamos ver no que vai dar, eu prometo que penso. Não sei como, mas prometo que vou pensar — tentei tranquilizar a mim mesma.

— Ótimo, vamos, então. Do jeito que você está. Eu trago você de volta, dependendo do andar da carruagem...

Ele soltou meus braços, que só então eu notara que ainda estavam presos aos seus, mas se recusou a soltar minha mão. Nossa, eu estava me sentindo uma adolescente em início de namoro. Eu não sabia bem o que dizer, o que fazer, como me comportar, o que estava por vir... Eu sabia que, por ele ser quem era, os nossos programas não poderiam ser considerados usuais, como ir ao cinema, a um parque, ao *shopping*, a uma lanchonete, programas que um casalzinho recém-descoberto faria. Ou melhor, programas que um casal comum e normal faria.

Fiquei divagando, pensando a que tipo de programa ele poderia estar me levando. Estávamos circulando pela cidade de Los Angeles e só mais adiante pude contemplar o que todo turista espera ver quando visita a

tapete VERMELHO

43

cidade: as letras enormes HOLLYWOOD incrustadas na montanha ao longe... foi emocionante. Claro que a ficha não caiu imediatamente, então, quando percebi, acabei demonstrando uma certa euforia comum às crianças que chegam à Disney. Meus olhos brilharam quando perguntei:

— Vamos visitar algum estúdio de cinema? — Estava difícil de controlar a empolgação... — Poxa, que emoção! Tem algum filme sendo filmado agora? — *Que raio de pergunta era aquela?* É claro que deveriam estar acontecendo filmagens, milhares delas, afinal eram muitos estúdios espalhados numa área gigantesca.

— Vamos à filmagem do meu próximo filme. Vamos ver as cenas que estão sendo rodadas agora. São outros atores que estão lá filmando suas sequências, são as cenas do meio — Jim me explicou calmamente.

— Então o filme não começa a ser filmado do início? Que estranho, sempre pensei que fosse na sequência das cenas... Ah, você roubou a magia do cinema! — brinquei, fazendo um beicinho. Acho que não estava preparada para o que estava por vir. Na verdade, quando fiz o beicinho, não foi com a intenção de fazer charme. Então, quando ele me puxou para seus braços e cobriu meus lábios com os seus, fui surpreendida duplamente. Pela reação inesperada dele e pela minha própria. Parecia que eu estava sendo eletrocutada. Deixei que o beijo se aprofundasse e acabei enroscando minhas mãos no seu cabelo, enquanto sentia que ele me apertava mais de encontro ao seu corpo. Foi uma sensação única. Acho que nunca, nos dois anos de namoro com Alexandre, eu havia sentido aquele formigamento em minhas entranhas; foi uma sensação luxuriante. Opa! "Luxuriante" foi o suficiente para que eu resolvesse soltar o cabelo dele e tentasse me equilibrar de uma forma menos indecente no carro. Nesse momento, senti que Jim afrouxava o aperto e abandonava meus lábios. Ai, que sensação de vazio estranha. Ele me deu mais um, dois, três selinhos, me olhando nos olhos, e sorriu. Ah, que sorriso... Talvez eu nunca mais esquecesse aquele sorriso. Não tinha igual... Definitivamente eu estava ficando piegas, mas era a verdade.

— Uau. Desculpe pelo assalto momentâneo. Eu estava ansiando por isso há um certo tempo — se desculpou ele, sem querer se desculpar de verdade. Ele estava mesmo era fazendo um *mea culpa*, mas eu aceitei de bom grado e não me desculpei por corresponder.

Capítulo 6

MARINA

Chegamos ao estúdio onde estava sendo rodado o filme. Pelo estilo, era um filme épico, ambientado no século XIX. As cenas rodadas naquele estúdio seriam as internas, sendo que as externas deveriam ser gravadas em outro lugar. Não me atentei para o local. Eu caminhava ao seu lado, sentindo olhares me seguindo, mas talvez fosse porque eu estava fazendo um superesforço para não transparecer a excitação que me tomava. Era demais. Eu estava fazendo uma coisa nunca antes imaginada, de mãos dadas com o cara mais gato do planeta, segundo as listinhas dos milhares de *sites* na internet. De acordo com a revista *People*, ele era considerado o terceiro rosto mais bonito do mundo.

Não sei porque eu parei para refletir sobre isso neste exato momento, então deixei passar. Mais tarde eu divagaria sobre isso novamente, no calor do meu quarto, com meu travesseiro, e sonhando acordada.

— Paul, esta é minha namorada, eu a trouxe pra dar uma olhada nas filmagens, se não tiver problema — informou ele para o que eu imaginava ser o diretor do filme.

Disfarcei o choque quando ele me apresentou escancaradamente como "sua namorada", assim... sem nenhum pudor ou escorregar na frase. Saiu de sua boca com a mesma facilidade com que ele exalava o ar.

— Sem problema! Podem se sentar em algum ponto de imagem, se quiserem, vou pedir à Betsy que arrume um local adequado — respondeu ele, já se encaminhando para uma sala reservada.

Depois de mais uma caminhada pelo estúdio, que concluí ser maior do que eu imaginava, nos sentamos em um local reservado e acompanhamos as filmagens. Ao final de umas duas horas, os trabalhos foram dados por encerrados, alguns atores da cena chegaram aonde estávamos e James também me apresentou. Deixei passar o fato de que ele não falava meu nome em hipótese alguma, creio que tentando resguardar minha identidade. Foi bem bonitinho. Ele realmente estava preocupado que a mídia não caísse matando em cima de mim. Enquanto meu nome estivesse trancado a sete chaves, eu poderia ficar sossegada e nem teria que explicar nada para minha família. Quando eles leriam revistas de fofocas internacionais? Nunca. Então estava valendo.

As horas transcorreram rapidamente. Fizemos um lanche rápido no restaurante do estúdio. Conheci mais algumas pessoas, a maioria bem amistosa. Todos bastante curiosos para saber de onde eu era, como tinha conhecido o objeto de desejo mundial, essas coisas. Fiquei quieta na maior parte do tempo. Eu tinha certeza de que, se abrisse a boca, meu sotaque delataria minha identidade secreta, feito um dedo-duro no jardim de infância.

Estávamos indo embora quando ele me puxou para seu lado e me deu um beijo de novela, uma coisa bem *teenager*, que eu não fazia desde os 15 anos, no corredor da escola. Dei risada da situação e ele quis saber o porquê. Sacudi a cabeça falando pra ele deixar pra lá, mas a curiosidade era maior que tudo. Acabei explicando. Ele riu muito.

Fomos para o carro e planejamos o resto do dia. Ele me levaria em "casa" para que eu pudesse tomar um banho e mudar de roupa e depois iríamos a outro local secreto, já que ele se recusou a me dizer. "Pelo menos diga o tipo de roupa, né?!". De qualquer forma, ele pediu que eu não me preocupasse e que me vestisse confortavelmente.

Saí do carro e corri para o alojamento. Encontrei somente Lindsey no quarto, já de saída. Ela me perguntou se eu não queria ir junto. Recusei educadamente e disse que iria sair. Senti a curiosidade dela pra saber aonde e com quem eu iria. Desconversei e me enfiei no chuveiro. Coloquei uma calça *jeans* confortável, um agasalho de tricô bege e calcei um par de tênis. Ajeitei os cabelos num rabo de cavalo para fazer um estilo diferente e, dessa vez, sim, caprichei na escolha do perfume. Nada forte e exuberante, porque não era meu estilo, mas algo cítrico. Peguei minha bolsa e saí em disparada porta afora. Ao descer a escadaria, confesso que me deu um certo medo de o carro não estar mais lá. Mas suspirei de alívio ao vê-lo no mesmo lugar. Entrei meio esbaforida e me sentei.

— Minha nossa! Cansei! Fazer as coisas de modo secreto requer cuidado em dobro. Tenho a impressão de que estou sendo vigiada constantemente — desabafei.

— A minha proposta ainda está de pé: você não teria que se preocupar o tempo todo com isso — disparou ele, na tentativa de me convencer.

— Não, obrigada, é muito gentil da sua parte, mas acho que dá pra levar — contra-ataquei rapidamente.

O carro arrancou velozmente e me jogou contra o encosto do banco. Ele me abraçou e sapecou um beijo na minha boca.

Suspirei desapontada, acho que estava esperando mais. Ele percebeu e me fez promessas para mais tarde, afinal, ainda tínhamos o motorista e Carl, sentado incólume no banco da frente. Onde estavam aqueles vidrinhos que isolavam a parte de trás do carro? Ah, só em limusines, deixa pra lá. Estava bom daquele jeito.

Percebi que estávamos chegando a um estádio gigante. Claro que eu não sabia o nome, já que eu não tinha visitado os pontos turísticos da cidade.

Ele esclareceu que estávamos indo assistir a um jogo de basquete do Los Angeles Lakers contra o time de Nova York. Ah, programa com roupa bem confortável.

Tudo bem. O que valia era a companhia. Eu boiaria de qualquer jeito mesmo, então deixei fluir o momento.

Nós nos sentamos em uma área VIP, separada para celebridades. Reconheci alguns rostos, mas sem identificar nomes, porque aí seria demais. Também identificava alguma celebridade quando percebia os *flashes* disparando. Durante todo o tempo, James fez questão de segurar minha mão e tentar me proteger quando um *flash* apontava em nossa direção. Depois dos quatro quartos de jogo e um placar de 105 x 80 para os donos da casa, começamos a nos dirigir para a saída quando fomos interpelados por uma mulher.

— Olá, James, estamos observando que mudou de companhia... — disse ela ironicamente.

— Se vocês prestassem atenção à vida de vocês... — respondeu

tapete VERMELHO

47

ele polidamente, mas com uma nota de irritação na voz. Senti sua mão apertando a minha.

— Ora, então você é uma celebridade que acha que pode aparecer de uma hora pra outra com uma companhia misteriosa e ainda se dar ao direito de ficar aborrecido? Sua amiguinha deveria saber onde estava se metendo quando aceitou sair com você... Nós temos uma massa para alimentar, James, você sabe disso — continuou a megera. Agora eu estava na defensiva porque o tom que ela usava era um tanto debochado e ofensivo.

— Na verdade, Shandra, eu não a estou escondendo. Estou em um evento público, não estou? — esclareceu ele, meio constrangido. Senti que me olhava; esperava o quê? Uma reação sobre o quê? Ah, agora eu tinha entendido: ele havia me exposto aos leões, como que para abafar os bochichos de estar me escondendo em algum lugar. Não sei se me sentia aliviada ou preocupada. A sensação não estava definida. Mas de toda forma eu não sentia raiva.

Carl chegou neste instante e nos puxou para bem longe dali. Quando entramos no carro, ele se virou pra mim com os olhos suplicantes, como que em um pedido mudo de desculpas.

— Está tudo bem, James, eu não vou falar nada. Eu sabia o risco que estava correndo quando aceitei sair com você, certo? — expliquei calmamente.

Nessa hora, ele me puxou para o calor dos seus braços. Não sei o que aconteceu primeiro. Se eu o beijei ou se ele me beijou. Durou poucos segundos, já que Carl se instalava no banco do carona e o carro arrancava de maneira suave pelas pistas de Los Angeles.

Algum tempo depois, ele falou:

— Definitivamente eu tirei a sorte grande quando conheci você, sabia? —disse ele, ainda me abraçando.

— Por quê? Só porque você está sendo salvo repetidas vezes por mim com meus atos heroicos? — indaguei, rindo. Com toda certeza era divertido passar o tempo com ele. Eu me sentia realmente à vontade para fazer graça nas mais variadas situações.

Fomos conversando animadamente até um restaurante bem aconchegante numa avenida chique de Los Angeles, e lá sim era um antro — se é que podemos nos referir desta forma ao local —, de celebridades dos mais variados tipos e formas, do cinema, da televisão, da música, dos esportes. Alguns cumprimentaram James, enquanto nos afastávamos para uma mesa de canto reservada – se bem que nem precisava ser reservada, pois todo mundo ali era *reservado*. Uma música suave tocava ao fundo trazendo um certo aconchego ao local lotado. Notei que naquela cidade deviam mesmo existir locais apropriados para que astros das mais diversas constelações pudessem levar uma vida mais normal: sair para jantar, dançar... será que tinha cinema próprio? Eu me lembraria de perguntar isso depois.

Estava absorta nos meus devaneios quando percebi que James me encarava com um sorriso no rosto.

— O que foi? — perguntei.

— Está admirando alguém em particular? — ele me perguntou com um meio sorriso.

— Não, estava até com dó de vocês, pobres coitados... Têm que se misturar entre si mesmos, já que não podem se juntar aos reles mortais sem antes perderem os tímpanos, ou a visão. Você reparou como esses *flashes* de hoje em dia são potentes? — divaguei mais para mim mesma do que para ele.

— Eu já disse o quanto você é divertida, Nina? — perguntou ele, usando meu novo codinome. Aquilo me comoveu. Pareceu ter um toque carinhoso. Como um afago, um cafuné na nuca... *Awn*, suspirei. Acho que estava atingindo níveis máximos de paixonite aguda.

— Que bom que você pode se divertir comigo... Sabe que, quando mais nova, eu pensei seriamente em ingressar no mundo artístico, ser comediante, essas coisas? — falei rapidamente. — Meu pai não deixou. Imagine se ele soubesse que estou na toca dos lobos!

— Está mesmo. Só neste ambiente já pesquei um milhão de indagações ao seu respeito. Onde eu encontrei você, de onde você poderia ser... Até ouvi alguém especulando se você tem irmã... — comentou ele, rindo. — Ainda bem que eu encontrei você primeiro... E vamos continuar com nosso segredo até onde der, certo? — continuou.

— Certo. Você é o cara — brinquei jocosamente com a piada universal.

Continuamos conversando animadamente por um bom tempo. De vez em quando, ele segurava minha mão por cima da mesa e beijava

tapete VERMELHO

meus dedos. Jim era tão gentil que era difícil imaginar alguém não se apaixonar por ele. Isso me levou a indagar se realmente os boatos de que ele saía com determinadas colegas de profissão eram verdadeiros... Eu não tiraria a razão delas, o cara era apaixonante. Sedutor, carinhoso, divertido e atencioso.

Esqueçamos a parte do lindo, cheiroso e maravilhoso pra não constranger mais ainda os pobres mortais que estavam à nossa volta.

Reconheci um rosto na multidão. Ah, meu lado tiete aflorou: Alicia Keys! Eu simplesmente amava a cantora *pop* americana. Além de ser linda, eu a considerava a *top* no quesito talento. Nada de superficialidade em sua carreira. Ela era o máximo. Comentei com Jim e ele me disse que não a conhecia pessoalmente, mas que também admirava seu trabalho. Perguntou se eu queria ser apresentada e neguei veementemente. Já era embaraçoso demais estar circulando no meio daquela galáxia, me fazer de tiete era o cúmulo do mico ao cubo.

Depois de acertada a conta, fomos embora. Lá estavam os *paparazzi*. Claro, por que não pensei nisso antes? Se eu fosse um *paparazzo* também me concentraria exatamente onde eu pudesse registrar o maior número de fotos de artistas por metro quadrado. Sempre haveria algo a ser registrado. Uma roupa indiscreta, um encontro promissor, um caso extraconjugal, uma celebridade saindo embriagada... Lá dentro estava cheio de alvos fáceis de serem registrados.

Despedimo-nos mais tarde na entrada do meu alojamento, dentro do carro. Desta vez, Carl e o motorista, que se chamava Rudd, nos deram uma certa privacidade. James se desculpou por não me levar até a porta. Eu disse que tudo bem, não queria que ele fosse sequestrado para algum quarto por ali nem coisa parecida. Dessa vez, o beijo foi mais demorado e mais intenso – se é que poderia ser mais intenso do que o primeiro naquela tarde... Ele deslizava as mãos pelas minhas costas, ao mesmo tempo em que soltava meu cabelo e aspirava a fragrância do meu xampu misturada ao perfume.

— Hum, eu poderia ficar aqui a noite toda... — disse ele, sedutoramente.

— Sei... Engraçado, eu também... — respondi, enquanto ofegava entre um beijo e outro.

Quando parecia que as borboletas estavam habitando outra região do meu corpo, percebi que era hora de parar.

— Bem, eu tenho aula amanhã bem cedo, mas espero você programar outra roda de atividades... — sugeri, meio incerta. Por que eu imaginaria que talvez ele quisesse me ver todos os dias?

— Amanhã depois do almoço eu te pego aqui neste mesmo lugar — prometeu.

Nós nos despedimos novamente e saí do carro meio cambaleante. Acenei para Carl e Rudd e corri para o alojamento. Uma chuvinha gelada caía neste momento.

Cheguei ao meu esconderijo intransponível e depois de uma ducha rápida, coloquei meu pijama aconchegante e me deitei sonhando com aquele dia. Será que eu estava agindo de forma racional? E se nesta história eu saísse machucada? Coloquei o travesseiro na cabeça e apaguei.

JAMES BRADLEY

Definitivamente eu era um caso perdido. A decisão de procurar por Marina, quando ela não fez o que eu esperei, foi a mais acertada até então. Estava me sentindo um adolescente com tesão, com uma paixonite encubada dentro do corpo, mas tendo que dominar meus instintos porque não poderia simplesmente assustar a garota com o arroubo que eu pretendia explorar.

De uma coisa eu tinha certeza: Marina Fernandes era, de fato, uma garota diferente das demais que eu já havia conhecido. Com um lado doce, alegre e, ao mesmo tempo, tímido, ela reunia em si características que nem sequer se dava conta que podiam ser um poderoso atrativo para os homens.

Eu estava mais do que fascinado. Louco para explorar as curvas suaves que podia perceber naquele corpo sedutor, ansioso para beijá-la com mais ênfase, sendo que as pequenas mostras já foram o suficiente para me levar para casa com a necessidade de uma ducha fria.

Muito menos eu me reconhecia naquele papel de rapaz enamorado. Não era um hábito meu simplesmente assumir algo que nem eu mesmo poderia ou saberia definir ao certo.

Não tinha como expor em palavras o fascínio ou interesse ardente que estava sentindo pela garota brasileira. A única coisa que eu sabia era que a queria ao meu lado, o tempo inteiro. Meus compromissos estavam ficando em segundo plano, porque eu só conseguia pensar no momento em que a reencontraria.

Carl já estava ficando grilado, sem entender aquela minha obsessão. E será mesmo que poderia ser classificada como obsessão? O que eu poderia afirmar, com toda a certeza era: estava completamente seduzido pela magia daquele sorriso fácil.

Capítulo 7

MARINA

Os dias seguintes foram exatamente iguais. Eu frequentava as aulas pela manhã e, à tarde, me encontrava com ele no mesmo lugar. Íamos às gravações de filmes, fotos publicitárias, jogos, shows de música, restaurantes etc. Sempre seguidos de perto pelos *paparazzi*, fãs, agentes, seguranças. Dependendo do local em que íamos, a segurança se desdobrava. Contávamos agora com Justin. Um sujeito supersimpático que ficava na minha cola mesmo quando eu ia ao banheiro.

Quando eu não estava estudando, minha agenda de atividades girava em torno de James Bradley. Avisei meus pais do novo relacionamento, pedi que não acreditassem em tudo o que lessem em revistas, defendi veementemente o estilo de vida que Jim levava e senti que eles agora desejavam que eu voltasse, nem que fosse para os braços de Alexandre. O que era um desejo bem estranho, dadas as circunstâncias da nossa separação.

Eu estava tranquila na biblioteca quando percebi um certo burburinho do lado de fora. Peter entrou correndo e fechou a porta da minha cabine.

— O que foi? — perguntei ao vê-lo ofegante e com os olhos arregalados.

— Foi aquela sua colega de quarto, Lindsey não sei do quê... Ela te reconheceu em umas fotos na internet e espalhou para o *campus* inteiro que você é a nova namoradinha de Jim Bradley. Mas ela fez pior que isso: contatou uma revista e vendeu todas as informações ao seu respeito. TODAS! — exclamou ele, exasperado.

Gelei. Aquilo era exatamente do que eu não precisava no momento. Minhas provas estavam se aproximando e eu não queria ser alvo de fofocas e oportunistas. Então essa era a sensação de saber que o inimigo dorme ao lado.

— Peter, e essa confusão aí fora? — perguntei, temerosa.

— Tem milhares de pessoas aqui, Nina. E um batalhão de fotógrafos do lado de fora. Lindsey está liderando a turba. Eu já acionei a Janet e ela está do nosso lado. Vou tirar você daqui. Ela está pegando algumas coisas suas no quarto.

— Peter, não sei nem como agradecer, você está sendo um amigo e tanto. Mas como vou sair daqui? — perguntei assim que me recuperei do choque.

— Vamos pular a janela, claro. Steven já está nos aguardando lá fora — explicou, como se fosse a coisa mais fácil do mundo pular do primeiro andar.— Não se preocupe, já estamos acostumados a fugir da biblioteca em caso de perigo imediato.

Entendi por perigo imediato eles estarem fazendo alguma coisa ilegal. Respirei fundo, juntei minhas coisas e o segui. Fomos para o último setor da área literária e o vi se inclinar para uma janela pequena e quadrada no canto da sala. Ele conversou com alguém que supus ser Steven e me chamou. Jogou minhas coisas e começou a me erguer para a janela, que tinha um beiral externo em que pude me apoiar para esperar a coragem e saltar no ar. Ele ficou ao meu lado e saltou. Lá embaixo, ele olhou pra mim e fez uma grade improvisada com seus braços entrelaçados aos de Steven. Porra! Eu teria de saltar... Contei até 3 e fui, só não esperava me desequilibrar na aterrissagem. Não era para eu ter aterrissado entre os braços deles? Então por que estávamos os três no chão e meu pé latejava horrivelmente? Depois de me desenroscar dos dois, nos erguemos e abafei um grito agudo. Merda, torci meu tornozelo! Essa era uma dor conhecida da minha infância. Coloquei a mão na boca e senti as lágrimas brotando no canto dos olhos.

— O que houve? Você se machucou, lindeza? — perguntou Peter, preocupado.

— *Argh*, torci meu tornozelo esquerdo. Droga, era tudo o que eu precisava neste momento... — choraminguei.

— Calma, gata, estamos aqui para esta missão de resgate, certo? — falou jocosamente Steven, que percebi ainda estava me segurando pela cintura.

— Vamos, vamos, que a turba está se aproximando, já devem ter dado falta de você na cabine da biblioteca — comentou Peter, me apoiando do outro lado e me fazendo pular em um pé só pelo gramado do *campus*.

Se não fosse a dor no meu tornozelo estaríamos provavelmente rindo da situação. A cena deveria estar engraçada do lado de fora também. Eu, espremida entre dois grandalhões galegos que eram uma mistura de surfistas com jogadores de futebol americano.

Quando estávamos quase chegando à entrada do alojamento, gelei. Carl me esperava encostado no carro e, numa fração de segundos, a porta traseira se abriu e vi um James estupefato sair do carro... Não, aquilo não podia estar acontecendo. Ele não estava mantendo sigilo sobre si mesmo naquele veículo inviolável? Por que tinha que sair dali naquele exato momento?

Percebi que ele olhava para "minhas bengalas" com cara de poucos amigos. Pedi que me levassem para o carro e fui atendida de pronto. Quase no mesmo momento, uma Janet frenética nos encontrava no gramado já com minha mochila em mãos. Droga, nada da minha mala.

James percebeu que alguma coisa estava errada e correu ao nosso encontro. Peter informou a situação e ele me pegou no colo correndo para o carro.

Agradeci aos rapazes e a Janet, não sem antes observá-la suspirar ruidosamente ao se despedir de James.

O carro arrancou ao mesmo tempo em que percebíamos a correria no gramado e os *flashes*.

tapete VERMELHO

Capítulo 8

MARINA

No interior do carro, não conseguia me concentrar por causa da dor no tornozelo e do olhar ultragelado de James na minha direção.

— O que foi agora? — Tentei evitar choramingar, mas a dor era excruciante.

— Vou deixar você me explicar o que aconteceu para estar nos braços dos dois caras lá atrás — rebateu ele.

Nessa hora de dor, percebi o ciúme embutido.

— Você está brincando que está com ciúmes, né?! — Eu não aguentei. Explodi ali mesmo. Deixei que as lágrimas caíssem livremente e só então ele percebeu que algo estava realmente errado.

— Eles me falaram que você torceu o pé, mas não levei a sério, me desculpe — disse ele, afagando minha cabeça e secando minhas lágrimas com a outra mão. — O que houve?

— Minha colega de quarto me reconheceu e vendeu os direitos dos meus dados a uma revista sensacionalista. Os fotógrafos cercaram a biblioteca e outras pessoas queriam participar da bagunça também, aí começou um alvoroço. Peter foi lá me salvar e pulamos da janela da biblioteca. Torci o pé na aterrissagem perfeita. Janet sequestrou alguns dos meus pertences no quarto e cá estou eu. Respondi sua pergunta? — Meu tom foi um pouco ríspido, mas dor era uma coisa que eu odiava sentir, definitivamente. Acho até que fui injusta, mas paciência.

Ele me abraçou com força e quase me colocou no colo. Pediu a Carl que fôssemos a um hospital e começou a se desculpar.

— Foi a isso que me referi quando pedi que você saísse do *campus*. Eu sinto muito. Acho que expus você demais na minha ânsia de estar ao seu lado... — Seu tom de voz era condoído. — Nina, me perdoe, eu deveria ter dado um jeito de protegê-la melhor, talvez até de mim mesmo... me desculpe.

— Ah, pare com isso, Jim, eu sabia no que estava me metendo quando aceitei ajuda-lo e quando saí com você depois disso. O que quero dizer é que sei dos riscos de me envolver no seu mundo. Paciência. Nem todo mundo tem caráter. Parece que minha *roommate* não tem. Garota insolente! Estou pensando em dar umas nela, sei até uns passos de capoeira, posso deixá-la no chinelo... — brinquei para descontrair o ambiente.

Ele riu, como eu esperava, e me abraçou. Deu um beijo rápido no meu rosto e saltou do carro assim que parou. James me pegou no colo, mesmo eu alegando que poderia caminhar apoiada em seu braço, e me levou para uma ala reservada. Putz, será que até hospital reservado tinha? Hum, por isso ninguém ficava sabendo de tudo, só se as informações vazassem. E eu já tinha descoberto como as informações vazam rápido quando há dinheiro envolvido.

Depois da imobilização do tornozelo, ficou impossível argumentar qualquer coisa com James "teimoso" Bradley. Ele me levou para o mesmo hotel do início da nossa história e me alojou ali, se é que aquilo poderia ser comparado a "se alojar". Eu me senti no conforto de um lar. O quarto era uma gracinha, com cozinha própria, sala privativa e varanda. As portas do nosso quarto não se comunicavam – ainda bem. Só me faltava mais essa pra ter que me preocupar! Não que eu tivesse medo de ele me assediar na calada da noite, o medo era de eu pedir para ser assediada. Argh, deixa isso pra lá. A dor estava voltando e peguei o frasquinho de analgésico para aplacar a queimação.

O gesso me limitava um pouco. Avisei minha família do pequeno incidente, ri à beça para que eles não pegassem o primeiro voo para Los Angeles e desliguei o telefone depois de dar as informações de onde poderiam me achar.

Eu já estava confortavelmente acomodada no sofá quando a porta se abriu. Olhei espantada. Ele se desculpou dizendo que pegara a chave extra com medo de eu ter dormido ou de não conseguir chegar à porta.

Estendi os braços para ele, que me ergueu do sofá, cheirou o meu cabelo e me beijou. Naquele instante, esqueci realmente a dor no pé, do Tylenol, do sono, da leseira... Senti-me desfalecendo nos braços dele. Não que eu tivesse desmaiado, mas eu estava mole. Acho que muita adrenalina faz isso com as pessoas: ficam zonzas quando passa a sensação do sangue.

Preocupado, ele pensou em chamar um médico.

— Ah, pare com isso, eu estou legal, foi você que me deixou tonta com este beijo. Eu estou em plena recuperação, você não pode chegar assim e arrombar meu coração... — brinquei, afagando seu rosto.

— Certo, a culpa é minha, madame, mil perdões — desculpou-se, rindo. — Nina... — chamou ele com sua voz de veludo.

— Hum... — Eu já estava letárgica devido à medicação. Ouvi sua voz ao longe, tentei responder, mas só o que consegui foi gemer de novo.

— Acho que te amo... — declarou. Estava tão distante que realmente só poderia ser sonho.

— Hum, acho que eu também... — respondi com um sorriso.

Senti uma última fungada no meu pescoço e mergulhei num sonho suave com um príncipe encantado.

JAMES BRADLEY

Eu estava observando Marina dormir placidamente, recordando os eventos que aconteceram mais cedo. Além do choque óbvio do vazamento de sua informação à mídia sensacionalista, talvez o que mais estivesse encucando minha cabeça fosse o ciúme irracional que senti. A imagem dela entre os dois caras ainda estava bem vívida na minha cabeça. Eu era ciumento. Ponto. Acabei de chegar a essa conclusão. Sempre fui cuidadoso com meus relacionamentos, sempre cuidei para que houvesse exclusividade em ambas as partes. Nunca gostei de compartilhar. Mas o sentimento com Marina era algo muito mais aterrador, porque eu me desconhecia.

O sentimento de posse era tão intenso que apenas imaginar outro homem tocando sua pele já me deixava irritado ao extremo. E embora isso pudesse parecer doentio para alguns, eu conseguia apenas me enxergar como um homem tentando segurar entre seus dedos um bem precioso, um tesouro inigualável. Eu a observava gemer em seu sono, e a frustração me assombrava, pois não havia sido capaz de protegê-la da corja de abutres que pairava no meu meio de trabalho.

Quando confessei meus sentimentos, mesmo que para sua forma ainda desfalecida e letárgica, sem saber se ela havia entendido ou não meus reais sentimentos, eu mesmo já tinha a plena convicção de um fato incontestável: meu coração estava perdido na batalha. Marina Fernandes tinha vencido aquele round de lavada.

Capítulo 9

MARINA

Acordei no dia seguinte sentindo os efeitos do analgésico para o tornozelo ferrado, digo, torcido. De repente, percebi o peso extra no pé. Eu tinha me esquecido do gesso. Droga. Aquilo limitaria minha mobilidade diária... E pensar que, quando criança, eu adorava estar engessada. Dava uma sensação de poder, todo mundo fazia de tudo para ajudar, as tarefas domésticas eram passadas a outra pessoa... Era como um período de férias, só que sem poder desfrutar de uma boa piscina.

Levantei-me, identifiquei meus objetos e fui para o banheiro. Depois de uma rápida ajeitada no visual, saí para encontrar meu destino.

Ele estava sentado no *lobby* do andar, próximo ao elevador. Conversava animadamente com uma moça loira. Senti meus olhos se estreitando, talvez tentando reconhecer a figura de algum lugar, mas essa parte falhou. Definitivamente eu não era tão boa de memória fotográfica quanto achava.

Caminhei lentamente e me aproximei dele constrangida. James se levantou, me desejou bom-dia e beijou minha mão. Despediu-se da loira que agora me olhava de soslaio. Nós nos encaminhamos para o restaurante do hotel para um saboroso *breakfast* – saboroso era exagero, eu é que não estava acostumada com o café da manhã americano, que não tinha praticamente nada de igual ao que eu consumia no Brasil. Era uma refeição pesada, gordurosa e nem um pouco apetitosa – ao menos para mim. As pessoas simplesmente carregavam nesta refeição e se esqueciam das principais. Agora eu entendia por que estava emagrecendo: eu estava praticamente numa dieta forçada.

Sentei depois que James insistiu, alegando fazer questão de pegar o que eu quisesse comer. Eu tinha medo disso. Era capaz de ele colocar comida para um batalhão... Dito e feito, ele voltou logo depois com uma bandeja abarrotada.

Eu estava silenciosa aquela manhã. Talvez fosse efeito dos remédios, ou do gesso, ou da loira. Eu estava curiosa para perguntar quem era, mas não queria dar a impressão errada. É claro que eu estava enciumada, mas não demonstraria isso nem se chovesse canivete. James percebeu minha introspecção e me perguntou de pronto o que estava me afligindo.

— O que você tem?

— Nada — respondi rapidamente.

É claro que ele não desistiria facilmente, mas eu evitaria ao máximo o assunto, alegando uma leve indisposição. Dor também seria uma boa. Ele acharia que eu estava sofrendo e me deixaria quieta. Certo? Errado. Quando estávamos nos encaminhando para o carro, ele disparou:

— O que houve? Vamos lá, você está escondendo alguma coisa...

— Não é nada, James — respondi meio encabulada.

— Tem alguma coisa aí. Posso sentir que você não está normal. Tem alguma coisa aborrecendo você...

— Adiantaria eu dizer que posso estar sentindo dor? — Sorri timidamente com o tom da minha pergunta.

— Eu não acho que seja isso... — argumentou.

— Tá, tudo bem, eu só estava tentando me lembrar se aquela moça de hoje cedo era atriz ou coisa parecida... — assumi meio sem graça, mas não sem antes tentar disfarçar o tom na minha voz.

— Ah, agora entendi! Você provou do seu próprio remédio, é isso?

— Como assim? — Não entendi o argumento.

— Ora, ontem eu tive ciúmes, hoje, nada mais justo do que você provar da mesma sensação — disse ele descaradamente e começou a rir.

Ele me abraçou e nem tive tempo de revidar a acusação vil. Verdadeira, eu tinha que admitir, mas vil.

— Ora, não é ciu... — ele nem me deixou terminar. James me beijou ali mesmo no saguão do hotel. Ele estava ficando destemido diante das pessoas... E se um fotógrafo estivesse escondido atrás do arranjo de plantas gigantesco próximo à entrada do hotel? Além do mais, o movimento nos desequilibrou já que eu estava engessada.

Caímos na risada e fomos para o carro. Seria mais um dia de passeio. Eu estava adorando aquela rotina.

— Então, não vai querer saber quem era a loira? — perguntou sorrindo.

— Se você quiser contar, tudo bem... — tentei dar um tom de indiferença.

— Era uma atriz com quem já trabalhei, há uns dois anos. E, antes que você me pergunte, e eu acho que você não iria perguntar, mas antes que leia em algum lugar: não, eu não tive um caso com ela. Mas aparentemente toda atriz com quem contraceno vira automaticamente minha nova namorada. Você nem imagina como isso é cansativo, mas depois de muito tempo, análise e outras compensações, a gente se acostuma.

Deixei passar o que ele poderia querer dizer com "outras compensações". Isso me lembrou vagamente sobre a suspeita de que ele estaria voltando de uma clínica de reabilitação. Eu já tinha ouvido falar muito sobre isso, certo? As celebridades pareciam adorar uma hospedagem em *spas* para se livrar de seus vícios. Eu não queria nem pensar nisso – não que eu não entendesse, devia ser realmente dureza enfrentar aquilo todo santo dia: repórteres, *paparazzi*, fãs enlouquecidas, rotinas atrapalhadas, viagens o tempo todo, entrevistas, campanhas publicitárias... Era como perder a própria identidade e ficar condensado eternamente na imagem exterior. O corpo era o templo dessas pessoas.

Eu entendia, mas não aceitava. Esse era o preço que eles deviam saber que pagariam pela fama, não era? Se não queriam esse tipo de vida, por que não se profissionalizaram em outra área? Claro que tinha a ver com talento, predestinação. A maioria dos atores que eu já havia visto dando entrevistas tinha o discurso idêntico. Não conseguiam pensar em trabalhar em outra coisa. Interpretar estava em suas veias. Então que pagassem o preço da fama, mas não se perdessem no processo. Era muito triste observar a decadência de alguns ídolos. Eu poderia citar vários nomes cujo destino final eu conhecia, mas decidi não pensar nisso.

— *Okay*, então. Mas você realmente nunca se envolveu com uma colega de trabalho? Eu fico pensando, as cenas que vocês fazem são tão envolventes às vezes, fica difícil imaginar que não role absolutamente nada...

— Você nunca ouviu falar de beijo técnico? — perguntou ele, espantado.

— Claro que sim, mas, sei lá, beijar é tão íntimo... Eu acho difícil

tapete VERMELHO

imaginar uma técnica pra isso...

— Nina, enquanto a gente grava uma cena, tem dezenas de pessoas no lugar, câmeras, luzes, o diretor, contrarregra, muita gente mesmo. Não acho que dê pra rolar um clima com uma plateia na expectativa. Além disso, a gente grava a cena tantas vezes que é cansativo...

— Por isso mesmo! Imagine você ter que beijar repetidas vezes até ficar perfeito. Ah, não me diga que não sai nenhuma faisquinha... — insisti no meu argumento.

— Olha, é muito mais fácil acabarmos nos envolvendo fora do ambiente do estúdio. Nas coxias, nos *trailers* de instalação, às vezes fazemos amizade e dali pinta um clima. Mas comigo só rolou uma vez.

— Ah... — respondi, decepcionada. Se já tinha acontecido uma vez significava que poderia acontecer de novo, e eu não queria nem pensar naquelas atrizes surpreendentemente lindas...

— Nina, nem todas as pessoas são atraentes pra todo mundo — disse ele, adivinhando meus pensamentos. — Algumas colegas de trabalho são tão insuportáveis que só mesmo uma interpretação primorosa dá o tom romântico à relação...

— Ah, desculpe. Eu realmente não queria me meter nestes assuntos, me desculpe...

— Tudo bem. Eu fiz questão de esclarecer. Até para que você não acredite em tudo que ler por aí. Seja em revistas, noticiários ou pela internet. Eu sou um cara normal por trás de toda essa fachada hollywoodiana. Eu gosto de me relacionar sério com alguém, sair, namorar. Eu não sou pegador. Poderia ter um milhão de oportunidades com um milhão de fãs. Você não faz ideia do que elas são capazes... Mas eu não quero. Eu estou muito bem neste exato momento.

— Ah, tudo bem...

James colocou a mão no meu rosto, fazendo com que eu me aconchegasse à carícia sutil.

— Estou muito bem com você. Há muito tempo eu não me divertia tanto com alguém. Sua companhia é extremamente agradável, espero que você saiba disso.

— Sei... — respondi com sarcasmo e constrangida ao mesmo tempo.

Ele me abraçou e me beijou para finalizar o assunto e provar a veracidade de suas palavras. Aquilo foi o suficiente. Eu não tinha uma expectativa gigante naquele relacionamento, mas estava feliz por poder usufruir de todos os momentos ao lado dele. É claro que eu sabia que, quando fosse a hora de ir embora, eu sofreria. Quem nunca sofreu por amor? Opa! Amor? Quem falou em amor...? Meu Deus, eu estava apaixonada mesmo! Percebi claramente naquele momento. Eu seria capaz de amar aquele cara sentado ali ao meu lado, mas não podia sequer sonhar com um futuro juntos. Éramos de mundos completamente diferentes. De continentes diferentes, idiomas diferentes... Eu não conseguia atinar a hipótese de fazer parte do mundo dele, e percebi que, a partir daquele instante, faltava somente um pouco mais de dois meses para eu ir embora para casa. O arrependimento por não ter pego um programa maior de intercâmbio chegou rasgando meu peito. A saudade da minha família era grande, mas, nessas circunstâncias, com um amor recém-descoberto, eu ficaria longe mais tempo, ou iria só pra visitá-los e voltaria correndo para os braços dele...

Ai, eu estava delirando mesmo! De repente, senti uma dor fortíssima no coração: era a dor da expectativa da separação. Eu nunca tinha realmente atentado para o fato de que esse episódio se daria em pouco tempo. Eu sentiria falta dele, mas ele sentiria a minha? Eu seria só mais uma na sua vida, com certeza... Talvez ele se lembrasse de mim alguma vez por eu ser diferente sob certos aspectos: eu era de um país exótico, conhecido por suas belezas naturais, mas muito fora do circuito hollywoodiano, eu era realmente diferente de tudo o que ele já tinha experimentado.

Aquilo mexeu comigo: eu tinha certeza de que seria deletada de sua memória em pouco tempo; quem era eu para imaginar algo diferente? Eu sei, eu sei. A autoestima estava dando um "oi" e descendo a ladeira.

Passado o choque da constatação dolorosa, me recompus rapidamente e decidi vivenciar ao máximo aqueles momentos com ele e deixar para me arrepender depois. Eu aproveitaria cada um daqueles dias que ainda me restavam e não pensaria no futuro. O futuro a Deus pertence, certo? Então vamos aproveitar o agora. Era exatamente por isso que presente se chamava assim, porque deveria ser encarado como um presente mesmo. Diariamente. Nossa! Eu estava ficando filosófica. Achei melhor parar por ali antes que saísse fumaça da minha cabeça.

tapete VERMELHO

O dia foi superinteressante. Fomos a um programa de entrevistas, onde fiquei bem escondidinha nos camarins, mas pude acompanhar a entrevista dele. Enquanto isso, eu desfrutava da refeição deliciosa preparada especialmente para ele. Era um luxo só; daí esses artistas se sentirem o máximo: eles são mimados ao extremo. A assessoria dele passava todas as informações possíveis sobre suas preferências e assim por diante. Sentei-me numa poltrona, acomodando minha perna em uma banqueta. Até isso foi providenciado! Eu estava ficando mal-acostumada, aquilo estava saindo dos limites! Ri comigo mesma em alguns momentos durante a entrevista. Carl entrava de vez em quando para ver se eu estava precisando de alguma coisa. De repente, o momento ficou tenso. Eu me sentei melhor na poltrona. O entrevistador perguntara a ele sobre mim... Era isso? Droga, meu bloqueio no vocabulário veio agora, minha zona cerebral responsável pela compreensão ondulou em outra frequência, me lembrei de que devia estar na tecla SAP e me obriguei a prestar atenção na resposta.

— *Então, você não vai matar a curiosidade geral da nação e nos dizer quem é a garota com quem você tem sido visto nestas últimas semanas?* — perguntou sorrateiramente o apresentador.

— *Na verdade, eu não gosto de falar muito da minha vida pessoal, como todo mundo. Mas tanto para minha preservação quanto da minha companhia... Sim, eu estou namorando, sim. É só o que posso dizer...* — respondeu sorrindo. Pude ouvir a plateia gritando.

— *Ah, James, quem é ela? Por que essa aura de mistério?* — insistiu.

— *Ela é linda, não é? Talvez deva ser por isso que a curiosidade de vocês esteja tão aguçada. Mas ela é muito tímida, então preferimos não comentar nada sobre isso. Quem sabe um dia, quando ela me autorizar...* — Jim sorriu, enigmático.

— *Hum, James Bradley dominado por uma mulher...*

A entrevista mudou de tom, a plateia teve sua vez de fazer perguntas e ele escapulia pela tangente sempre que as perguntas se referiam ao seu novo *affair*. Eu estava na mesma posição estática, tensa, quase sem respirar, quando Rudd entrou no camarim. Ele disse que havia recebido ordens de me levar dali antes que a entrevista acabasse, para que o tumulto não fosse generalizado. Levantei da poltrona com sua ajuda e saí de fininho. Ele me levou de volta ao hotel. Nem sei por quanto tempo fiquei lá esperando, eu já estava impaciente quando resolvi sair um pouco. O hotel era longe da orla, então resolvi pegar um táxi sem que Rudd me visse. Ninguém ficara sabendo do episódio do tornozelo, então não me associariam a James, na rua, imediatamente.

Tratei de usar um disfarce. Comecei a rir porque estava me sentindo uma atriz se disfarçando para poder ir às compras... Eu não era o problema. O problema era meu "acompanhante". Então que mal faria eu sair um pouquinho? Eu queria ficar sozinha. Pensar nas minhas misérias, no futuro solitário e cheio de saudade. Credo, eu estava bem dramática. Na insanidade futura de vasculhar a internet para saber de tudo sobre a vida dele após minha partida... Eu viraria fã, colecionaria recortes de revistas, colaria na porta do armário, essas coisas. Comecei a rir sozinha das minhas próprias besteiras. Meu lado "drama *teen*" veio com tanta força que saí do banheiro cantarolando Back Street Boys.

Coloquei o capuz do agasalho dos Lakers que James me dera de presente quando fomos ao jogo. Saí de fininho sem que Rudd me visse, mas não sem antes deixar um bilhetinho informando da minha voltinha.

Entrei no táxi e pedi para me levar a Santa Mônica. Eu queria ver o mar. Caminhei calmamente, na medida do possível, com o gesso me perturbando um pouco, e me sentei em um banco. O vento estava gelado, mas era agradável. Ah, que saudade de um banho de mar! Prometi a mim mesma que assim que retirasse aquele gesso, eu mergulharia ali. Mesmo que a água fosse enregelante. Eu queria matar a saudade da água salgada.

Refleti sobre minhas agruras por uns 50 minutos, só olhando para o mar... Às vezes eu via alguém olhando na minha direção, mas não imaginei em nenhum momento um possível reconhecimento. Ah, pelo amor de Deus! Aquilo ali deveria ser igual ao Rio de Janeiro: circuito de atrizes, modelos e artistas transitando para pegar uma prainha, quem iria se incomodar comigo? Eu não era uma coisa nem outra e estava bem disfarçada. O capuz ainda estava sobre minha cabeça, só estava sem meus óculos, pois não conseguia me lembrar onde os tinha enfiado. O gesso fazia toda a diferença e talvez o fato de eu estar sozinha, sei lá... Não quis refletir muito sobre as possíveis causas das olhadelas. Pensando bem, acho que o fato de estar toda vestida, numa praia, onde a maioria das pessoas passeava seminua, podia ser motivo de estranhamento.

tapete VERMELHO

Fui a um restaurante pequeno e aconchegante na orla e me sentei para saborear um suco natural enquanto apreciava a vista. Quase na mesma hora, alguém se sentou ao meu lado. Olhei sobressaltada o invasor do meu momento solitário. Reconheci de imediato: Peter. Eu teria uma dívida eterna com aquele cara, então não poderia ficar zangada por ele perturbar meu momento.

— Oi! Não imaginei de forma alguma que te encontraria por aqui. Como você está? — perguntou solícito.

— Estou bem, na boa. Estava curtindo um pouco as saudades do mar... E você? — perguntei por perguntar porque estava na cara que ele estava surfando.

— Pegando umas ondas, curtindo com a moçada... Você já decidiu o que vai fazer no Natal?

— Nossa! É mesmo! Eu tinha me esquecido completamente... Eu paguei aquele pacote de ceia de Natal da Universidade. Poxa, vai ser daqui a uns dez dias, não é?!

— É. Sendo que eu achei que você estaria bem acompanhada... — falou ele, meio incerto e sondando as informações.

— Nem sei bem, com certeza eu não vou para casa, mas acho que ele deve ir, sei lá. A gente nem conversou sobre isso. Eu estava me esquecendo completamente da data.

— Olha, vamos ceiar no *campus* e depois vamos a um *night club* recém-inaugurado da cidade que dizem estar bombando. O convite vai ficar em aberto... — convidou ele.

— Ah, não sei, não tô muito a fim de encontrar a Lindsey...

— Ela saiu de lá. A Universidade achou a atitude dela infame e ofereceu a transferência dela para outro lugar — esclareceu ele.

— Hum, que coisa... — respondi aliviada e me sentindo secretamente vingada. Vadia! Estragou meus planos de estudo! Mas também, se não fosse por ela, eu não estaria tão próxima de James. Então eu ficaria agradecida em algum momento.

Nós nos despedimos, ele reiterou o convite, e peguei um táxi de volta ao hotel. Entrei no meu quarto e fui surpreendida pela presença de Jim na poltrona da sala. Eu havia me esquecido que ele conservava uma chave. Pela cara de poucos amigos, eu achei que tomaria uma bronca.

Mas pelo quê? Eu não tinha feito nada. E ainda tinha deixado um bilhetinho, certo? Espera, eu mesma já me ouricei pela sensação de temer levar uma bronca. Eu não estava a fim de viver tudo aquilo de novo.

— Você tem noção da preocupação que me causou? Ou do tempo que estou te esperando aqui? — perguntou ele com um leve toque de irritação na voz. Eu nunca o tinha visto daquele jeito.

— Eu fui dar uma volta na praia. Quer dizer, não uma volta, porque o gesso não permite, mas fui ver o mar. Por que essa raiva toda, James? Eu sou livre para ir e vir, certo? — Eu estava começando a me irritar também.

— Certo. E sei que você deixou um bilhete. Mas quando Rudd a trouxe pra cá, eu esperava encontrá-la pra gente sair de novo. Eu não deixaria você sozinha... — Senti a raiva se aplacando.

— Eu sei. Eu só quis me distrair um pouco, tá? Eu não imaginei que iria ter problema, faço isso sempre quando quero ficar sozinha — esclareci.

Caminhei devagar e me sentei no canto oposto da sala.

— Por que você queria ficar sozinha, Nina? Você está aborrecida com alguma coisa? Tem alguma coisa a ver com a entrevista de hoje? — ele sondou, estreitando os olhos.

— De jeito nenhum. Eu estava pensando em outras coisas pessoais. E acabei me encontrando com um amig...

— Um amigo? Que amigo? — Senti a pergunta tensa.

— Peter, que você conheceu, lá da Universidade. Ele me ajudou na fuga, lembra? Então, daí eu estava combinando uns detalhes do Natal... — esclareci sem perceber que James havia ficado tenso.

— Que detalhes de Natal, Nina? Quer dizer, como assim, combinando alguma coisa? — Senti o tom irritado novamente.

— Ora, James, eu não vou para casa porque é muito longe, então eu já tinha providenciado uma ceia na UCLA. Eles oferecem isso para os alunos estrangeiros sem família, pra não passarmos em branco, e é até bonitinho... Todos os perdidos no mundo numa mesma festa, vários idiomas, ninguém se entendendo... — Comecei a rir. — Creio que não dê pra gente curtir um amigo oculto... — falei comigo mesma.

— Como assim?

— Como assim o quê, James? — Agora era eu que não entendia a razão de James não entender. Estava confuso?

tapete VERMELHO

69

— Eu já tinha programado pra passarmos o Natal juntos.

— Ah, mas você não tem que ir passar o Natal com sua família?

— Eu vou, mas programei para que você fosse comigo — esclareceu.

O choque suplantou o momento mágico. Acho que abri a boca por alguns instantes e tive que lembrar de fechar, correndo o risco de babar sem ver. Querer passar o Natal comigo para que eu não me sentisse sozinha, tudo bem. Mas daí a querer que eu fosse para a Inglaterra com ele estava fora de cogitação, por vários motivos. Primeiro: conhecer a família dele era muito mais do que um passo simples. Segundo: eu não iria para o Brasil por ser longe, então por que raios ele achava que eu iria atravessar o oceano para outro continente que não fosse o meu? Terceiro: eu não tinha dinheiro sobrando para uma passagem de avião e não queria que ele se propusesse a desembolsar. Eu já estava permitindo demais a estadia no hotel de luxo em que estávamos.

Depois de um milhão de argumentos bem e mal resolvidos, ficou esclarecido que eu não iria de jeito nenhum. Não por não querer sua companhia. Engraçado como para um astro de cinema que recebia pedidos de casamento todos os dias ele podia parecer bem inseguro em relação a mim. É claro que eu gostaria de ficar com ele, fazendo bonecos de neve, abraçados na frente de uma lareira, essas coisas... Mas não ia dar.

No momento em que programei aquela viagem de intercâmbio, eu já sabia que passaria a data comemorativa longe dos meus pais e família. Foi o sacrifício que fiz. E eles aceitaram, porque, afinal, vamos combinar... eu estava com 19 anos, me preparando para galgar a vida adulta, e esta era uma boa forma de arrebentar o cordão umbilical.

Preferi me apegar às programações já predefinidas antes da viagem e ficar numa boa do jeito que programei. Claro que, se eu não tivesse conhecido Jim, o sentimento de perda e de saudade não seria legítimo. Eu queria ficar com ele. Queria mesmo. Não queria perder nenhum dia. Queria fazer parte de sua vida. Mas sonhos também têm limites, e eu resolvi limitar os meus.

— Você tem certeza? — insistiu James, agora sentado ao meu lado, acariciando minha nuca.

— Sim. Vou sentir sua falta, mas garanto que não vou morrer —

garanti e pisquei. — Eu sou uma garota crescida, James. Vir para Los Angeles foi um passo calculado para me tornar alguém melhor, então... — Virei de lado para olhá-lo de frente — não torne o que temos em uma prisão para mim, por favor. Eu não quero voltar a ser a mesma garota frágil que eu era tempos atrás.

James franziu o cenho sem entender ao que me referia. Eu tinha aberto algumas partes da minha vida, mas não tudo.

— Como assim, Nina?

— Não fique puto porque resolvi sair, porque isso é me coibir. Não tente me dominar, porque já passei por isso e o resultado não foi legal. Não ache que eu não tenho vontades, porque eu tenho. E muitas.

— O que aconteceu com você? — perguntou, passando a mão pelo meu rosto.

— Algo que não vou permitir que aconteça de novo. — Dei um sorriso brando e tomei a iniciativa de lhe dar um beijo singelo.

Ali encerrei o assunto. James viajaria para as festividades de fim de ano com a família, enquanto eu daria prosseguimento ao que já tinha programado muito antes de conhecê-lo.

tapete VERMELHO

Capítulo 10

MARINA

A semana passou. Continuei com minhas aulas de inglês, dessa vez com uma professora particular. Não entendi bem o porquê da troca de professor.

Antes era um rapaz, muito educado e gentil, que tinha a maior paciência do mundo em me ensinar gramática, vocabulário etc. Passados uns dias, James insistira na troca por uma professora que lhe dava aula de fonética quando ele tinha que trabalhar o sotaque para um determinado trabalho. Fiquei sem saber a razão até aquela noite, quando, inadvertidamente, o questionei. Quase morri de rir de sua explicação sucinta.

— Digamos que ele queria te ensinar outras línguas, literalmente... — respondeu meio a contragosto.

Pulei pro seu colo rindo tanto que não conseguia me controlar. Engraçado como homens são ciumentos. Mas eu devia confessar que aquilo me deixou lisonjeada de uma maneira inexplicável. Um ciumento excessivo era doentio e minguava a relação, mas eu conseguia aceitar o de James, desde que se mantivesse dentro de um limiar aceitável, até mesmo porque eu era ciumenta. E achava que tinha mais motivo pra isso do que ele.

No dia seguinte, retirei o gesso e, dali a quatro dias, James viajaria para as festas de Natal na casa de sua família.

Durante todos os dias que se passaram, ele tentou me convencer de todas as formas possíveis e imagináveis. Mas fui fiel à minha primeira decisão e não caí na tentação. *Amém.*

Numa manhã em que ele foi fazer fotos de divulgação de seu novo filme, eu o informei que sairia para um passeio. Eu queria fazer uma coisa que não fazia havia muito tempo. Ele aceitou de malgrado, desde que eu levasse Rudd comigo. Tentei argumentar, mas fui voto vencido. Tive que aceitar. Nada de táxi. Não entendia aquela neura de James, mas para evitar conflitos, aceitei. Eu andava sozinha em São Paulo, de metrô, a torto e a direito... enfim.

Eu me ajeitei da melhor forma possível no meu biquíni, grande para os padrões brasileiros. Coloquei um moletom e uma camiseta comprida surrupiada da pilha de camisetas de James Bradley, calcei minhas legítimas Havaianas, coloquei meus óculos recém-adquiridos, já que não fazia ideia de onde estavam os outros, e saí para um belo dia na praia de Santa Mônica.

Admirei a orla mais uma vez, o posto de salva-vidas erguido na areia da praia, exatamente igual ao de um seriado que passava antigamente no Brasil. Caminhei devagar pela areia, não sem antes proibir terminantemente Rudd de me acompanhar. Ele que me esperasse no carro, já que não mandei vir comigo.

Hum, aquele americano não conhecia o potencial de um bom brasileiro de ficar na praia o dia todo se quisesse. Ainda mais eu. Minha pele não era nem um pouco frágil e translúcida como a das gringas. Eu tinha o bronzeado que toda garota queria. Aquele que fazia com que elas ficassem lagartixando na areia, tostando nas cadeiras de praia ou nas clínicas de bronzeamento espalhadas pela cidade.

Los Angeles exigia que as mulheres fossem simplesmente espetaculares. Ainda bem que, pelo menos no quesito bronzeado, eu estava ganhando. E era totalmente natural. O que me permitia ser livre para me desfazer das minhas roupas, soltar o cabelo e me dirigir para a água. Engraçado como as mulheres não fazem isso. No Brasil, também eram poucas: a areia é mais uma passarela de desfile de moda praia, mas não para mim. Ir à praia e não entrar no mar era um sacrilégio. Eu morava numa cidade sem praia, então, quando a oportunidade de desfrutar um banho de mar aparecia, eu aproveitava ao máximo. A água salgada é demais, é um santo remédio para muitos males. Fica grudando depois, mas e daí? Após uma ducha fica tudo bem. Parei na beira, senti a água nos pés. Meu Deus, gelada demais, por isso os surfistas estavam vestidos! Ri de mim mesma: uma roupinha de neoprene cairia bem.

— Coragem — disse a mim mesma. As praias do litoral sul do Brasil também não eram geladas se comparadas às do Nordeste? Eram. Mas essa era muito mais. Ui! Entrei com tudo de uma só vez pra não perder a coragem e... Ah, me senti um cubo de gelo boiando num copo de refrigerante.

Passados 20 minutos na água eu já estava dessensibilizada: não sentia meus pés, pernas, braços. Percebi que era hora de sair....

Corri de volta para a areia e me enrolei na toalha gigante e felpuda que trouxera do hotel. Senti alguns pares de olhos me analisando e dei uma olhada geral para ver se todas as partes do biquíni estavam no lugar. Beleza, estavam lá, devidamente comportadas. Sequei o cabelo e comecei a me preparar para sair. Não que eu quisesse ir embora, mas Rudd me encarava do outro lado da rua, encostado no carro. Droga! Meu carcereiro estava com cara de poucos amigos. Cheguei a sentir pena do pobre coitado, mas havia sido escolha dele me acompanhar... ou não. James não dava muita margem para argumentos.

Ajeitei-me rapidamente e fui para o carro. Ainda bem que havia muitos outros carros imponentes por ali, então não dei bola para os olhares que me seguiam. Engraçado. No Brasil, eu sabia que às vezes chamava atenção, mas estava um pouco demais... Será que um americano se sentia assim nas areias da praia de Ipanema? Tipo: alerta de gringo na área. Sei lá. Devia ser isso. Eu devia ter cara de estrangeira mesmo: quando eu entrava nas lojas, os vendedores se dirigiam a mim sempre em espanhol quando percebiam que eu estava me enrolando no idioma. Alguém deveria explicar para os americanos que português é diferente de espanhol, não necessariamente um tinha a ver com o outro.

Sentei-me no carro, tomando o cuidado de forrar o banco com a toalha para evitar um possível dano ao estofamento de couro. Fiquei em silêncio, mas percebi que Rudd vez ou outra me olhava pelo retrovisor. Depois de alguns minutos, não contive a curiosidade e perguntei:

— O que foi, Rudd? O que eu fiz? — bufei agoniada.

— Nada — respondeu ele, desconcertado.

— Nada, não. Você tá me encarando como se eu tivesse feito alguma coisa errada. Eu não mandei você vir! Não pude nem curtir a praia direito! — resmunguei, mas dei um sorriso contemporizador.

— Senhorita Marina, me desculpe. São ordens. Você é corajosa para entrar na água daquele jeito... — respondeu ele sem graça, mas com um

tapete VERMELHO

tom admirado.

— Ah, entendi. Pra mim, praia não é praia sem entrar na água, independente da temperatura... Mas vou confessar que a água estava gelada mesmo... Meu Deus, achei que ia morrer congelada! — respondi rindo.

Chegamos ao hotel e subi rapidamente. Eu estava ajeitando minhas roupas para o banho, cantarolando uma canção, quando senti um agarrão às minhas costas. Rolei na cama assustada e rindo, porque definitivamente eu conhecia aquele abraço.

Ele deu um beijo no meu ombro e parou.

— Você está salgada... — declarou ele.

— Água do mar, sabe como é, tem muito sal... E você ainda não me deu tempo suficiente para eu chegar e me arrumar — respondi me justificando.

— Hum, que delícia... você foi à praia? Sozinha? — sondou ele, incerto.

— Não. — Senti que ele se retesava. — O Rudd ficou na minha cola no calçadão. Mas entrei no mar sozinha... Com exceção dos outros surfistas que estavam por lá.

— E você foi nestes trajes? — questionou.

— O que você esperava? Um hábito de freira? — respondi rindo.

— Posso ver?

— Claro que não! — respondi muito rápido. — Quer dizer, isso é muito pessoal, ficar de biquíni na sua frente — falei constrangida e me sentindo corar até a raiz dos cabelos.

— Mas na praia e para outras pessoas você ficou de biquíni... — argumentou.

— É diferente. E não me amole, vai... — Saí em disparada do quarto para o banheiro, só escutando o som de suas risadas.

Meia hora depois, eu já estava me sentindo pronta para encará-lo de novo. Eu ainda estava envergonhada pelo tom íntimo do nosso diálogo anterior, mas criei coragem e saí para a sala onde ele me esperava pacientemente.

— Então, acho que você vai ter que trocar de roupa, colocar uma mais formal — informou ele, enquanto inspecionava meu vestuário.

— Como assim? Eu não tenho uma roupa mais formal — respondi.

— Eu sei, então nós vamos atrás de uma. Você vai ter uma tarde de beleza hoje. Não que você precise, mas você vai ficar simplesmente irresistível para o evento da noite.

— Hum, e que evento seria esse? Posso saber? — perguntei, curiosa.

— Vamos à *première* do meu filme — respondeu ele, calmamente.

Espere aí... estreia de filme? Isso significava tapete vermelho, multidão de fãs e fotógrafos? Como ele podia simplesmente falar isso com tanta tranquilidade? Eu não saberia nem me comportar em um evento desses, que dirá aparecer em público. Selando um compromisso definitivo com ele publicamente! Ai, não sei se estava preparada para a onda de nervosismo que me acometeu. Sentei-me na poltrona, abracei os joelhos e apoiei meu queixo neles. De repente, a insegurança veio como as ondas do mar naquela tarde. Engolfaram meu espírito outrora confiante de uma forma que não conseguiria expressar em palavras. Percebendo minha reação, ele se sentou ao meu lado e apoiou o braço em meus ombros.

— O que houve? Não está se sentindo bem? — perguntou, preocupado.

— Não é isso, é que eu acho que de repente isso é demais pra mim, não sei se consigo passar por isso...Veja bem, eu sou uma pessoa normal, como tantas outras na face da Terra. Como tantas outras garotas no meu país ou nos outros lugares espalhados por aí. Essas coisas não acontecem com pessoas normais, acontecem? — argumentei, sem saber se estava me fazendo entender. Eu não queria passar a impressão de que era uma medrosa, sendo que fui tão corajosa e impulsiva ao topar encarar de frente o desafio de simplesmente "me jogar em seus braços", mas tinha que admitir que estava meio que amarelando.

— Marina — estranhei, porque tinha um certo tempo que ele não me chamava assim — por favor, não me abandone agora. Eu me sinto tão normal quanto você quando estou ao seu lado, você trouxe um certo tom de realidade para a minha vida. Não se deixe intimidar pelo que eu sou, e nem pelo que faço, porque eu continuo sendo um cara apaixonado...

— Hã? — perguntei, saindo do transe.

— Ah, por favor, você ainda não tinha percebido que estou apaixonado por você? Eu sou um cara antiquado também, sabia? Eu não saio por aí a cada dia com uma garota diferente. Astros do rock fazem isso, eu não. Se estou com você é porque não consigo imaginar estar longe... Acho que vou ao programa da Oprah pra que você acredite em mim... — disse ele, novamente usando a cena infame como ameaça. Funcionou. Olhei pra ele, estreitei os olhos e suspirei.

tapete VERMELHO

— Você está falando sério? — Eu queria a confirmação, ainda estava me sentindo superinsegura. Ah, que vontade de estapear minha própria cara!

— Nunca falei mais sério em toda a minha vida... — gracejou, colocando a mão direita sobre o coração.

Depois daquele breve momento de pânico, tasquei-lhe um beijo bem dado, daqueles que tiram a gente do eixo e fazem esquecer até o nome, o lugar onde se encontra, tudo, menos com quem você está compartilhando o momento... Levantei do sofá rapidamente e olhei para um James embasbacado. Dei de ombros e ia me encaminhando para o quarto para pegar minha bolsa quando senti que ele me puxava para seu colo.

— Você não pode simplesmente beijar as pessoas desse jeito e sair de fininho como se nada tivesse acontecido, garota... Isso é praticamente crime federal... — brincou. Mas percebi que, como eu, ele estava excitado pelo meu rompante. Opa, talvez eu tivesse exagerado na *performance*... Que nada, foi simplesmente maravilhoso! Beijar aquele cara era uma aventura diária, eram sentimentos que iam se mesclando e se confundindo a cada dia. Nunca antes eu tinha sentido uma química tão intensa por alguém.

Meus pensamentos foram para longe dali, vagando pelas terras tupiniquins, tentando encontrar em algum dos meus ex-namorados algo que justificasse aquela súbita comparação. Eu tinha namorado dois anos com Alex, mas não tinha rolado absolutamente nada químico, nada mesmo... Eu era tão pura quanto uma garrafa de Perrier. Manter-me virgem era uma decisão difícil de explicar. Não era apenas uma questão de criação, de princípios, ou ideais, era algo pessoal, por isso o namoro havia ido para o brejo. Ele queria mais e eu não. Eu sonhava em pertencer a uma pessoa só, encontrar aquele alguém especial, capaz de me fazer confiar a tal ponto que, entregar meu corpo seria apenas um complemento do sentimento já vivido. Não queria ter que compará-lo com mais ninguém. Eu podia até admitir que sonhava com um casamento intocável, mas tinha mais a ver com o fato de achar que queria que fosse algo tão especial como se estivesse me dando de presente àquele cara que fosse meu marido... Eu era careta mesmo.

As meninas da minha idade não costumavam pensar assim, apesar de que, procurando, a gente sempre encontra alguma que partilha da mesma intenção. Era difícil permanecer no propósito, mas não impossível. Então, quando a atração poderosa se manifestou ali, naquele momento, eu pude entender por que muitas garotas não conseguiam se manter firmes na decisão. Certas atitudes extremas levam a consequências extremas. Se eu queria conservar alguma coisa no meu corpo, além da minha sanidade, era melhor manter minhas *performances* escondidas de tudo e de todos, inclusive de mim mesma.

— Ah, me desculpe, me empolguei... Acho que foi o calor do momento... — tentei explicar inutilmente, me embaralhando mais ainda nas palavras.

— Se você quiser, podemos continuar de onde paramos... — insistiu.

— Não, desculpe! Não sei o que deu em mim. — Nossa, eu estava mentindo para mim mesma! — Você vai me achar careta, mas acho que não estou preparada... Olha, eu estou super sem graça agora, eu não sou assim tão atirada... — Levantei-me do seu colo e cambaleei para o quarto.

Quando entrei, fechei a porta e recostei-me à mesma, colocando as mãos no rosto, que podia sentir quente, de puro calor. Um sorriso esquisito enfeitava meus lábios, mesmo assim.

Refeita do surto psicótico que quase me fez mandar tudo às favas naquele momento e ficar no quarto a tarde inteira com uma certa companhia, saí alegremente momentos depois para me encontrar com meu príncipe. Nossa, a sensação de *déjà vu* foi intensa, pois eu já tinha feito aquela mesma saída alguns momentos atrás.

Ele me abraçou mais uma vez, parado próximo ao batente, olhou nos meus olhos com um ar de súplica, beijou minha testa e abriu a porta.

JAMES BRADLEY

Porra. Estava ficando cada dia mais difícil conter a onda de paixão avassaladora que assaltava meu corpo sempre que Marina estava por perto, sempre que minhas mãos a tocavam, sempre que meus lábios encontravam caminho pela sua pele.

Aquilo era um exercício diário de autocontrole. Eu estava malhando com mais afinco, sempre às cinco da manhã, gastando uma energia que queria ser gasta fazendo outras coisas, mas havia prometido a mim mesmo que não imporia minhas vontades e desejos obscuros a ela. Marina era bem mais jovem que eu e, honestamente, eu não queria assustá-la, fazendo-a correr para longe de mim. Já bastava a grandiosidade de eventos que eu a faria enfrentar, como a estreia que ela nem sabia que iria.

Seria sua primeira experiência no tapete vermelho. Eu esperava, sinceramente, que aquilo não a assustasse e a fizesse fugir desesperada, ou pior, esperava, de todo coração, que nada daquilo a deixasse deslumbrada, fazendo com que sua doçura e encanto se perdessem no limbo daquela merda de mundo de *glamour*.

Capítulo 11

MARINA

O passeio pela Rodeo Drive foi muito interessante. Nem de longe eu imaginava a extensão do luxo ali. É claro que eu já vira em filmes, mas tudo naquela cidade já tinha sido tema de algum filme, então isso já era bastante clichê. As lojas eram simplesmente espetaculares, embora eu tenha implorado para Jim me levar a um *shopping* normal. Claro que depois saquei que ele não poderia me acompanhar a um *shopping* comum...

Entramos em uma megabutique e fui avaliada por uma dezena de vendedoras prestativas que me fizeram analisar os mais diversos tipos de vestidos da galáxia. James já havia se encontrado com sua *personal stylist*, Jenny Duke, que estava agora cuidando do meu visual. Ai, meu Deus, que sensação estranhíssima! Era surreal demais para uma pessoa só, e eu estava me sentindo megasupérflua, mas resolvi cooperar porque era para agradar ao James. Ele tinha que estar bem acompanhado naquela noite. Não que ele se importasse com isso. Para ele bastava eu estar ao seu lado, mas ele queria também que eu não me sentisse inferiorizada pelos trajes que seriam desfilados lá. Tá, como se isso fosse possível.

Então resolvi curtir. Se era isso que ele queria, então era isso que ia ter. Eu me vesti com uma máscara de diva *pop* e acompanhei toda a procissão pela tarde. Ele me abandonou por razões óbvias: homens não suportam ficar esperando enquanto as mulheres estão se arrumando no salão – e foi um processo demorado mesmo, que incluiu esfoliação, unhas, cabelo, maquiagem. Era um ritual puramente feminino, e a presença masculina tirava um pouco a espontaneidade do momento. Jenny

tapete VERMELHO   81

me acompanhou em tudo e praticamente escolheu detalhe por detalhe do meu visual.

Acabei com um cabelo meio solto criando um estilo casual chique, uma maquiagem discreta, mas que valorizava os traços do meu rosto, e um vestido absurdamente lindo, de tirar o fôlego. Preto, por exigência minha: eu não queria correr o risco de pagar um supermico para a patrulha da moda de Los Angeles... Uma cor mais chamativa para um chamariz ambulante estava fora de cogitação. Então escolhi preto, uma cor universal e chique em qualquer ocasião. Isso até eu, sem *personal stylist*, sabia.

Esperei nervosa a chegada do carro no estacionamento privativo do salão, se é que aquilo podia ser chamado de salão: era mais como um *shopping* da beleza, assustadoramente imponente.

Ele desceu rapidamente, antes que eu me enfiasse porta adentro. Talvez meio que prevendo meu ato, já que ele sabia que me constrangia ser observada e elogiada insistentemente. Então suspirei. A avaliação se daria ali fora mesmo, sob os olhares astutos de Jenny Duke. Claro que ela esperava sua aprovação.

Ele parou estupefato. Essa era a impressão que tive: de que ele havia ficado sem fala, atônito. Tudo bem, aquilo já estava ficando estranho... Será que eu estava tão diferente assim? Arrisquei uma olhadela no meu reflexo no vidro do carro. Tudo bem, eu já tinha usado maquiagem e vestido de festa em inúmeros casamentos, inclusive nos de minhas irmãs mais velhas, na minha formatura de Ensino Médio, então, por que o espanto? Eu ficava mais produzida e dava até uma sensação de poder, mas dessa vez corei, completamente sem graça.

— O que foi? — perguntei, já começando a ficar nervosa.

— Você está simplesmente maravilhosa, Nina! Linda, espetacular! — afirmou ele. — Não vai ter pra ninguém lá!

Neste momento, deparei-me com o reflexo dele no vidro do carro. Ele estava um luxo: nada de *smokings* comuns em entregas de prêmios, mas vestido de uma maneira casualmente sedutora, todo de preto. Nós dois faríamos mesmo um belo par, embora fosse aspiração demais eu querer estar à altura dele.

Nós nos despedimos de Jenny e fomos para o Teatro. No carro, ele passava as instruções para Carl e Rudd já para o momento da saída e me informava ao mesmo tempo como eu deveria proceder, onde parar, como fazer as poses para fotos, já que não havia alternativa...

O carro parou. Senti o frio subindo pela espinha e um nó na garganta se formando. Estava difícil engolir agora. Ele olhou para mim, me deu uma piscadela, um beijo na ponta do nariz para não se borrar de *gloss* e me pediu que respirasse fundo.

James saiu primeiro, como na chegada ao hotel, acenou para a multidão próxima ao carro e estendeu a mão para mim. Acho que ninguém esperava que ele estivesse acompanhado. A última informação que eu tive foi de que a assessoria de imprensa dele queria que ele chegasse junto da atriz que era seu par no filme, um pouco de marketing para o lançamento bombástico do filme. Ao que tudo indicava, fofocas têm um poder de render milhões na indústria cinematográfica.

Saí do veículo segurando sua mão com mais força do que devia, já que eu não estava somente ansiosa pelo momento inesperado. Eu estava com medo de tropeçar no vestido e nos saltos altíssimos. Vou confessar que os saltos deram um up no visual, pois eu não ficava mais tão tampinha perto dos 1,92 m de altura dele.

Ninguém. Absolutamente ninguém prepara você para um momento desses: era surreal demais para minha própria mente. Lancei minha melhor expressão de "E aí? Beleza?", e caminhei calmamente atrás de James. As perguntas choviam, ora endereçadas a ele, ora endereçadas a mim. As fãs gritavam alucinadamente. Meus tímpanos devem ter ficado por algum lugar ali, não me lembrava em que ponto da calçada. Ri para mim mesma achando graça do meu pensamento. Pensei que muitas daquelas garotas dariam tudo para estar no meu lugar. Dariam tudo para chegar perto dele, segurar sua mão, tirar uma foto com ele. James Bradley causava um frenesi alucinante na multidão. Outros astros transitavam numa boa, com fãs agregadas, *paparazzi*, mas com James era uma coisa de outro mundo. Era impressionantemente exagerado. É claro que ele era lindo, maravilhoso, mas as meninas choravam quando ele passava por elas. Umas desmaiavam só por um esboço de sorriso, um aperto rápido de mão... Mas o que me marcou foi a quantidade de olhares raivosos na minha direção: nunca me senti tão odiada na vida, e

tapete VERMELHO

por um séquito de mulheres! Tudo bem, alguns olhares eram cobiçosos, outros curiosos, outros maldosos, sei lá... Ergui a cabeça o máximo que pude e me obriguei a ignorar a torrente negativa que estava sendo lançada na minha direção.

Chegamos ao final do tapete vermelho, onde se fazem as fotos de divulgação e as entrevistas com canais de entretenimento. O lugar onde se dá aquela paradinha básica para acenar aos fotógrafos e fãs. Como Jenny já havia me avisado, chega um momento em que a entrevista é feita rapidamente com o objeto de desejo da mídia, então ela me aconselhou a usar uma carteira de mão chique para ter com o que ocupar as mãos. Boa pedida, dava um certo ar de "tô de boa esperando".

Outro momento excruciante era quando estávamos sendo questionados sobre qual casa de estilistas tínhamos escolhido, de onde eram os sapatos, joias etc. Hum, patrulha da moda. Eu já tinha me preparado para isso também: sabia que meu vestido era Armani, assim como as roupas dele. Para dar um pouco de brasilidade ao visual, escolhi um parzinho megadiscreto de brincos H. Stern. Putz, dos sapatos não me lembrava... Ah, deixa pra lá. Quem estava respondendo era o Jim mesmo. Eu me limitei a dar um sorriso simpático e ficar um pouco mais para trás quando ele parava para dar uma entrevista curtinha.

Era um momento interessante, porque realmente parecia que James não se sentia muito à vontade sendo alvo de milhares de perguntas, mas, ao mesmo tempo, era extremamente simpático e gentil com todos. Ele era divertido em suas respostas. Sempre passava as mãos nos cabelos quando queria ignorar uma pergunta ou fugir dela. Ele fez isso várias vezes, e sempre quando perguntado sobre a constante companhia, ele se limitava a dizer "Nina Fernandes", mas sem revelar detalhes da minha nacionalidade ou atividade profissional.

Aquilo era um verdadeiro desfile de celebridades, e era só uma *première*, não era nem entrega de prêmio ou coisa parecida. Eu me posicionei mais atrás, fugindo dos olhares atentos da mídia e das canetinhas nervosas dos repórteres. Observei os atores principais do longa fazerem as fotos oficiais da estreia, sempre sendo seguida pelos olhares dele. Ele estava rastreando minha fuga. Droga, só porque eu queria entrar logo no auditório.

Um ator do longa que eu havia conhecido se aproximou de mim e puxou conversa. Ele estava acompanhado de uma modelo russa que me cumprimentou rapidamente. A diferença entre nós duas era gritante, não só por causa do porte físico, altura, esses detalhes, mas pela atitude mesmo. Ela parecia um pavão empoado se mostrando para os fotógrafos. Fazia poses sem nem esperar seu acompanhante ser chamado para fotos. Ela estava se sentindo super à vontade naquele lugar. Eu não. Eu não achava que pertencia àquele recinto, àquela aglomeração. Os gritos estavam mais esparsos, mas ainda eram ensurdecedores.

James se adiantou para o meu lado, se desculpou com o colega de *set* e me puxou para o local reservado do auditório. Só aí eu percebi que era de praxe eles comparecerem somente por comparecer e divulgar o filme. Na verdade, eles não se sentavam para assistir a superprodução. Fiquei desapontada, ainda mais quando ele me disse que nunca tinha visto um filme seu inteiro. Que estranho! Como não querer ver o resultado final de seu esforço? Deixei passar, devia ser um hábito mais comum do que eu imaginava.

Seguimos para uma área de coquetel, onde havia mais fotógrafos e imprensa. Desta vez, eles se dirigiram a uma mesa, com os atores principais, diretor e produtor, e divulgaram diretamente para a imprensa especializada.

Que rotina louca. Era como entrar em várias salas e explicar as mesmas coisas repetidas vezes. Em alguns momentos, as perguntas ganhavam um tom pessoal, mas a assessoria de imprensa negava a resposta. Até este momento, eu estava passando incólume. No meu cantinho, eu devia estar parecendo um ratinho assustado, mas na verdade eu estava observando atentamente todas as etapas pelas quais ele passava na vida de celebridade. Seriam detalhes de que eu me recordaria depois, quando estivesse do outro lado do mundo.

Estava no meio dessa reflexão quando outro colega de elenco puxou conversa. Parece que a galera estava tentando não me deixar isolada, mas na verdade eu sentia um certo tom de curiosidade mórbida. Depois do que Lindsey fizera, eu não confiava em ninguém mais. Será que eles queriam saber informações e vender para alguma revista sensacionalista?

Fiquei polidamente na minha, respondendo só o necessário. Para

tapete VERMELHO

alguém de fora, eu deveria estar com uma cara de enfado horrível. Talvez eu até estivesse sendo antipática. Nossa, deve ser difícil para alguém manter sua identidade secreta.

Passados mais 40 minutos, James finalmente ficou livre de seus compromissos e me puxou para um canto.

— Desculpe por isso... — começou.

Como eu não estava prestando atenção na entrevista dele, acabei desculpando outra coisa que eu não fazia ideia do que era.

— Tudo bem... Está sendo interessante acompanhar outro lado do seu trabalho, apesar de que não tive a oportunidade de ver você filmando... — Sorri educadamente.

Percebi que ele estava agitado e perguntei o que era.

— Um repórter sabia mais do que devia ao seu respeito, Nina. Creio que ele contatou aquela sua amiga da Universidade. Ele sabia de tudo, que você era estudante de intercâmbio, que é brasileira... — sussurrou desapontado.

— Hum, então agora estou livre de manter minhas origens em segredo? Ufa, que alívio! Só espero que não me peçam para sambar, porque definitivamente eu não sei fazer isso... — exclamei num tom jocoso.

— Mas você não está zangada, irritada, sei lá? — perguntou.

— Não, fazer o quê? Os caras devem ter incomodado até o FBI para checar informações, certo? Então deixem eles se refestelarem. Pena que perdi minha aura de mistério, eu estava achando divertido ser confundida com uma modelo não sei de onde... — ri sozinha.

Ele me abraçou sem se importar com os *flashes* disparados e me deu um beijo na curva do pescoço.

— Então, se é assim, vamos ferver as manchetes. Vamos dar pão e circo ao povo... — declarou, rindo, e, logo em seguida, me tascou um belíssimo beijo cinematográfico. Claro que com ressalvas, pois ele sabia o que estava fazendo: anos de prática. Eu fiquei numa posição em que ninguém poderia averiguar a intensidade do beijo. Para alguns poderia ser uma simples conversa ao pé do ouvido, mais intimista.

— Você é a minha *top model*. Já disse que não tem pra ninguém aqui neste lugar? — indagou ele. — Agora vamos para o agito, que toda essa produção não pode ser em vão.

JAMES BRADLEY

O medo que eu tinha? Era totalmente infundado. Marina parecia ter nascido para aquilo. Quando pisou no tapete vermelho ao meu lado, eu podia jurar que ficaria cego com os *flashes* das câmeras enlouquecidas, mas em momento algum ela fugiu ou se escondeu como um coelhinho assustado. Comportou-se bravamente, de maneira estoica, mesmo que eu soubesse que estava se sentindo fora de seu elemento ali. Mas para sua primeira vez, havia sido ótima.

Infelizmente não consegui salvaguardar sua identidade por mais tempo, como havíamos combinado, mas talvez aquilo até viesse a calhar. Faria com que Marina ficasse mais atrelada ainda à minha vida, como eu já podia senti-la, diariamente.

Depois da *première*, passaríamos pela prova de choque cultural talvez mais chocante que ela teria naquela noite. Estava ansioso para ver qual seria sua reação...

Capítulo 12

MARINA

Fomos para a megafesta de lançamento. Megafesta mesmo. Era um luxo indescritível. Ali estavam presentes outras celebridades que não necessariamente compareceram à *première*. Interessante isso, era um comportamento muito comum em casamentos no Brasil: muita gente não assistia à cerimônia, mas não perdia a festa por nada.

A festa transcorria loucamente, no sentido real da palavra. Tudo rolava solto ali. Eu já tinha lido matérias sobre isso, mas ver ao vivo e a cores era uma coisa bem diferente. Os ambientes eram propositalmente preparados para o que a pessoa quisesse fazer. Beber, cheirar, fornicar, absolutamente tudo. Hum, aquele, com toda certeza, não era meu lugar. Embora James tenha me levado para uma ala dançante, ver a luxúria espalhada pelos cantos da mansão era assustador.

Agora eu entendia porque muita gente se desviava do seu propósito unicamente artístico. A lei da oferta e da procura imperava naquele lugar. Tinha de tudo. Eram festas que, na concepção deles, eram imperdíveis. Era triste ver aquele espetáculo por trás das cortinas. A gente fazia uma ideia tão diferente do *glamour* e, na verdade, tinha um ar de decadência chique.

James me conduzia sem nem fazer ideia de que eu estava chocada com aquele antro. A área da discoteca era menos carregada e as pessoas realmente estavam ali para dançar – claro que algumas pareciam estar um pouco mais energizadas do que outras.

James insistiu que eu bebesse algo para relaxar, mas recusei com educação. Essa não era minha praia. Eu não consumia bebida alcoólica de maneira alguma. Nunca tinha tido vontade de tomar um porre. Sempre gostei de estar perfeitamente lúcida e dona das minhas faculdades mentais, independente do agito. Eu já tinha presenciado muitas cenas constrangedoras de amigas embriagadas. Aquilo não era para mim. Se eu tivesse que beber para relaxar, era porque o local ou a situação estavam me deixando tensa, então eu preferia evitar me sentir assim. E a melhor opção era nem ir a esse tipo de evento.

Claro que eu estava tensa. Chocada, melhor dizendo. A quantidade de jovens pervertidos e chapados naquele lugar ultrapassou o limite de cidadãos embriagados por quilômetro quadrado. Eu percebia James tomando umas ou outras, mas sempre me observando. Eu nem olhava para ele para que não percebesse meu olhar de apreensão. Eu tinha certeza que estava agindo daquela forma, por estar me recordando de memórias que queria esquecer. Eu odiava quando meu ex bebia além da conta e ficava mais do que apenas "alegrinho", pois ele sempre tentava passar os limites e depois justificava que estava 'alto'.

James me puxou para a pista de dança numa melodia mais lenta. Pude sentir seu hálito de conhaque: era até inebriante, mas não me tiraria da rota. Eu me fiz de rogada e abracei seu pescoço, encaixando minha cabeça naquela curva suave. Definitivamente, aqueles saltos eram bem-vindos. Dançamos até a música acabar e, quando estava começando uma mais animada, ele me puxou para um canto isolado.

Senti uma onda de eletricidade percorrendo meus circuitos. Tinha coisa por vir: eu estava excitada, mas com medo também. Eu não queria que ele tivesse a impressão errada, mas tinha medo de não ter forças para negar um avanço mais contundente.

Ele me abraçou e me beijou, num *revival* daquele beijo da tarde no hotel, acho que tentando me lembrar do potencial do momento. Correspondi momentaneamente, afastei meus lábios e deixei que ele me beijasse o queixo, o pescoço, atrás da orelha, os ombros. Opa, as mãos estavam se movendo rápido demais, então ofeguei, tentando me afastar, mas ele ignorou meus sinais e continuou na trilha perigosa...

— Hum, James... — murmurei. Droga! Para qualquer ouvinte parecia um apelo por mais. — James... Você se incomodaria se eu fosse ao toalete? — *O quê? Eu estava louca? Que raio de pedido era esse, sem pé nem cabeça?*

— O quê? — Ele continuou com suas carícias. — Você quer sair agora?

— É, quero sim, é uma forma bem gentil de esfriar o momento... — cortei sutilmente.

Ele parou naquele exato momento, e, mesmo com as mãos na minha cintura, ou um pouco mais abaixo, me encarou. Putz, eu já conhecia aquele tipo de olhar masculino: era o olhar de descrença sobre o que eu realmente queria.

— Por favor, me desculpe, eu não posso, eu... ah, não posso... — respondi e saí apressadamente dali.

Esbarrei em algumas pessoas, senti umas apalpadas nada lisonjeiras, tive que empurrar um ou outro mais bruscamente e entrei no banheiro feminino.

Respirei fundo algumas vezes e tentei não dar ouvidos aos ruídos do local.

Depois de alguns segundos, saí, não sem antes procurar por aquele par de olhos verdes na multidão.

Decepcionada e me sentindo um pouco perdida no local, pensei que algumas lágrimas poderiam querer brotar nos meus olhos, mas afastei aquele impulso de fragilidade imediatamente. Eu não era uma garotinha, tinha que saber me virar, certo? Uma das coisas mais básicas da vida era: se você não sabe o que fazer porque sua cabeça está confusa, espera ela esfriar e resolva depois. Como eu estava realmente confusa, e o ambiente ajudava a aumentar aquele estado de confusão de maneira exponencial, resolvi dar um jeito de sair à francesa, pela tangente, talvez me refugiar em algum canto, sei lá. Quando me encaminhei para o local que eu pensava ser a saída, e estava a poucos metros da porta, senti a mão segurando sutilmente meu cotovelo.

— Aonde você vai, Nina? — perguntou um James aborrecido.

— Olha, que tal se eu for embora? Você pode ficar aí e amanhã a gente conversa, tá bom? — pedi desesperadamente.

— Eu vou com você — afirmou ele, categórico.

— James, não precisa. Sério. Você pode continuar na festa, eu posso voltar ao hotel — tentei argumentar.

— Já disse que volto com você, Marina — reafirmou, irredutível.

Droga. Eu realmente não queria enfrentar um momento a sós com ele de novo dentro do carro. Eu não sabia o que falar, como explicar.

tapete VERMELHO

Queria pensar. Queria dormir, sei lá. Queria sair dali, mas não consegui a tão sonhada liberdade, e tive que me resignar com sua companhia. Engraçado, tanta garota daria tudo para estar com ele e usufruir de tudo, absolutamente tudo o que ele quisesse dar, e eu queria ficar longe. Pelo menos naquele pequeno momento de surto ridículo que tive.

Queria ficar sozinha. Eu já não confiava mais em mim mesma a sós no mesmo lugar. Meus desejos estavam muito aflorados e obscuros, eu queria ficar com ele, no sentido literal da palavra, mas não queria me entregar. Eu não estava preparada e não sabia se era isso o que eu queria.

Eu estava muito confusa. Talvez como uma garota ficasse na decisão crucial de sua vida virginal. Era uma sensação nova para mim, e eu estava com medo. Muito medo. De decidir, do que decidir. Do que ganhar, do que perder.

Ficamos em silêncio no carro. Eu me recusava a olhar para ele, embora soubesse que ele estava olhando para fora pelo vidro. Desci correndo e atravessei o saguão do hotel como se estivesse sendo perseguida pelos meus piores inimigos. Entrei no elevador na esperança de que a porta fechasse logo, mas ele foi mais rápido. Senti meu suor escorrendo. O elevador pareceu muito apertado e abafado e uma conhecida sensação de desfalecimento se apoderou de mim. Só consegui me lembrar de um par de braços me segurando.

JAMES BRADLEY

Minha ansiedade em levar Marina à festa estava sendo difícil de conter. E a reação dela, diante da breve presença no evento anterior mostrava que ela ainda tinha muito o que aprender naquela indústria. Acredito que ela imaginou que eventos como *premières* fossem algo grandioso e que merecessem a nossa presença por tempo indeterminado. Eu fazia o máximo possível para fugir o mais rápido possível da parte chata e desgastante e partir para a divertida.

O diretor do filme fez questão de providenciar uma alucinante festa de arromba na casa de um produtor. À beira da praia, ficava numa área altamente resguardada da imprensa e de olhos alheios. O que significava que, muitas vezes, as festas ganhavam um padrão interessante para o termo *alucinante*.

Quando chegamos à mansão em questão, guiei Marina por entre os inúmeros convidados célebres que estavam ali. Eu fazia questão de manter meu braço à sua volta, demonstrando possessivamente que não havia espaço para ninguém chegar até ela.

Era estranho o sentimento que me preenchia naquele instante. Nunca fui muito dado a observar os modos e atitudes do meio em que eu pertencia, ou sentir-me mal por conta das loucuras. Mas podia sentir que minha garota estava um pouco desconfortável com toda a espécie de orgia louca que surgia à nossa frente. Fale em pessoas nuas, artistas pirados e completamente fora de sua carapaça elitizada, drogas circulando em bandejas de prata. Esse era o cenário geral que eu estava lhe proporcionando. E porra... eu estava incomodado que ela presenciasse aquele lado torpe do mundinho das celebridades.

É claro que nem todos os frequentadores ali faziam parte da maioria das atividades ilícitas. Mas a festa era bem próxima a um bacanal. E logo fiz questão de levar Marina para longe da área corrompida.

Acabei optando por levá-la para a área dançante da festa. Assim eu poderia tentar abstraí-la de prestar atenção aos detalhes sórdidos de algumas personalidades que sequer se preocupavam com uma imagem a zelar, tendo em vista que eles imaginavam que apenas os seletos frequentavam festas da *high society*.

Ofereci-lhe uma bebida, mas ela apenas negou com a cabeça e percebi que seus olhos viajavam de um lado ao outro, ainda tentando absorver tudo o que via diante de si. Vamos combinar. Se Marina Fernandes fosse uma pessoa deslumbrada, ela estaria desmaiada ali naquele instante, ou então, ao menos, saltando feliz da vida por ver um monte de artistas reunidos em um mesmo lugar. Porém, o que eu podia ver é que ela sequer se concentrava nos rostos dos possíveis atores, ou atrizes,

tapete VERMELHO

cantores e diversas celebridades no recinto.

Não. O que ela estava realmente dando atenção, e mostrando evidente desgosto em seu rosto, era a forma como essas mesmas pessoas se comportavam.

Tentando amenizar a ruga de preocupação que havia se formado entre suas sobrancelhas, resolvi levá-la para a pista de dança. Dessa forma, eu conseguiria distraí-la e ainda me deliciar em poder estar com ela em meus braços. Sim. Eu estava faminto. Precisava mesmo de contato e toques. Era uma suave tortura.

Eu a abracei moldando seu corpo ao meu, numa ânsia desesperada em apenas me fundir com ela, uma confusão de braços e pernas e corpos nem um pouco nus. Beijei aquela boca suculenta, feita especificamente para os meus beijos e simplesmente tentei me segurar para não arrancar a garota dali e levá-la para o meu covil, onde só sairíamos dias depois.

Minhas mãos ganharam vida própria enquanto eu tentava acalmar meu ânimo entusiasmado e mudava a rota dos meus beijos. Agora, eu trilhava caminhos sinuosos daquele rosto, pescoço, ombros. Tudo naquela garota me seduzia a um nível inimaginável.

Quando ela fugiu assustada, aquilo me deixou mais estupefato ainda. O que eu havia feito de errado? Ou, qual era o jogo daquela garota? Será que era alguma espécie de teia sedutora para me deixar ainda mais enfeitiçado com seus encantos? Porque, porra... eu já estava mais do que rendido. Isso era fato.

Nunca fui de batalhar por algo tão difícil quanto ela estava se mostrando, mas Marina valia a pena, pois sua companhia era mais do que substancial para mim, porém sua reação ao dizer que queria ir embora e que eu deveria ficar, como se estivesse me dispensando fora mais do que indigesta.

Eu podia sentir que seu temor era tão real que o confinamento no elevador foi o suficiente para fazê-la desfalecer em meus braços. Seria meu desejo por ela tão apavorante assim?

Eu estava confuso, intrigado e tenso. Todos os sentimentos mesclados e fazendo uma baita bagunça dentro da minha cabeça.

Capítulo 13

MARINA

Acordei deitada na minha cama. James me olhava ansioso. Putz, eu tinha desmaiado?! Que mico! O que o cara devia estar pensando agora?

— Já vi garotas desmaiando ao meu redor, mas nunca vi uma desmaiar porque estava fugindo de mim, isso foi novidade... — comentou ele, sorrindo, mas com uma ruga entre os olhos.

— Ah, não sei o que me deu, acho que pode ter sido hipoglicemia... — Tentei despistar, mas não convenci nem a mim mesma.

— Hum, pouco provável. Você tem certeza de que não bebeu nada? — Ele estava me provocando.

— Acho que não. Estou limpa. Pode fazer o teste do bafômetro — brinquei.

— O que foi aquilo? — perguntou e eu sabia sobre qual "aquilo" ele estava se referindo.

— Hum, não podemos deixar isso para amanhã? — pedi suplicante e afundando a cara no travesseiro. *Okay*, provavelmente aquela manobra não havia sido uma boa, já que eu ainda estava de maquiagem. Droga. Olhei para a fronha rapidamente, tentando averiguar se meu rosto estava marcado ali... e tentando ganhar um tempo que sabia que não tinha.

— Não — respondeu ele, categórico.

— Tudo bem, como vou explicar isso? Ai, meu Deus! N-não s-sei se con-si-sigo... — gaguejei.

— Tente. Eu sou todo ouvidos.

Já que a merda estava feita e eu não tinha escapatória, resolvi soltar tudo de uma só vez, num acesso de verborragia. Eu sabia que meu inglês um pouco mais aprimorado me abandonaria, mas descarreguei de uma vez as informações.

— Eu sou virgem, James. Pronto. Nunca fiz isso antes e me apavorei. Foi isso — confessei e puxei o edredom sobre o rosto. Eu podia sentir que estava da cor de um pimentão.

— O quê? — perguntou ele, incrédulo.

O choque me trouxe uma raiva antiga. Associada ao embaraço e constrangimento que a reação das pessoas – quando sabiam daquele fato – me traziam. Era como se fosse um delito, na verdade. Eu odiava essa reação estupefata, como se o fato de ser virgem aos 19 anos fosse uma doença contagiosa.

— É isso mesmo que você ouviu. Eu não sei o porquê do choque. Eu já tinha falado que sou uma garota meio careta. Não sou tão expansiva assim... pelo jeito, é o que você queria. — Soltei um suspiro audível.

— Qual é o problema? Nem toda garota do mundo é aberta a relacionamentos puramente físicos. Eu sou da classe à moda antiga. Entregar meu corpo é um ato puramente calcado em amor, não em sexo.

— Mas você não me disse que terminou um relacionamento de dois anos com um cara? — questionou ele, ainda chocado.

Oh, bem. Aí estava o dedo acusador.

— Sim. E daí? Foi exatamente por isso que terminei. Ele queria mais e eu queria menos. Ele começou a extrapolar em suas demonstrações do que queria, achando que eu não estava entendendo. Dei-lhe um fora e fugi pra cá porque ele não aceitou esse, e o outro não, como resposta. É isso. Agora, se você puder deixar esse assunto de lado, eu agradeço. Desculpe, eu sempre disse que não sou o tipo certo pra você... — declarei quase chorando. Droga, lágrimas agora não, por favor!

— Nina, olhe pra mim... — pediu ele.

— Não — resmunguei amuada.

— Por favor... — implorou.

Olhei e esperei o acesso de riso ou incredulidade. Eram sempre acompanhados de um argumento insistente para que eu deixasse minha condição infeliz.

— Desculpe, eu não estou acostumado, na verdade, nunca encontrei uma garota como você... é como se você fosse um...

— Ah, não, pelo amor de Deus! Não vá me dizer que sou uma aberração da natureza, um alien... — interrompi.

— Não, não era isso que eu ia dizer... Eu ia dizer que é como se você fosse um presente pra mim. Eu achei que você era meio puritana comparada a tantas outras garotas, mas não fazia ideia de quão puritana... e eu acho isso especial, sei lá, não sei explicar... — Ele se embaralhou. — Eu amo você. É isso. Na festa, eu não consegui reprimir meu desejo por você e quis demonstrar o meu amor...

Ele se declarou e eu fui pega de surpresa porque não esperava que ele correspondesse aos meus sentimentos.

Aquilo foi demais pra mim. Eu já estava com medo, com dúvida, com raiva e, agora, estava chocada. Eu queria chorar porque não fazia ideia do que fazer, estava me sentindo impotente.

— O quê? — perguntei tentando disfarçar a frequência cardíaca martelando nas minhas têmporas.

— Eu disse que amo você. E isso é louco, porque... eu amo a garota que há em você. Não é um sentimento baseado puramente no físico, embora ele seja crucial para mim, mas é isso. Nunca senti algo assim.

Vou ter que confessar. Eu tenho a natureza desconfiada. Meu antigo relacionamento me fez assim. Entrecerrei os olhos, tentando avaliar as palavras de James, para detectar se eram de fato verdadeiras ou estavam sendo soltas ao vento. O que senti foi o reflexo do meu próprio sentimento. Então foi bem simples replicar:

— Eu também amo você, mas estou com medo. O que estou sentindo é muito novo pra mim...

Ele me abraçou, deitou-se ao meu lado e me assegurou que não faria nada, só queria estar ali. E assim, de roupa e tudo, do mesmo jeito que saímos do hotel para a festa, dormimos juntos pela primeira vez.

tapete VERMELHO

JAMES BRADLEY

Eu já deveria ter imaginado que a inocência óbvia de Marina não era fingida ou premeditada. Ninguém era tão boa atriz assim. Mesmo tendo aquela leve intuição, saber do fato de sua reticência em avançar um sinal mais do que evidente dos meus desejos por ela ainda me causou estranhos sentimentos. Choque inicial, por encontrar uma garota tão linda como ela ainda pura e intocada, e, posse imediata, por saber que nenhum outro homem a havia possuído.

Esses sentimentos tipicamente masculinos e até mesmo machistas arderam fundo no meu peito, fazendo com que a ansiedade que eu já sentia em tê-la entre meus braços apenas crescesse em um nível exponencial.

Se antes eu já sofria por desejar colocar as mãos em seu corpo, agora seria um doce sabor de tortura, como uma preliminar de algo totalmente proibido e intocado, exclusivo e precioso. Guardado e reservado somente para mim.

Capítulo 14

MARINA

No dia seguinte, acordei com uma perna enroscada no meu quadril e um braço me prendendo ao travesseiro. Percebi que estava de roupa e tudo e imaginei o desastre que deveria estar. Maquiagem borrada, cabelo emaranhado, roupa amassada. Olhei para o lado e o belíssimo rapaz estava mais belo que nunca. Parecia saído de uma capa de revista. Tentei me levantar sem acordá-lo, mas foi impossível. Seus olhos abriram neste instante. O verde mais lindo que eu já tinha visto... Nunca tinha notado que o tom era diferente quando ele acordava; é claro, eu nunca tinha acordado com ele antes. Perceber isso fez meu estômago dar voltas. Saí rapidamente e fui cuidar do meu asseio matinal. Tirei o vestido e coloquei o pijama que estava atrás da porta. Escovei os dentes, arrumei os cabelos numa trança frouxa e lateral, dei uns tapas no rosto para corar minha face pálida e saí.

Ele ainda estava deitado preguiçosamente na minha cama. Sem o paletó, mas curtindo uma boa preguiça com os braços atrás da cabeça. Olhou para mim e deu um sorriso maroto, me chamando para sentar ao seu lado.

Sentei-me ao pé da cama, achando aquele momento muito íntimo e estranho. Fingi que estava me sentindo à vontade, mas com medo de demonstrar minhas emoções conflituosas.

— Dormiu bem? — perguntou ele, calmamente.

— Sim, como uma pedra. E você? — perguntei no mesmo tom.

— Esta foi a primeira vez que dormi, no sentido literal, com uma garota... — confessou ele, rindo.

— Ah, como assim? Não entendi...

— Dormir e acordar ao lado de alguém é um tanto íntimo e pessoal demais, você não acha? — indagou, retoricamente. — E confesso que a sensação foi agradabilíssima: acordar e dar de cara com você foi maravilhoso, quase tão bom quanto se tivéssemos ficado acordados fazendo outras coisas... — ele riu com malícia.

Não tive o que responder, porque corei e não estava preparada para ser puxada para seus braços e aprisionada embaixo de seu corpo quente. Ui, a sensação no estômago estava de volta, a ânsia por estar colada ao corpo dele também... Ele me deu um beijo sôfrego. Depois demorado... Se isso era um prelúdio do seu ato de sedução, eu já estava entregue. Se houvesse mais que isso, eu iria desmaiar ali naquele momento. Mas ele começou a rir.

— Eu não vou forçá-la a nada, meu amor... Só estou abrindo seu leque de opções; na hora em que estiver preparada, você vai saber — disse ele, de forma sedutora.

— Ah, que alívio! Achei que seria seduzida despudoradamente agora... — respondi.

Sabia que estava brincando com o perigo, mas estava me desconhecendo. Eu realmente queria ser seduzida naquele instante e acabar com a angústia que corroía meu coração? Pagar para ver? Me entregar plenamente aos sentidos e deixar o resto de lado?

Eu me levantei para fugir da tentação. Depois de alguns instantes, ele se levantou e foi para seu quarto se ajeitar. No momento em que fiquei a sós, pude pensar sobre muitas coisas. Dali a dois dias, ele estaria longe, eu estaria sozinha no Natal, será que... Não, melhor não pensar nisso, apostar no desconhecido era um erro. Melhor que eu pensasse nisso depois, com muito mais calma. Qualquer decisão que eu tomasse, deveria ser estritamente embasada em aspectos racionais. Se fossem por questões emocionais, eu já teria me aventurado pelo desconhecido há uns dias...

Saímos para mais um dia de atividades turísticas. Agora ele insistia em me levar aos locais badalados da cidade, mas que permitissem que ele estivesse junto. Como ele não era do estilo aventureiro, e muito menos eu, não arriscamos em nenhum passeio pela natureza da cidade. Era incrível como havia uma porção de atividades para os amantes de esportes de aventura.

Conhecemos somente de vista alguns lugares. Eu tinha que me contentar em ver do carro, já que só a ameaça de ele caminhar ao ar livre geraria uma aglomeração em torno do local. Não estava disposta a arriscar meu pescoço mais uma vez tão cedo, ser o centro de olhares furiosos podia ser bem esmagador para o ego de alguém.

Pedi para ir à praia. Eu já tinha conhecido e desfrutado das águas de Santa Mônica, agora queria conhecer as tão famosas praias de Malibu e Venice Beach.

Como eu já tinha a intenção na cabeça, para espairecer e esfriar os ânimos e hormônios acesos, fui preparada para entrar no mar, mesmo sabendo que ele não estaria junto. Uns minutinhos de espera não fariam mal a ninguém. Além do mais, ele poderia ir resolver algumas coisas, embora eu não fizesse ideia da distância entre os lugares na cidade.

Depois de muita insistência, consegui que ele me deixasse desfrutar um momento solitário. Esclareci que seria rápido e que eu realmente precisava daquilo. Eu tinha que lavar certas feridas na água do mar. Ele insistiu em me esperar em algum lugar que não identifiquei de pronto e desci do carro.

Caminhei lentamente pela areia até me ajeitar em uma cadeira. Eu não queria arriscar olhar para trás, com medo de encontrar um par de olhos me observando. Fiquei meio constrangida, mas retirei meu moletom e a camiseta. Fui para o mar e mergulhei na mesma hora, ignorando as fagulhas geladas na minha pele. Deixei a água gelada me anestesiar e esperei o momento certo de parar de bater os dentes. A água estava mais gelada do que eu me lembrava. Certo, se dizem por aí que para esfriar os ânimos de um homem excitado bastava um bom banho gelado, então eu estava me valendo da mesma tática. Um lado meu queria desesperadamente se entregar ao calor do momento idílico com James Bradley. De corpo e alma. Sentir a doçura do amor romântico e carnal. Outro lado meu subjugava minhas razões, colocando ideias preconceituosas na minha cabeça. Era como se, caso eu me deixasse levar e me entregasse a ele, eu fosse me transformar na mais pervertida das mulheres. Mas não

tapete VERMELHO

era tão comum entre as garotas da minha idade? Não diziam que, quando o momento chegava, as razões desapareciam e tudo o que sobrava era o desfrutar das sensações? Não diziam que era tão maravilhoso que muitas vezes não poderia ser descrito? Que sensações eram aquelas que me faziam suspirar e ansiar por uma intimidade que eu não conhecia?

Eu queria James com uma força tão poderosa que estava difícil respirar. Queria pertencer a ele de uma forma exclusiva. Queria que ele fosse o marco do meu primeiro amor. Era isso. Eu o tinha escolhido para me ensinar sobre o amor íntimo entre um homem e uma mulher. Eu o tinha escolhido para ser meu primeiro homem. Era óbvio que não estava nos meus planos compartilhar meu corpo com mais ninguém, mas também não tinha pretensões de ficar com ele para sempre. Aquele não estava sendo um momento ultrassurreal? Namorar um astro de Hollywood não era uma coisa completamente estranha e inovadora? Então, que as experiências viessem de forma completa. Era isso. Eu já tinha decidido, mas minha mente não tinha encontrado o caminho da conexão com as decisões tomadas.

Agora eu arquitetava quando deveria ser o momento. Essa era uma coisa tão nova para mim que eu não fazia ideia do antes, do durante e do depois. Não era nada premeditado, porque se fosse poderia passar a impressão de que queria seduzi-lo. Não era essa a minha intenção. Nunca foi. Mas eu não estava preparada para a avalanche de emoções que ele despertaria em mim. Eu estava bem do jeito que estava: os hormônios presentes, porém adormecidos. Agora eu me desconhecia, e tudo o que eu queria era me encontrar com ele e pedir que me ensinasse tudo sobre o ato do amor...

Ai, a água estava mais gelada que antes e percebi que tinha ficado mais tempo do que o planejado. Varri a área para me situar e percebi que a corrente do mar tinha me arrastado para mais longe do ponto onde minhas roupas estavam. Continuei procurando, dessa vez na orla, para avistar o carro. Nesse instante, eu vi Carl ao lado da cadeira com as minhas roupas e segurando uma toalha. Opa, a mensagem estava bem clara: era para eu sair da água. Suspirei calmamente e fui saindo, arrastando as mãos ao lado do corpo para me despedir do mar.

Depois de me enrolar com a toalha sob o olhar reprovador de Carl, o gigante, catei minhas coisas e enfiei na mochila, sem nem me preocupar em me vestir. Acho que a pressa estava gritando que não daria tempo de praticar meu ritual pós-praia: secar o cabelo, deixar o vento secar um pouco o biquíni, sacudir a areia dos pés e das pernas.

Fui enrolada na toalha com Carl bem atrás de mim, me sentindo uma ovelha indo para o matadouro. Eu percebia novamente os olhares nos seguindo e pensei comigo mesma que a presença de Carl na minha cola era uma bandeira gritante. Se estivesse sozinha, ninguém repararia em mim. Eu seria só uma banhista qualquer. Percebi que estava desenvolvendo alguma espécie de mania persecutória. Quase comecei a rir.

Entrei no carro com calma, do jeito mais comportado que a toalha me permitia. Encontrei um par de olhos verdes me analisando minuciosamente.

Devolvi o olhar e levantei o queixo como quem manda a mensagem clara de que não está se sentindo intimidado, mas, na verdade, eu estava, e muito. Não por medo de represália, longe disso. Topar com ele depois dos meus minutos de reflexão trouxe o assunto à tona.

— O que houve? — perguntei sem me deixar ser intimidada.

— Você tem noção de quanto tempo ficou no mar? — perguntou James irritado.

É claro que entendi sua irritação, pelo fato de que ele estava me esperando e eu talvez o tivesse atrasado para algum compromisso. Mesmo assim, não me deixei intimidar e respondi de pronto:

— Eu disse que você poderia ter me deixado aqui, não disse? Eu não pedi pra você me esperar ou atrasar sua vida por minha causa.

— Eu não estou irritado por ter ficado esperando. Na verdade, queria poder estar com você. Estou irritado porque em nenhum momento você prestou atenção à sua volta. Já estava quase mandando o Carl entrar na água pra tirar você de lá. Parecia que você estava em uma espécie de transe — explicou calmamente.

— Oh, você estava preocupado comigo? — Meu tom era incrédulo.

— Estava. Além do mais, você não viu aqueles surfistas que resolveram surfar perto de você? Engraçado, de repente todos eles resolveram que as ondas dali estavam melhores... — comentou sarcasticamente.

— James, você fica uma gracinha quando finge estar com ciúmes... — Eu ri.

tapete VERMELHO

— Não estou fingindo. Eu estava com ciúmes e ainda estou, na verdade. Você deu uma mostra muito boa da panorâmica que tenta esconder por baixo das roupas...

— Ah... — Foi tudo que que consegui responder, ofegante. Eu estava desconcertada. Realmente não era boa com análises minuciosas e elogios ardentes.

James me abraçou naquele momento e me perguntou calmamente se poderia me beijar. Que raio de pergunta era aquela, gente? Agora ele estava me pedindo permissão? Eu não estava entendendo o porquê. Claro que autorizei e desfrutei o momento. Foi até um beijo casto. Ninguém queria a plateia do camarote ali da frente. Depois de um certo momento, quando nos desgrudamos, percebi que estávamos indo para o hotel. É claro, meus trajes não seriam adequados para nenhum outro lugar e aquele era o nosso último dia juntos antes de sua viagem no dia seguinte.

Chegamos pelo estacionamento no subsolo, já que na frente do hotel havia um certo aglomerado de fotógrafos, e acho que meus trajes dariam uma manchete bombástica.

Subimos em silêncio, mas sempre com Jim segurando minha mão, enquanto eu tentava segurar a toalha no lugar.

Ele abriu a porta para mim e pude ouvir um suspiro baixo. Naquela fração de segundo de constrangimento, fiz o impensável. A quem eu queria enganar? O impensável, não. Eu já tinha pensado a respeito naquela manhã, certo?

Nunca imaginei que aconteceria daquela forma. Sempre tinha imaginado velas, pétalas espalhadas, música suave ao fundo... Percebi que imaginara sempre um pano de fundo relacionado a uma lua de mel... Soltei a toalha e me virei para ele.

Eu não estava preparada para o olhar faminto de James. Perceber a profundidade do seu desejo fez ferver a chama em mim e borbulhar milhares de estrelas nos meus olhos. De repente, tudo se apagou. O quarto, a mobília, tudo. Era como se só estivéssemos eu e ele. Eu já tinha visto essa descrição em livros, mas não imaginava que fosse tão real. Não precisei colocar em palavras minhas intenções. Acho que elas ficaram bem claras. Era isso: eu queria Jim ali naquele momento, naquele instante. Não queria pensar em mais nada, em mais ninguém. Queria usufruir aquele momento da maneira mais egoísta do mundo. Queria ele só pra mim, e estava disposta a entregar o que me era mais precioso até então.

Ele me beijou vorazmente e fomos cambaleando para a cama sem perder o contato de nossas bocas um único segundo. Caímos ali e deixei a maré de sensações me varrer... Não imaginava que o amor físico fosse uma coisa tão poderosa. Sentir suas mãos no meu corpo, vasculhando cada centímetro dele, sentir as roupas sumindo de vista, tanto as minhas poucas quanto as dele, sentir os beijos quentes e molhados em minha pele... Ai, aquilo era simplesmente demais... Pensei que seria um momento de desfalecimento, a sensação era indescritível. A vergonha sumiu, o pudor desapareceu, só restou a magia do momento, como se tudo estivesse em câmera lenta. A sensação era de que não era eu ali, era uma sensação extracorpórea. Até o medo sumiu. E foi naquela maré de puro êxtase que me tornei uma mulher no sentido real da palavra.

Acordei horas mais tarde tentando imaginar porque eu tinha adormecido. A sensação de prazer me invadiu de forma tão intensa quanto antes, e suspirei baixinho. Olhei para o lado e vi que James estava dormindo ainda. Será que seria sempre assim, tão maravilhoso? Pude fazer uma análise das minhas emoções e não encontrei arrependimento em nenhum momento. O que estava feito estava feito. Eu realmente não fazia ideia de que seria tão espetacular, tão surpreendente. Houve um momento em que achei mesmo que desmaiaria de tanto prazer. James foi supercarinhoso e cuidadoso durante todo o ato. E foi precavido também. Ainda bem que alguém estava com a cabeça no lugar. Eu não tinha nem pensado nesse aspecto importante.

Continuei olhando cada detalhe do meu namorado, contornando delicadamente suas sobrancelhas, a linha suave do nariz, o contorno dos lábios... Percorri seu corpo com meu olhar e suspirei. Uau, eu estava perdida! Definitivamente perdida de amores por aquele cara. Eu queria mais, isso era normal? Eu já não deveria estar saciada e sentir necessidade disso só depois? Estranho, senti uma comichão me percorrer de novo e me senti pervertida. Um lado meu que estava adormecido revelou-se um monstro. Ri sozinha por alguns momentos, quando o pânico me assolou. E agora? O que se faz agora? Resolvi que seria hora de uma ducha para acalmar os ânimos já acesos de novo.

tapete VERMELHO

Saí lentamente da cama para não acordá-lo e fui tomar um banho. Só naquela hora me lembrei de que ainda deveria estar salgada da água do mar e grudenta também... Poxa, eu poderia ter esperado um momento mais apropriado para aquela investida sensual!

Um sorriso idiota enfeitava meu rosto, porque as lembranças caíram em uma torrente, como a água do chuveiro.

"— *Farei de tudo para que sua primeira vez seja inesquecível, Nina — disse James em um sussurro áspero, já que tentava se controlar. Percebi o instante em que se ajeitava para tomar meu corpo como seu.*

— Tenho certeza que será, Jim — retruquei, ofegante. Minhas mãos ganharam vida própria e assumiram a missão de desorganizar o cabelo dele, que eu tanto amava.

Ele parecia estar mais tenso do que eu, o que era um fato estranho, dadas as circunstâncias. James Bradley era o cara experiente naquela equação, não eu. Suas mãos envolveram meu rosto e, com suavidade, o polegar percorreu meus lábios.

— Não quero te machucar... — confessou ele, com a boca rente à minha. Eu não temia o ato em si. Sabia do protocolo do rompimento do lacre. Esperava que fosse como uma ferroada que doía no instante, depois aliviava. Eu temia muito mais que meu coração saísse machucado por outros fatores.

— Você não vai — ofeguei e enlacei seu pescoço, tentando lhe passar uma segurança que nem eu tinha. James me beijou com a mesma voracidade que acabou desencadeando tudo.

Em um único movimento, seu corpo arremeteu contra o meu e um gemido escapou dos meus lábios, ainda colados aos dele.

— Ah, Nina... me perd...

Antes que James se desculpasse, eu o enlacei com mais força e mostrei que estava deixando de ser menina, para me tornar uma mulher adulta.

Os gemidos e ofegos que assumiram a partir dali não tinham mais nada a ver com a dor anterior. Esta havia ficado no esquecimento, como muitos dizem. A partir do momento em que James assumiu as rédeas e eu permiti que nenhum medo dominasse nossas mentes, simplesmente voamos para algo que antes eu só podia imaginar."

Ainda estava desfrutando de uma ducha forte e quente quando senti que tinha companhia. Eu me virei assustada e percebi as intenções ali naquele olhar, mesmo ainda sendo inexperiente. Ri baixinho, concordando com o que estava por vir e, mais uma vez, me senti engolfada pelas ondas do desejo.

Só mais tarde, já devidamente vestidos e saciados, pudemos realmente sair para comer alguma coisa. Era estranho pensar na aura de satisfação que ambos exalávamos. Esperava sentir remorso ou coisa parecida, mas não aconteceu. Estava feliz demais para deixar que o sentimento de arrependimento invadisse meu cérebro. Ele parecia estar exultante, se é que se poderia descrever dessa forma. Engraçado, pensei que ele ficaria preocupado por imaginar que teria responsabilidade na perda da minha virgindade. Que nada! Ele estava eufórico! Homens... Gabam-se por tão pouco. Provavelmente eu nunca entenderia o sentimento de regozijo masculino porque eu não era homem, mas estava estampado ali o sentimento de posse, ou de marcação de território. Estranho pensar dessa forma, então preferi me abster desses pensamentos. Deixei minha mente vagar para outras direções.

JAMES BRADLEY

Marina me surpreendia a cada dia. Depois da noite anterior, onde ela havia revelado sua virgindade, imaginei que levaria algum tempo para conquistar sua confiança total, fazendo-a completamente minha. Sem nada premeditado, sem nenhuma artimanha ou ação pensada, ela quase me deixou sem fala ao demonstrar que havia vencido seu próprio medo e bloqueio tão resoluto já no dia seguinte.

Meu lado egoísta simplesmente aceitou o que ela oferecia de bom grado. Meu lado cavalheiro deveria ter parado e perguntado se aquela atitude era de cabeça firme e com propósito, sem nenhum devaneio hormonal, para que não houvesse nenhuma espécie de arrependimento depois, porque de uma coisa eu tinha quase certeza: uma vez que eu provasse de seu sabor, dificilmente a deixaria escapar por entre meus dedos.

Marina havia me mostrado, de uma maneira pura e sem artifícios, que o amor pode chegar de mansinho e arrebentar fortalezas intransponíveis. Eu achava que era completamente vacinado contra o sentimentalismo que a indústria cinematográfica tanto apregoava através dos meus filmes. Estava redondamente enganado. Estava mais do que rendido de amor.

Capítulo 15

MARINA

Estávamos jantando no Chateau Marmond não sei das quantas, com um sentimento renovado entre nós. Parecíamos dois adolescentes principiantes compartilhando pequenos segredos, pequenos sorrisos, pequenas carícias...

— Será que posso reafirmar que esta tarde foi a melhor da minha vida? — perguntou ele.

— Sério? Quer dizer, você teve tantas experiências interessantes na sua vida... Muito mais interessantes do que qualquer pessoa que conheço — desconversei timidamente.

— Nina, nenhuma se iguala ao que senti hoje, ou desde que te conheci. Só que hoje foi a confirmação do que eu já sabia.

— E o que você já sabia? — perguntei, curiosa.

— Que estávamos destinados um ao outro, ora — respondeu categoricamente.

Meu coração pulou no peito de tal forma que achei que ia sair pela boca. Deixei que a onda de esperança de um futuro juntos me inundasse, mas logo em seguida sacudi a cabeça para afastar o pensamento. Não poderia me agarrar a esse tipo de coisa se quisesse continuar com um coração ainda inteiro, sem fissuras de dor pelo rompimento breve.

— Hum... — Foi só o que consegui murmurar.

— Hum? Você não vai dizer nada?

— Eu não sei o que dizer, estou sem graça. Isso é novo para mim, como você pode perceber... — confessei cabisbaixa. A onda de insegurança teimava em me assolar, por mais que eu não quisesse ser tão frágil.

— Nina, você é... Deixa pra lá. Eu mostro isso de outras formas mais tarde. De todo jeito, você me deu o melhor presente de Natal que eu poderia querer.

— O quê? Minha virgindade? — perguntei, incrédula e embaraçada. Ainda assim, morri de rir.

— Não, bobinha, você me deu você mesma. Seu gesto só prova que confiou em mim o suficiente para se permitir sonhar, e para mim foi absolutamente maravilhoso, indescritível...

— Tá... Sei — respondi descrente. Não era possível que o homem mais bonito do mundo estivesse ali sentado na minha frente dizendo que eu tinha sido a melhor transa de sua vida. De jeito nenhum. Eu não queria nem imaginar quantas mulheres já deviam ter passado pelos seus lençóis, então sacudi novamente a cabeça para afastar a imagem de todas as megamodelos disponíveis no mercado que já afirmaram alguma vez que gostariam de um momento a sós com James Bradley. Eu não tinha comparações até ali, então o meu sentimento era verídico. Eu nunca tinha sentido nada igual.

— Bom, deixa pra lá, é difícil te convencer. Mas sei de uma maneira magnífica de demonstrar. Vamos? — Ele se levantou apressadamente, estendendo a mão pra mim.

— Já? Aqui? James, essas coisas podem esperar, não podem? — perguntei, rindo e incrédula com sua atitude. Será que eu tinha despertado um monstro além de mim mesma?

Ele saiu rindo enquanto cumprimentava outras pessoas e nos dirigimos para o hotel novamente. Chegando ali, não houve tempo de mais nada. Dessa vez estávamos no quarto dele e comecei a me sentir pervertida de novo. Engraçado como aprendemos rápido nessa vida. Depois de um momento único de reflexão, fazer aquilo era como andar de bicicleta. Tão natural que não poderia dar errado. Deixei o momento me levar de novo. E mais uma vez. E quantas mais ele quisesse.

Capítulo 16

MARINA

Na manhã seguinte, depois de repetidas cenas de amor tórrido, nos preparamos para as despedidas. Ele iria para Londres à tarde, depois de uma campanha publicitária de Natal, e me deixaria no hotel antes de seguir para o aeroporto. Então, provavelmente, aqueles momentos seriam as únicas investidas até sua volta.

O dia transcorreu normalmente, sem falar na sensação de saudade que já reinava no meu coração. Ele me deixou sozinha por pouco tempo, e a todo instante dava um jeito de ficar a sós comigo para um amasso mais radical. Depois ele se controlava e prometia que quando voltasse da viagem tiraria o atraso.

Ainda tentando me convencer a ir com ele, deixou instruções a serem seguidas fielmente e me deixou no hotel. Dessa vez, ele não pôde nem subir para uma despedida mais plausível, pois já estava atrasado.

Deixou Rudd encarregado de me vigiar de perto. Hum, como se eu precisasse ser vigiada. James me deu um beijo de despedida e partiu.

A solidão tomou conta do meu coração, mas me permiti senti-la de forma saudável. Seria assim em breve, quando eu estivesse em um avião rumo às terras tupiniquins, não seria? Ah, eu não queria pensar nisso ainda. Entrei no quarto e vi uma dúzia de rosas na minha cama com uma caixinha de presente embrulhada em papel dourado. Que gracinha. Ele tinha me deixado um presente, mas eu não tinha comprado nada para ele.

Abri o presente e ali estava uma correntinha dourada com um pingente de coração transpassado por uma setinha de cupido. Senti uma

tapete VERMELHO   111 lágrima brotar nos meus olhos quando li o bilhete:

> *Estarei de volta antes que você sinta falta de mim. Feliz Natal.*
>
> *P.S. te amo.*
>
> *Jim*

Pronto, uma lágrima pode ter escorrido sem querer. Suspirei de forma apaixonada e deitei na cama. Dali a dois dias ele estaria de volta, não é? Que estranho sentimento de dependência era aquele? Mas já tinha ouvido falar em canções e poemas. Certo?

Malhei um pouco na academia do hotel, estudei e, sem nada para fazer, acabei adormecendo, o que culminou em acordar somente na manhã seguinte. Acordei zonza, e resolvi pedir algo para comer, ao invés de descer. Liguei a TV para me distrair. Os noticiários não me diziam muita coisa, mas fiquei ávida por programas de entrevistas e fofocas. E foi num desses que vi a manchete sobre a chegada dele ao aeroporto de Londres. Aquilo prendeu minha atenção e senti um choque imediato ao ler as linhas abaixo da foto:

JAMES BRADLEY RETORNA À PÁTRIA E SE REENCONTRA COM FIONA MORGAN PARA MATAR AS SAUDADES. AO QUE PARECE A NAMORADINHA ATUAL FICOU PARA TRÁS.

Putz! Congelei. Ele estava beijando a ruiva linda? Era o que parecia... Meu sangue ferveu, algo quente brotou nos meus olhos... Ele tinha dito para eu não acreditar em fofocas, mas a foto dizia tudo, não dizia? Ele estava beijando a ruiva! Não havia contestação naquela imagem... Merda!

Sem saber o que fazer direito, acionei o modo zumbi por alguns segundos. Encarei a TV, depois, num acesso de irritação, peguei o celular para averiguar se havia alguma mensagem dele. Nada. Nenhuma.

Com a imagem do beijo caloroso na mulher misteriosa queimando minha retina durante o dia todo, acabei roendo algumas unhas, remoendo o que faria. Resolvi sair à noite e beber. Não. Isso era exagero. Resolvi espairecer. Lembrei de Peter e saquei o celular. Detalhes acertados, me vesti para a noite. Eu não ia curtir fossa no quarto sozinha. Ia sair para a noite de Natal. Vesti uma calça preta descolada, uma blusa assimétrica de um ombro só, vermelho sangue, igual ao meu estado de espírito naquele momento. Calcei uns sapatos pretos altos, penteei os cabelos em um ar bem selvagem e me maquiei. Era isso aí. Eu ia sair. Já tinha chorado horrores depois da nota infame. *Namoradinha atual...* Ganhei uma imagem de namorada traída diante da mídia inteira. Liguei para a família desejando boas festas, dizendo que eu estava ótima e saí. Não sem antes deixar o maldito celular trancafiado numa gaveta.

Pedi a Rudd que me levasse ao endereço anotado no papel e senti seu olhar inquiridor e chocado.

— O que foi? — perguntei com um leve toque de ironia. — É noite de Natal, Rudd. Você esperava que eu ficasse aqui sozinha? Afinal de contas, por que você não está com sua família?

— Trabalho.

— Pode ir, Rudd. Eu pego um táxi e fico numa boa. Vou encontrar uns amigos perdidos por aí... Sabe como é, "os sem família"... — tentei debochar, mas ele não cedeu.

Cheguei ao clube noturno e entrei rapidamente. Quando o segurança me reconheceu, me passou na frente da multidão que estava numa fila. Agradeci constrangida, mas grata pela atenção.

Encontrei o pessoal da Universidade lá. Fazia muito tempo que eu não os via. Eu estava radicalmente irada. Acho que choquei com meu visual *night club*, mas dei de ombros. Eu ia curtir a noite. E nem precisava de bebida pra isso, a raiva já me impulsionaria. Fui dançar, a música era contagiante e nem atentei para a letra, simplesmente fui dançar. Brasileiro dança bem, até demais... fechei os olhos e me deixei levar pelo ritmo da música, nem reparei nos olhares das pessoas à minha volta, simplesmente queria anestesiar meus sentidos: dançando eu conseguiria isso. Sem bebida, sem *balas*, sem nada, só dançando. Nem percebi Peter dançando perto, só quando ele ficou realmente muito próximo é que me toquei. Afastei-me um pouco e continuei na minha maratona sacolejante. Eu estava tão absorta que nem vi *flashes* espocarem.

Depois de uma balada ensandecida, fui para o carro. O coitado do Rudd me aguardava pacientemente. Acho que ele não esperava me ver

tapete VERMELHO

113

toda descabelada e suada, mas não comentou nada. Segui em silêncio até o hotel e resolvi que iria dormir até o próximo ano, pois meus pés estavam me matando, minhas costas estavam me matando, minha raiva estava me matando.

Deitei e chorei horas a fio. Não pelo que eu tivesse feito, já que eu não tinha feito nada de errado para sentir qualquer culpa, mas pelo que ele fizera. Eu sabia que essa história de namorar um galã de cinema terminaria mal para mim. Eu não me sentia no direito de cobrar nada. Eu me sentia ninguém. Quem era eu para cobrar fidelidade? Uma simples mortal, que deveria estar dando graças a Deus pela oportunidade de sair com um astro? Não. Era o cúmulo da baixa autoestima. Eu tinha meu valor também. Não dava para simplesmente esperar ser traída e ficar na boa, como se nada tivesse acontecido. De jeito nenhum eu ficaria numa situação embaraçosa daquela.

Foi a primeira vez que desejei ardentemente ir embora para casa e sumir. Desaparecer. Voltar para o Brasil e ficar quietinha no meu canto, voltar para a vida normal... Mas sabia que nada seria como antes. Eu sempre carregaria o gosto de James Bradley comigo. Os beijos ardentes, as tardes fascinantes. Sempre sonharia com ele. E cada vez que o visse na tela de cinema eu choraria sua falta e a falta do que poderia ter sido.

Chorei até dormir e nem percebi o celular tocando insistentemente na gaveta do criado-mudo.

Só fui acordar depois de 4 da tarde daquele dia de Natal. Pedi uma refeição no quarto e já tinha me decidido a ir para a praia de novo. Estava mais frio agora, então talvez a água gelada amainasse meus ânimos. Eu me arrumei e estava já com a mão na maçaneta quando a porta se abriu. Quase fui arremessada para o outro lado.

E lá estava um enfurecido James Bradley, descabelado e com cara de cansado. Mesmo assim ninguém poderia ser mais bonito.

O silêncio foi mortal. Eu não queria falar e não queria ouvir também. Parei e cruzei os braços. Tentava a todo custo manter a compostura e disfarçar o choque que sua presença estava me causando naquele momento. Além da evidente saudade. E da raiva súbita, ao me lembrar da mulher que o esperava em Londres.

— Voltou mais cedo por quê? — perguntei, irônica.

— Por quê? Estava pensando em mais algum programinha a sós na minha ausência? — respondeu, no mesmo tom.

— Na verdade, eu estava indo à praia...

— Você sabe que são mais de 4 da tarde? Você queria ir para a praia de noite mesmo ou era algum tipo de luau? — continuou no mesmo tom.

— Hum, não tinha pensado nisso, mas tenho certeza de que encontro algum facilmente.

— Pelo jeito você gostou muito da noite de ontem, não é?! — acusou ele.

— Eu avisei que sairia com uns amigos...Você não estava curtindo sua noite de Natal em companhia bem mais interessante? — devolvi a acusação, por entre os dentes cerrados.

— Ah, agora estou entendendo! —respondeu ele, arregalando os olhos. De repente, pareceu muito cansado. — Você fez de propósito! — declarou.

— Nem ouse jogar o peso das coisas em cima de mim, James. Eu não fiz nada de mais, ao contrário de você! — rebati igualmente.

— Como assim, ao contrário de mim? — perguntou ele, com ar inocente.

— Ora, eu vi muito bem como a mídia reportou sua chegada a Londres, então não venha me cobrar absolutamente nada, porque, entre nós dois, não fui eu quem fez alguma coisa errada! — gritei e voltei para o quarto trancando a porta.

Dessa vez eu estava muito zangada mesmo. Aquele era nosso primeiro desentendimento. Eu estava brava, magoada e ressentida. E sentia um certo peso na consciência por ter afogado as mágoas numa balada até altas horas, embora eu realmente não tivesse feito nada do que pudesse me envergonhar. Era noite de Natal, eu estava sozinha no mundo, e ficar em um quarto de hotel curtindo fossa era deprimente. E porra... eu não era propriedade de ninguém.

Ouvi batidas na porta e esperei com calma. Se James Bradley achava que eu ficaria enclausurada numa torre enquanto estivesse fora, ele estava redondamente enganado.

Eu era dona do meu nariz e provaria que não era passiva como ele achava que eu deveria ser. Depois de me acalmar um pouco, troquei minhas roupas por outras mais confortáveis, típicas para um batidão pelas

tapete VERMELHO

115

ruas e avenidas. Calcei meus tênis e me preparei novamente pra sair. A cidade deveria estar tranquila porque era dia de Natal. Eu estava sozinha e queria continuar sozinha.

Bastou dar um passo para fora no corredor que senti um puxão na minha mão para dentro do quarto dele. Arfei indignada com a atitude brusca e o fuzilei com o olhar. Meu limite de tolerância estava chegando ao fim. Sentia as lágrimas surgindo nos olhos.

Aquilo era uma demonstração fuleira de machismo. Isso eu não suportaria calada.

— Você poderia me dizer sobre o que estava falando da recepção em Londres? — perguntou ele calmamente, ainda me prendendo em seus braços.

— James, não se faça de desentendido. Não sou burra nem idiota. Além do mais, não estou a fim de fazer uma ceninha de ciúmes aqui, então você poderia me deixar ir? — implorei. Eu já estava pagando um mico ao afirmar que não queria fazer uma cena, quando já estava fazendo. Eu sentia que meus nervos estavam em frangalhos. Poderia ter uma crise de choro dentro de poucos instantes.

— Por acaso você está se referindo à presença de Fiona no aeroporto? — perguntou, tentando levantar meu rosto.

— Sei lá o nome da ruiva e também não quero saber. É coisa sua, mas não sou obrigada a aguentar calada, né?! Então deixa eu me acalmar e a gente conversa.

— Nina, Fiona é minha cunhada — disse ele calmamente. — Eu pedi para você não acreditar em tudo o que vê ou lê nas revistas de fofocas.

Ah, não. Um buraco para eu me enfiar, por favor. Era pedir demais?

— Ah, tá, bom... então... Posso ir? — Oh, merda. Eu sentia a maré de lágrimas chegando. Estava me sentindo uma idiota total e a sensação não era agradável.

— É claro que não. Você não vai sair assim desse jeito. Vamos resolver tudo e ponto final.

— James, por favor, eu não estou legal — implorei. Sério... perceber que fiz um pré-julgamento de uma pessoa, que agi como uma criança enciumada, que deixei todos os sentimentos mais torpes tomarem conta e suplantarem os sentimentos belíssimos que eu sentia por ele, ao invés de simplesmente confiar, estava me fazendo ter vontade de bater minha cabeça na parede.

— Por quê? Agora quero saber. A noitada foi tão terrível assim? — sondou ele.

— Não tem nada a ver com isso e nem sei porque você deveria saber de uma noitada...Você não estava do outro lado do mundo? — perguntei, desconcertada.

— Ah, as notícias e fotos correm muito rápido pela internet. Qual não foi minha surpresa ao ver minha namorada dançando eletricamente num *night club* de Los Angeles em outra companhia? Os *paparazzi* adoraram... — respondeu ele, simplesmente.

— Você não deveria acreditar em tudo o que vê ou lê por aí... — contra-argumentei na mesma moeda.

— Hum, agora entendo por que as pessoas dizem que uma imagem vale mais que mil palavras. Este aqui não é seu amiguinho da UCLA? — indagou ele, ao mesmo tempo em que manuseava o celular e me mostrava um post em um site.

Fiquei em estado de choque. A foto era impertinentemente indecente. Eu estava dançando e atrás de mim um Peter empolgadíssimo me acompanhava. Corei e senti meu sangue ferver. Um palavrão veio à minha boca neste exato instante, mas reprimi, para meu próprio bem. Merda! O que alguém pensaria com uma imagem daquelas? Ah, para o raio que o parta! Eu sabia da real e não me deixaria intimidar, independente do que os outros pensassem. Minha consciência estava tranquila.

— Eu estava dançando sozinha. O idiota se postou aí e outro idiota fotografou. Pode olhar, meus olhos estão fechados, tá vendo? Eu não tinha nem ideia do que estava rolando. Já disse uma vez e vou dizer de novo: não sou este tipo fútil de garota. Estava brava por causa da fofoca televisiva. Ponto. Saí para espairecer e fui dançar. Ponto. Pensei em encher a cara para afogar as mágoas, mas desisti. Ponto. E voltei para o hotel. Pergunte ao Rudd — respondi tentando em vão me desvencilhar de seus braços.

— Eu acredito em você — Foi tudo que ele disse antes de me beijar com sofreguidão.

Ali, naquele instante, me esqueci de tudo. Das lágrimas, da raiva, da

tapete VERMELHO

solidão, do desespero e da sensação inquietante de insegurança.

E era engraçado pensar que uma briga encerrava tão rapidamente quanto começava e a mágoa se desvanecia com quase a mesma velocidade com que se estabelecia. E talvez aquela fosse uma das grandes diferenças que percebi no relacionamento com James. Com Alex, eu nunca tive aquilo. Fui vencida por chantagem atrás de chantagem, moída em uma forma de abuso tão sutil que passou totalmente despercebido por mim. Quando brigávamos, passávamos dias sem nos falar, mas, ao final, Alexandre fazia com que eu me sentisse culpada por tudo. E eu carregava todo o peso de qualquer fracasso que ocorresse no namoro.

Com James, era tão diferente. Ele me via. Embora tivesse a personalidade dominante e impactante, ainda assim, ele conseguia perceber o momento exato de retroceder e pedir desculpas. E confiar.

Daquele quarto não saímos pelo restante do dia. Assistimos a um filme na TV, contamos algumas piadas e quando eu estava me preparando para ir para o meu quarto, ele me pediu que ficasse com ele. Honestamente, aquilo me surpreendeu. É claro que já tínhamos partilhado da intimidade máxima que pode existir entre um homem e uma mulher, mas eu me senti fora do eixo. Ele havia confessado que não gostava de dormir com as mulheres que já havia se relacionado, porque o nível de intimidade para tal ato era muito maior. Induzia a um compromisso intrínseco.

Não era só uma coisa física. Era uma coisa de alma. De coração. Não que eu não quisesse. E já tínhamos dormido no meu quarto naquela outra noite, mas senti que as coisas poderiam tomar proporções fora do meu controle. E isso era algo que me apavorava muito.

— Fique aqui comigo, Nina. Passe a noite ao meu lado — pediu.

Havia ali uma sutil mudança de comportamento em James. Ele provavelmente já tinha percebido que eu era arisca a ordens e ultimatos.

— Você não acha que é melhor irmos devagar, James? — perguntei.

— Não, Nina. Eu quero você. Não estou falando fisicamente, apenas. Não sei explicar, mas sinto a necessidade de tê-la perto de mim.

— Dado a confusão e o mal-entendido que nos enfiamos, e a mágoa que cada um acabou despertando no outro, mesmo sem querer, não seria melhor cada um ter um tempo em seu respectivo quarto? — insisti.

— É o que você quer? — indagou ele, e seu olhar tinha um apelo contido.

Sacudi a cabeça e acabei deitando em seu peito, permitindo que o sono vencesse o cansaço que abatia meu corpo.

Eu era uma iniciada recente nas artes do amor, mas podia sentir o magnetismo latente aflorando e me tornando tão dependente dele quanto do uso de uma substância ilícita. Aquilo estava definitivamente saindo do meu controle. Eu não me permitia sonhar com um futuro juntos e, de repente, estava ansiando por isso. Estar junto de James Bradley estava se tornando tão necessário quanto respirar. Eu estava de mãos atadas. Não sabia o que fazer.

JAMES BRADLEY

Quando o dia da viagem para a Inglaterra chegou, não imaginava que fosse sentir tanto a ausência de Marina. Na verdade, partir estava sendo um saco. Os compromissos antes do voo, que acabaram atrapalhando um pouco o processo de despedida, a agenda abarrotada... tudo aquilo estava me deixando mais cansado do que o usual.

Dei ordens expressas para que Rudd ficasse na cola dela para o que ela precisasse, que a levasse a qualquer lugar e se mantivesse sempre de guarda. E não, não era para controlar seus passos, e sim para protegê-la da mídia esfomeada que queria um pedaço de Nina a qualquer custo. A caminho do aeroporto, apenas pude suspirar de saudade. Eu deveria cumprir meu dever de bom filho e visitar minha família, mas não conseguia sentir toda a vibração de felicidade do reencontro por conta da pessoa que eu estava deixando para trás.

Meu celular deu o alerta naquele exato instante de pensamentos turbulentos onde quase deixei os planos de viagem para lá. Eu poderia muito bem alegar para minha mãe que algo havia surgido e tal. Não seria a primeira vez.

— James?

Reconheci o número de Madson e atendi, tentando evitar suspirar de desgosto. Porra! Eu queria que tivesse sido Marina. Mesmo que eu tivesse acabado de deixá-la no hotel.

— *Yeap*. Diga, Mad.

— Estou enviando para você um formulário que preciso que leia urgentemente.

— Formulário de quê?

— Leia e depois conversamos, *okay*? — disse rapidamente. Madson falava mais rápido do que uma metralhadora. — Boa viagem.

Sem nem ao menos se despedir adequadamente da chamada, o cara desligou.

Consegui um acesso rápido ao voo fretado, que me levaria muito mais rápido ao meu destino e me pouparia de alguns infortúnios, afivelei meu cinto de segurança e apenas aguardei que o jato estivesse em voo de cruzeiro para que eu pudesse acessar meu celular novamente.

A mensagem de Madson pulava na tela e resolvi averiguar o tal arquivo que ele me enviara.

Abri e eis que me deparei com um formulário absurdo e enorme. E o teor era mais irritante ainda. Madson havia me mandado um Contrato de Confidencialidade que deveria ser entregue à minha namorada, para que assinasse e ficasse ciente de cada cláusula ali. Uma merda de burocracia que era usada para proteger artistas do mundo inteiro quando se envolviam com alguém que não era do meio.

Ali estava mais do que esmiuçado que as punições eram severas se ela revelasse qualquer detalhe do nosso relacionamento enquanto durasse ou mesmo em um possível término.

Peguei o celular e disquei o número tentando conter meu ódio.

— Madson, que porra é essa aqui?

Ouvi um suspiro do outro lado.

— Jim, é apenas um protocolo para salvaguardar sua privacidade agora e futuramente.

— Que merda é essa? — Eu estava irritado. — Isso é uma merda de um contrato!

— Sim, bem...

— Eu não estou relegando meu relacionamento a uma porra de contrato, Mad! — gritei e atraí a atenção da comissária. — Não e não, entendeu?

— É necessário, Jim. — Ele alterou o tom de voz. — Você sabe muito bem como essas mulheres podem ser vingativas num caso de término, temos que protegê-lo, inclusive de possíveis chantagens ou ameaças. Você sabe que muitas vão às mídias expor os detalhes dos relacionamentos para ganhar espaço e fama repentina. — Madson fez uma pausa e suspirou audivelmente. — Você conhece algumas pessoas que passaram por isso, Jim...

— Eu não quero saber dessa merda. Não vou sujeitar Marina a uma atrocidade dessas.

— Jim...

— Não e ponto final. — Suspirei para me acalmar. — Eu quero acreditar que estou em um relacionamento saudável e não doentio nesta merda de indústria do caralho.

Madson ficou mudo do outro lado.

— Não quero sequer que este assunto seja cogitado ou sequer ventilado perto dela, entendeu? — avisei, tentando deixar claro minha intenção em caso de ser contrariado. — Você entendeu?

Houve silêncio no outro lado da linha.

— Sim, James. Entendi. Espero que saiba o que está fazendo.

— Não sei o futuro, Mad. Só sei que não quero jogar essas merdas do meu mundo nas costas dela, entendeu? Pela primeira vez, posso dizer que confio plenamente em uma mulher que está ao meu lado pelo simples fato de eu ser apenas James.

Horas mais tarde, meu voo chegou ao aeroporto de Heathrow e qual não foi minha surpresa ao ver que a mídia sensacionalista havia seguido meus passos. Filhos da puta! Deviam ter espiões espalhados em todos os setores do mundo. Mesmo tarde da noite, lá estavam eles.

Quando consegui sair do alvoroço que eles formavam no saguão, vi

Fiona me esperando e apenas lhe dediquei o sorriso que ela merecia por aguentar o meu irmão como marido.

Dei um abraço sincero e um beijo em seu rosto, tentando ignorar os *flashes* que espocavam à nossa volta. Era uma merda! Carl tentava afastar os fotógrafos que avançavam furiosamente e segui com o braço sobre os ombros de minha cunhada.

— Mais uma vez você vem em meu socorro, Fi? — perguntei, colocando o braço sobre seus ombros.

— Você conhece seu irmão. Está roncando neste exato momento — respondeu sorrindo.

— Porém ele sabe que você está aqui? Porque eu poderia seguir para casa tranquilamente. Ou você gosta de ser motivo de intriga com Hayden? — caçoei.

— Da última vez, me valeu uma viagem para a Grécia, Jimmy. Hay ficou tão bravo com o The Sun que ameaçou aquele processo, mas eu que acabei me dando bem no final com o pedido de desculpas pela acusação absurda... — contou ela com um sorriso debochado.

Meu irmão tinha sido um idiota. Vira a nota sensacionalista, resolveu que Fiona e eu éramos amantes, me deu um soco, que foi devidamente revidado, e quase perdeu a esposa.

Já no carro, Fiona me relatou o restante das fofocas familiares que estariam ardendo na festa de Natal.

Eu estava louco para ver meus pais, mas minha maior vontade era chegar em casa e descansar, pegar meu celular e checar se Marina estava bem. O sono me venceu e acabei dormindo sem averiguar se ela estava bem. Por mais que eu viajasse muito, ainda me sentia baqueado com a mudança do fuso. Estávamos oito horas à frente agora. O que significava que para Marina era madrugada, mas eu podia vislumbrar um céu acinzentado em plena manhã.

Meu coração doía ao imaginá-la sozinha na noite de Natal, no dia seguinte. Eu não me lembrava se ela tinha planos, mas acreditava que talvez não se sentisse à vontade para sair dali sem a segurança de Carl ao nosso encalço. Por mais que Rudd executasse um trabalho bem feito, eu confiava apenas 100% no meu braço direito.

A festa seguia tranquilamente em casa quando resolvi telefonar. Já havia esperado demais.

Estranhei o celular chamar e ninguém atender. Depois de mais três tentativas, minha mãe veio me chamar para participar das festividades.

— Jimmy — chamou ela com aquele tom condescendente que só as mães sabem usar com magnificência.

— Mãe.

— O que o preocupa tanto que está impedindo que você curta a festa? Eu sequer convidei mais pessoas, sabendo que você ficaria incomodado.

— Não é nada, mãe.

— Certo. E o mundo é um lugar pacífico onde tudo são flores.

Eu ri de sua tentativa de me fazer rir. Ao menos ela conseguiu.

Ainda de madrugada, eu tentava a todo instante falar com Marina. Nem mesmo o celular de Rudd estava funcionando. *Okay*. Era dia 25. Eu queria desejar um Feliz Natal. Mentira. Queria ver se ela estava bem mesmo. Falar e ouvir sua voz. Eu era patético.

Pela manhã, depois de uma noite mal dormida, minha mãe chegou de mansinho enquanto eu estava tomando o café.

— Jimmy?

Olhei para ela com o pão a caminho da minha boca. Eu não estava para muito papo. Estava puto. Não ter conseguido falar com Nina me deixou com um humor de cão.

— Aaaah... Fiona gostaria de falar com você ao telefone.

Peguei o aparelho da mão de minha mãe e cumprimentei devidamente minha cunhada.

— James.

— Sim. Meu irmão anda te perturbando?

— Ah, acho que seria bom você dar uma olhada no canal de fofocas.

— Fiona, se o canal é de fofocas, com certeza não me interessa nem um pouco. — Dei uma risada.

— Acho que essa fofoca vai ser mais bem avaliada por você.

Comecei a rir, mas me levantei para ligar a TV.

O *E! Entertainment Television* era uma merda de canal que adorava espalhar os mais diversos boatos do mundo das celebridades. Quando vi a matéria, sentei-me no sofá, com o telefone ainda pendurado e Fiona me chamando do outro lado.

tapete VERMELHO

— James?

Eu estava perdido na foto que o canal mostrava. Marina estava dançando esfuziante, com um cara grudado às suas costas, num clima totalmente intimista. Que porra era aquela? A matéria alegava que ela estava em uma festa numa boate, na noite anterior. Talvez aquilo justificasse o fato de ela não atender minhas ligações. E onde Rudd havia se enfiado, pelos raios?

— Fiona?

— Sim?

— Você poderia me levar ao aeroporto?

— Claro, James.

Mal encerrei a ligação e minha mãe veio afagar meu rosto.

— Eu não conheço a moça, mas conheço você. Sei que não estaria enrabichado por uma qualquer, então, vá com calma antes de soltar os cachorros em cima dela, *okay*?

— Eu não vou soltar os cachorros, mãe.

— Jimmy, quando um filho meu resolve sair em polvorosa, atravessando o Atlântico, por conta de uma garota, a razão tem que ser grandiosa. — Ela riu. — Só averigue os fatos antes de tomar conclusões. Você mesmo diz para não acreditarmos em tudo o que vemos na TV.

— *Okay*, mãe. Dê um tchau para o pai, tá? Não tenho cabeça de ir procurar meu velho no meio do jardim dele.

Minha mãe riu e deu um beijo suave no meu rosto.

— Vá encontrar com a sua garota.

E foi o que fiz. Fui encontrar com a minha garota. Fui ter um papo muito sério sobre o que havia visto em uma rede de fofocas.

Capítulo 17

MARINA

Os dias que se seguiram foram mais tranquilos. Aquela primeira desavença gerou, por incrível que pareça, um vínculo mais intenso entre nós. Os jornais realmente se deliciaram com minha noite insana na balada de Natal, mas James resolveu dar um basta aos falatórios fazendo com que aparecêssemos ao máximo de eventos possível.

Um dos mais interessantes em termos de repercussão foi quando fomos a um show de uma cantora *pop* e eu me empolguei durante as músicas. Enquanto eu cantava as canções de olhos fechados, na mesma empolgação do *night club*, James se atracava às minhas costas com o rosto enfiado em meus cabelos para deixar que registrassem dessa forma o que realmente era intimidade entre namorados. As revistas fervilharam. Davam como certo um casamento, já tinham me visto de aliança, comprando vestidos e mais vestidos, visitando a mãe dele etc. Eu percebi que a mídia realmente distorce as situações e publica o que quer. Não adiantaria remar contra a maré. Era deixar que falassem e pronto. Pelo menos eles não me detonavam. De acordo com uma revista, eu já tinha sido até convidada para um editorial de moda. Caracas, eu estava em alta. O mais engraçado é que o convite desse editorial ainda não havia chegado às minhas mãos.

Eu e James éramos o que se podia chamar de casal feliz. Eu estava em quase todos os eventos em que ele estivesse. Minhas idas à praia haviam sido cerceadas por causa do assédio dos *paparazzi* e o final de ano se aproximava.

tapete VERMELHO

Dessa vez ele não iria viajar para casa, mas esta viria até ele. Gelei: eu conheceria a família. Calculei mentalmente há quanto tempo estávamos juntos e achei que a perspectiva era até boa: levei quase um mês e meio para assumir minha paixão por ele, no sentido literal da palavra, e um pouco mais para conhecer sua família. Era até razoável. Considerando, inclusive, a distância geográfica que os familiares mantinham do próprio James.

Com a chegada dos Bradley, a rotina ficou quebrada, embora eles tenham ficado somente dois dias. A mãe de James era uma graça. Muito simpática e prestativa. O irmão, Hayden, veio sem a esposa, Fiona. Será que ela estava com medo de apanhar? Haha. Brincadeira. O pai estava trabalhando e não pôde sair. As festividades foram superbacanas e a presença da família de James Bradley não alterou em nada a sua agenda de atividades frenéticas.

Certa tarde, eu estava no quarto fazendo as unhas quando o celular tocou. Atendi sem olhar o identificador e estaquei.

— Temos fotos suas muito reveladoras, gostaria de compartilhar algumas informações em troca? — perguntou uma voz abafada.

Eu gelei. Não conseguia identificar se era homem ou mulher, meu cérebro voltou a funcionar na tecla SAP de português e demorei a responder:

— Quem está falando? — sussurrei desconfiada.

— Isso não interessa agora. O que interessa é que a mídia vai adorar receber o material que tenho em mãos, é bem interessante — continuou a voz estrangulada.

Nesse exato momento, Jim entrou no meu quarto e deve ter percebido minha palidez. Meus olhos estavam arregalados e eu estava muda. Estática. Essas coisas não aconteciam mesmo, aconteciam? Eu estava sendo chantageada por não se sabe quem e nem por quê. Meu cérebro se recusava a funcionar. Jim se sentou ao meu lado e pegou o celular da minha mão.

— Quem está falando? — perguntou e escutou o clique da ligação sendo encerrada. Ele se virou pra mim, sentada na poltrona, e viu que eu ainda estava em choque. — O que foi, Nina? Me diga o que aconteceu... — implorou.

— Alguém disse que tem fotos minhas comprometedoras e queria algo em troca, mas não faço ideia do que é! Meu cérebro congelou e não entendi nada... — comecei a tremer. Que ótimo. Um ataque histérico era tudo do que eu precisava naquele momento.

Fui confortada por alguns minutos e senti quando ele beijava minhas lágrimas furtivas, secando-as calmamente.

— Meu amorzinho, chantagem faz parte do nosso dia a dia. É uma forma de jogar sujo para conseguir informações valiosas. Eu só não imaginava que eles pudessem conseguir o seu número de telefone, então não me preocupei com este detalhe... — explicou como se fosse a coisa mais banal do mundo.

Eu não sabia se ficava com ódio do golpe ou de mim mesma por ter sido tão ingênua. Céus... eu precisava me fortalecer para não parecer um bebê chorão.

— Eu vou resolver isso num instante... — E se virou para sair, levando meu telefone. — Ah, você tem ido a *night clubs* sozinha de novo, sei lá, escondida, depois de eu colocar você pra dormir? — perguntou rindo. Joguei uma almofada em sua cabeça.

Algumas semanas depois, me fechei no meu casulo de tristeza. Faltava pouco mais de um mês para se encerrar a melhor época da minha vida, e eu não queria pensar muito nisso, mas também não podia ignorar a realidade. Minha família estava ansiosa pela minha volta, a faculdade me esperava, minha vida no Brasil me aguardava, longe de todo o *glamour* com que eu havia me acostumado até então. Analisando os fatos, minha vivência no idioma foi enorme. Quase tão grande quanto se eu estivesse estudando na Universidade. Eu podia dizer que meu nível de conversação era enorme, mas nem assim eu tinha a sensação de dever cumprido. Quando fosse embora dali, meu coração seria estilhaçado.

Será que conseguimos amar tão rápido uma pessoa e imaginar que nunca mais vai sentir coisa igual por alguém? Será que existe recuperação para isso? Será que eu conseguiria voltar à minha vida normal?

Estava tremendamente abatida. Queria dar um mergulho, mas James não deixava e o clima também não cooperava. Era janeiro, estava bem frio.

Conforme o fim do mês se aproximava, mais eu queria ficar no quarto. Perdi o ânimo para sair. James já estava ficando preocupado e não entendia a razão. Certa noite, ele entrou no meu quarto e me pegou

tapete VERMELHO

chorando. Eu estava me sentindo uma represa com as comportas aber-
tas. Acho que só quando criança tinha chorado tanto. Minha nossa... até
eu estava embaraçada com meu destempero. James me abraçou e perguntou o que estava me incomodando.

Com toda a calma do mundo, ele enfim conseguiu arrancar as informações sobre o meu martírio.

— Daqui a algumas semanas, eu vou embora, James, e tem sido
difícil me desapegar de você... — respondi, sentindo uma intensa vontade de me aninhar mais ainda contra ele. Algumas lágrimas teimosas
escapuliram, sem serem convidadas. Ainda bem que não estava usando
maquiagem, ou estaria um desastre total.

— Você não tem que ir embora... — disse ele, afagando minhas costas.

— Tenho, sim, meu prazo se encerra na primeira semana de fevereiro e tenho que deixar o país, esqueceu? — expliquei, fungando.

— Você pode ficar aqui comigo, se quiser... — insistiu ele. Notei
que a insistência parecia ter um significado diferente, mas deixei passar.

— James Bradley, se eu não sair, vou ser considerada uma criatura
ilegal neste país! Já imaginou as manchetes? Seria um estouro. Posso até
ver: "Namorada de James Bradley é extraditada do país porque não queria largar o amado".— Tentei sorrir. Foi até engraçado.

— Não é isso que estou dizendo. Sei que seu visto de estudante tem um
prazo, mas podemos mudar a natureza do visto — informou ele, enigmático.

— Ah, tá! Então vamos colocar que minhas intenções de permanecer
no país são meramente por turismo pessoal? — falei rindo de mim mesma.

De repente, o tom da pergunta mudou.

— Você quer mesmo ir embora, Nina? Ou você mudaria seus planos e continuaria aqui de alguma forma? — indagou ele, ansioso.

— Não sei, James. É claro que eu queria continuar aqui com você,
mas minha vida toda é lá. Minha família está esperando, meus amigos,
minha faculdade. Tudo — respondi sem entusiasmo.

— Eu sei. Mas você teria razões para ficar aqui? — insistiu.

— Claro! Você! Mas não posso ter um namoro de verão pro resto
da vida.

— Nós não estamos no verão... — brincou ele.

— Não no seu país. Lá é pleno verão. As praias devem estar bombando — tentei brincar, mas meu desânimo era evidente.

— Mas você ficaria por mim... — Eu não sabia se ele estava afirmando ou perguntando.

— Talvez. Mas são tantas coisas para considerar que não sei se eu seria capaz.

— Considerar o quê?

— Por exemplo, morar com você aqui: não sei se meus pais iam curtir muito essa minha decisão. Jogar tudo para o alto para viver um grande amor? Hum-hum. — Suspirei. — Não sei se eu conseguiria virar as costas pra eles assim. Virar as costas pra tudo. Sei lá, estou superconfusa. De um lado, tenho pensar em todas essas outras coisas e, de outro, tenho o desejo de ficar aqui até quando você me quiser.

— Como assim, até quando eu quiser? Você ainda duvida dos meus sentimentos por você? É tão difícil pra você acreditar que eu amo você? — Ele despejou de uma só vez.

— Não é isso, James. É que resolvi me contentar com o que você tem me dado, sem esperar nada em troca. Estou feliz assim, mas não criei expectativas em relação a nada mais que isso... — respondi calmamente.

— Marina Fernandes, você é absurdamente ridícula — respondeu ele simplesmente.

— Ah, muito obrigada — respondi, me fingindo de ofendida.

— Deixa eu explicar melhor. EU AMO VOCÊ. Quero ficar com você em qualquer situação ou circunstância. Você acredita mesmo que eu simplesmente deixaria você pegar um avião e sumir da minha vida, como se nada tivesse acontecido? — questionou. — Por que é tão difícil assim acreditar que você conquistou meu coração de um jeito irremediável?

Quanto ao coração dele, eu não sabia. Mas o meu quase parou de bater. Minha garganta ficou seca. As pernas ficaram bambas. Se eu estivesse em pé, teria caído naquele momento. Senti as fagulhas de esperança brotando em meu âmago. Não podia suportar aquela agonia. Do que ele estava falando?

— Como assim, James?

— Ora, eu já estava procurando uma casa pra gente. Eu não esperava ter que me casar tão cedo, mas pra não perder você, vale tudo e muito mais — revelou ele, sorrindo.

tapete VERMELHO

— Hã? Acho... ac... acho... que... não entendi direito... — Nossa, estava me sentindo tão burra! Se pudesse eu dava um tapa na minha própria cabeça para ver se voltava a funcionar.

— Estou pedindo você em casamento. Aceita se tornar minha esposa? Lutar comigo contra todos esses absurdos do mundo glamoroso que habito? — perguntou solenemente.

— James, você está brincando, né? — perguntei em choque. — Por que, se for isso, não tem graça nenhuma.

— Eu não estou brincando... — ele me abraçou preocupado. — Eu te amo, quero ficar com você. Não consigo imaginar minha vida sem você. Sei que vai ser difícil viver distante dos seus, mas eu posso ajudar. Juntos, a gente consegue — argumentou ele.

— James, Jim... nós pertencemos a galáxias diferentes, realidades diferentes, hemisférios diferentes... Essas coisas não acontecem assim — expliquei mais para mim mesma do que para ele. *Acontecem?*

— Nós passamos a pertencer um ao outro a partir daquele dia no aeroporto. E ficamos mais unidos ainda quando você se entregou pra mim, lembra? Você se deu de presente de Natal... — brincou.

— Ah, falando assim parece tão vulgar...

— Não, meu amor, por favor, não menospreze o que pra mim foi mágico. Eu poderia ter qualquer mulher que quisesse, mas a única que eu quero é você. Você é a única que se apoderou do meu coração... — declarou-se.

Neste instante, eu já estava derretida feito manteiga ao sol. Era demais para eu simplesmente acreditar! O inimaginável, o impossível estava acontecendo!

— Você está falando sério mesmo, James? Eu não poderia imaginar que você se sente na obrigação porque eu me entr... — James cobriu minha boca com sua mão, interrompendo o que eu ia dizer.

— Não! Não diga isso. Eu nunca pensaria isso. Eu te quero na minha vida pra sempre. É mesmo tão difícil assim acreditar?

— É. É bem difícil. Sou uma garota simples. Você é um astro. O objeto de desejo e adoração de cada mulher entre 13 e 40 anos, sei lá... Você é o homem mais lindo do momento, rico, famoso, poderoso e tudo mais "oso" que você quiser. Eu não sou nada! Quer dizer, sou alguém, mas nada que se compare ao universo em que você vive. É difícil de acreditar. Além disso, não seríamos jovens demais pra casar? — perguntei sem querer a resposta.

— Você não quer se amarrar a alguém como eu, é isso? — indagou James, sentindo-se ofendido.

— Não é isso, James. Eu também te amo, mais do que eu mesma poderia imaginar, mas tenho medo... e se você se arrepender depois? O coração partido vai ser o meu, porque você vai continuar habitando sua galáxia, enquanto eu despencaria dela. A queda poderia ser fatal.

— Marina, eu nunca estive tão convicto de uma coisa. Você quer que eu abandone a minha carreira? — perguntou de supetão.

— Não! De jeito nenhum! Você é supertalentoso no que faz, eu nunca exigiria uma coisa dessas de você, nunca! Mas tenho medo de não conseguir me habituar à sua vida, de não conseguir pertencer ao seu mundo... — confessei quase chorando. Céus... alguém me acuda.

— Você é o meu mundo! Vou perguntar mais uma vez, e quantas mais forem necessárias: você aceita se casar comigo? Nos seus termos: como, quando, onde você quiser... Só me diga que sim, por favor — insistiu ele.

— Sendo assim, é claro que eu aceito me casar com você, James Bradley. Meu James Bradley.

E assim, aquela noite foi selada com as mais doces promessas de amor.

JAMES BRADLEY

Conforme o mês de janeiro avançava, eu percebia que Marina estava ficando cada vez mais retraída e calada. Por várias vezes, a flagrei apenas observando o ambiente pela janela de nosso quarto no hotel.

Seus olhos me revelavam os pensamentos tristes que assolavam sua mente. Eu só poderia supor a razão, mas precisava que ela se abrisse comigo de livre e espontânea vontade.

Eu a abracei e apenas deixei que soubesse que estava ali se quisesse me dizer o que a estava perturbando.

Quando nossa conversa chegou ao teor do assunto que eu precisaria abordar, aproveitei o momento com todas as minhas forças. Nenhum argumento de Marina poderia vencer a resolução que eu já tinha tão firmemente enraizada em meu coração. Eu queria aquela garota na minha vida pra sempre. Eu a queria como minha esposa, como minha parceira, minha amiga. Eu me sentia o James, um cara normal, com ela. Meu coração pertencia a ela, como não tinha pertencido a nenhuma outra antes.

Nunca me vi executando aquele papel real tão cedo quanto estava me vendo naquele momento, mas lá estava eu, propondo casamento e vida eterna à mulher dos meus sonhos. Bastou apenas que ela dissesse sim.

Agarrei Marina no instante em que a palavra singela deixou seus lábios, sem permitir sequer um espaço entre nossos corpos, e a beijei com todo o ardor que poderia sentir. Até mesmo nossas respirações eram intensas, intercaladas com beijos ora ásperos, ora sedutores, ora ternos. Eu precisava trocar carícias e demonstrar fisicamente o que meu coração gritava em suas palpitações. Eu devotaria meu corpo a ela, a amaria com toda a força do meu ser. Aquela era uma doce promessa.

Quando, por fim, deixamos que nossos corpos apenas assumissem o comando totalmente, desligados de nossos cérebros, não havia espaço para dúvidas ou preocupações.

Marina era minha. Eu era dela. Aquele era um pacto que fidelizava um futuro todo à nossa frente.

Chegamos juntos ao ápice do prazer, ela ofegante, eu tentando não desmoronar meu corpo sobre o dela.

Adormecemos um nos braços do outro. E aquilo apenas parecia certo.

Capítulo 18

MARINA

Acordei no dia seguinte abrindo um olho de cada vez para ter certeza de que não estaria sonhando. O diálogo da noite anterior e a proposta de casamento me pegaram totalmente desprevenida. Descrever a sensação de felicidade era uma tarefa difícil: eu estava nas nuvens; letárgica; não estava sentindo minhas pernas... Estranho, tentava me mexer e não conseguia... Será que eu tinha tomado algum chá alucinógeno e estava viajando geral? Olhei rapidamente para o lado e suspirei aliviada ao ver que ele ainda estava dormindo ao meu lado.

E agora? Como seria a conversa matinal depois da noite de ontem? Não deveria ser tão difícil quanto a do dia seguinte à nossa primeira noite de amor. Eu tinha passado por aquela outra manhã sem maiores problemas, então... Neste instante, ele abriu os olhos e se espreguiçou, me puxando mais para perto de si.

Comecei a rir porque eu estava sem ar. Literalmente. Eu estava tão feliz que não conseguia tirar o sorriso do rosto...

— Bom dia, noiva! — disse ele com a voz rouca.

— Bom dia... — respondi timidamente.

— A primeira coisa que vamos fazer hoje é dar um pulo na Tiffany's e providenciar uma aliança de noivado digna da sua beleza... — anunciou ele, me dando um beijo estalado.

— James, na verdade não é necessário. Quer dizer, agora você tem certeza de que não quer pensar melhor e com mais calma? A gente não precisa fazer nada com pressa... — tentei argumentar.

Ele se virou bruscamente, quase me derrubando da cama no processo.

— Você está pensando em desistir, Nina? — perguntou ele, com raiva.

— Não... — apressei-me em responder. — Não, de jeito nenhum. É porque, na verdade, eu não sei se realmente estou acordada ou sonhando. Desculpa...

Ele me abraçou mais forte e me beijou repetidas vezes.

— Você não existe mesmo! Outra no seu lugar já teria me obrigado a assinar algum documento garantindo que eu não desistisse, mas você tenta me fazer desistir de propósito... — disse ele, rindo.

— Não é isso. Só me pergunto se não é repentino demais. Não tenho dúvidas sobre os meus sentimentos: eu acompanharia você para qualquer lugar do mundo neste exato momento. Mas você tem uma série de coisas a considerar, você tem uma supervida pública, então as coisas têm que ser bem pensadas por causa da sua imagem... — tentei esclarecer minhas preocupações.

— Nós vamos fazer assim, meu amor: eu vou comprar uma aliança espetacular pra você...

— Espetacular não, James, simples — interrompi rapidamente.

— Espetacularmente simples... — corrigiu ele. — E vamos sair para um evento à noite. É uma entrega de prêmios, superconcorrida e cheia de holofotes, a mídia do mundo inteiro vai estar lá. Vamos chegar tranquilos e numa boa, sem qualquer alarde, e, se alguém perguntar, eu falo que você é minha noiva. O que você acha?

— Até a parte da aliança eu concordei, mas um evento hoje? E superevento? Como eu vou conseguir me preparar? E será que não poderíamos continuar o jogo de esconde-esconde? — sussurrei no seu ouvido. Eu estava quase surtando.

— Hum, assim você tira minha concentração... Não precisa se preocupar, a Jenny vai estar aqui na hora exata para uma superprodução: cabeleireiros, maquiadores, estilistas, essas coisas... Vamos sair direto daqui. Quanto ao jogo de esconde-esconde, a assessoria acha que se eu abrir o jogo, cessa um pouco a perseguição por fofocas descabidas, então a gente assume logo e pronto. Eles vão ficar estupefatos e o rumo das perguntas muda um pouco: começa a especulação do porquê. Prepare-se, porque vão dizer que você talvez esteja grávida. Depois começam as buscas pela data mais provável, o local de cerimônia, onde vamos morar, e nesse quesito a gente despista numa boa...

— Nossa, como você já tinha pensado em tudo isso? — perguntei assombrada.

— Anos de prática, meu amor. E muitas notas mentirosas espalhadas por aí... — respondeu. — Mas por que não selamos nosso compromisso de uma forma mais apropriada? — sugeriu ele, me beijando intensamente.

— Uh, ai, achei que já tínhamos selado ontem à noite... — respondi quase sem fôlego.

— Ah, aquele foi o ensaio geral...

Só horas depois realmente saímos da cama.

A tarde foi superinteressante, porque tanto ele quanto eu estávamos empolgados. Liguei para os meus pais e informei a novidade, não sem antes ouvir uma sorte de recomendações e questionamentos. Esclareci que dentro de alguns dias teria informações mais precisas e me despedi dizendo que sentia saudades mas estava muito feliz. Disse que sabia exatamente o que estava fazendo e que tinha os pés no chão. Será que eu tinha mesmo? Mas pensem... era meio doido ligar para os pais e dizer: 'e aí, pai, mãe... fui pedida em casamento por um astro de cinema. Aah... Eu meio que aceitei...'.

Deixei as dúvidas cruzarem meu semblante só o tempo suficiente para olhar para meu noivo e afugentá-las.

Entramos na joalheria mais famosa dos Estados Unidos e ficamos ali por uma hora, mais ou menos, com o vendedor acompanhando as discussões entre nós. Ele queria me dar uma aliança com um megadiamante, eu queria uma mais simples. Ficamos no meio-termo. Ele comprou uma aliança majestosamente imponente, mas delicada ao mesmo tempo. Explicou que, por tradição, aquela aliança não sairia do meu dedo por nada desse mundo, nem quando trocássemos as alianças no dia do casamento. Explicou que uma se fundia à outra, selando o compromisso eterno entre o noivado e o casamento.

Achei linda a tradição e saí dali sentindo meu dedo mais pesado que de costume. Eu não era de usar adorno nenhum, então será que eu me acostumaria com aquela joia diária no meu dedo anular esquerdo? Engraçado que no Brasil alianças de noivado eram usadas na mão direita

tapete VERMELHO   135

e só depois passavam para a esquerda. Comentei isso com ele, que se prontificou a fazer do meu jeito, mas preferi seguir a cartilha dele.

Voltamos para o hotel e entramos apressadamente no meu quarto. Antes mesmo de fechar a porta ele já me abraçou e me levou para a cama.

— Agora sim é oficial mesmo. Você é minha oficialmente, então vamos celebrar! Mandei trazer um champanhe e...

— Espera, espera... — interrompi apressadamente. — A gente não precisa beber! Quer dizer, você necessariamente tem que beber? — perguntei, incerta. Minha nossa, estava me sentindo uma estúpida agora.

— Por que isso agora? — perguntou ressabiado.

— Eu tenho trauma de bebida, pânico mesmo. Desculpa, tenho horror a ver alguém perder a razão por conta de bebida alcoólica — esclareci sem mais delongas.

— Explique-se melhor. Não vou encher a cara, sou acostumado e é só champanhe, Nina.

— Ah, digamos que uma vez fui surpreendida por alguém que ficou fora de si depois de uns copos de cerveja... — tentei desconversar.

— Como assim? — perguntou James, espantado.

Eu não queria abrir aquele episódio da minha vida. Achava que já deveria ter tratado aquele "trauma" há muito tempo. Na verdade, aquela minha cisma com bebida acabava me tornando uma pessoa chata aos olhos dos outros, e não era essa a impressão inicial que eu queria passar. Era somente algo que me remetia a um episódio que eu queria realmente esquecer.

— Digamos que meu ex-namorado ficou alegre demais, tentou avançar o sinal e quando não conseguiu ultrapassagem, aah, ele... hum... — Não consegui continuar.

— Ele o quê, Nina? — perguntou James, já exasperado.

— Ele me bateu. Pronto. Foi isso.

— Como é que é? — Ele estava quase gritando.

— Não foi nada grave, mas foi chocante. Foi por isso que eu terminei o namoro. E depois daquilo ele meio que me perseguiu, e isso também foi assustador.

— O cara bateu em você? Eu poderia esfolar esse cara! Que filho da puta! Porra, estou nervoso... — Ele se levantou e ficou andando de um lado para o outro no quarto. Do jeito que ele estava, era capaz de abrir um buraco no chão e nem perceber.

— Jim, isso foi há muito tempo, meses... Só comentei porque sei que ele fez aquilo porque estava meio "alto"... — tentei acalmá-lo.

— Isso é desculpa pra caras covardes, Nina. Tudo bem que às vezes a gente comete uns excessos quando está "alto", mas esse cara, esse cara... Ele bateu em você porque é um cretino, porque você não tinha dado o que ele queria! — bufou. — Eu poderia ensinar uma lição a ele.

— James Bradley, esqueça esta história, tá?! Tome as taças e esqueça que eu contei isso. Nem meus pais sabem da história real. Eles acham que eu bati com o rosto no painel do carro... — Comecei a rir. Não teve graça na época, óbvio. Mais triste ainda é saber que muita gente justifica agressão dessa forma por medo e vergonha.

— Não vou deixar você voltar ao Brasil sozinha! Não quero você perto desse cretino nem a milhas de distância — afirmou ele categoricamente.

— James, James, James! — gritei quando percebi que ele tagarelava sozinho sem nem me ouvir.

— O quê? — exasperou-se.

— Você precisa se acalmar, por favor! Eu não devia ter dito nada... — murmurei, já arrependida de ter aberto a boca.

— Devia, sim! Se nós vamos nos casar, é bom não ter segredos, e é bom saber porque você se incomoda com isso! Vou me comportar, prometo que não vou beber mais do que você permitir.

— Tudo bem, desculpa, eu não quis estragar o clima... Mas como assim você não vai me deixar voltar ao Brasil? Você vai me manter refém aqui, é? — brinquei. — E o que falei sobre não gostar de sentir que estão mandando em mim?

— *Okay*, eu mudo o verbo. Eu me expressei mal. Eu não posso deixá-la, em sã consciência, voltar sozinha... ou vou eu, ou o Rudd vai — esclareceu.

— Hum, não preciso de um leão de chácara na minha cola, meu amor. Estou voltando para o meu ninho, esqueceu?

— Então eu vou...

— Você está maluco? O champanhe nem chegou e você já está alto? O que você vai fazer no Brasil, sendo que nem foi pra divulgação do seu filme lá?

tapete VERMELHO

— Eu vou com você, não vou pra fazer um trabalho desgastante. Além do mais, aproveito e conheço sua família. Será que vão me aprovar? — perguntou, sorrindo.

— Basta você dar esse sorriso que eles vão derreter feito manteiga no sol... — respondi puxando sua mão para fazê-lo deitar-se na cama.

Ele me abraçou, já começando uma lenta exploração sensual, e o assunto acabou ali. Definitivamente, essa era uma excelente forma de encerrar ou protelar um assunto.

Capítulo 19

MARINA

Depois da superprodução a que me dispus, pude analisar meu visual no espelho. Suspirei. Homens ficavam prontos tão rápido e com tanta facilidade. James estava curtindo um filme na TV, enquanto eu estava enroscada em bobes, espaçadores de dedos e máscara de pepino. O resultado ficou ótimo; valeu o sacrifício.

Desta vez, Jenny não me permitiu escolher um vestido preto. Em vez disso, me vesti com um modelo ma-ra-vi-lho-so Dolce e Gabbana vinho, tomara que caia, com uma ampla saia em camadas. O vestido era cinturado com um corpete e tinha pequenas aplicações de cristais no busto, que inclusive revelava mais do que escondia. Aquilo era alta--costura, e era de arrasar. Meus cabelos foram penteados em um rabo de cavalo arrojado com um toque cacheado nas pontas e as joias eram discretas, porém suntuosas: brincos de diamantes *H. Stern*, e, no dedo anular esquerdo, brilhava a aliança de noivado. O sapato era um legítimo Loubotin: chique. Olhei no espelho e senti que poderia fazer jus ao meu par. Eu estava bonita mesmo. Isso me tirou a insegurança do último evento ao qual compareci. Passei meu perfume predileto atrás das orelhas e nos pulsos e saí.

O infame estava fingindo que dormia. Eu me aproximei e abaixei o rosto à altura do seu, esperando para ver por quanto tempo mais ele conseguiria fingir o sono. Que besteira. Excelente ator como era, poderia ficar horas ali, até dormir de verdade. Mas não foi o que aconteceu. Ele abriu os olhos e deu de cara com meu rosto a centímetros do seu. A reação foi imediata. Ele arregalou os olhos, se levantou de sobressalto e colocou as duas mãos em meu rosto.

— Você é mesmo real, garota? Estou sonhando ou acordado? — gracejou, pegando minha mão esquerda. James beijou dedo por dedo até chegar à aliança e se demorar por ali. — Você tem certeza de que é realmente minha?

— Até que se prove o contrário, sou sua de corpo e alma — respondi suavemente. Ele me abraçou apertado e aspirou meu perfume. A onda de eletricidade que percorria meu corpo dizia exatamente o que seus olhos queriam me dizer...

James continuava a me olhar atentamente, como se estivesse fazendo um inventário de cada parte do meu corpo.

— A gente vai se atrasar e não quero estragar minha produção. Você não tem noção de como foi difícil entrar neste espartilho... — brinquei.

— Espero que sair seja mais fácil, pois vou contar os minutos pra voltarmos logo — respondeu maliciosamente.

Saímos do hotel e nos dirigimos a um desses teatros em que estes eventos sempre aconteciam. Agora eu estava ficando escolada. Já sabia até como me comportar. Não que eu me sentisse à vontade, mas pelo menos não me sentia uma caipira no meio da cidade grande pela primeira vez.

Descemos e caminhamos pelo tapete vermelho. Eu podia chutar tranquilamente que havia umas três mil pessoas por ali. O esquema de segurança era ostensivo, porque dessa vez a constelação quase inteira estaria no evento. Era uma premiação importante, quase tanto quanto o Oscar.

Fizemos as paradas clássicas para fotos e de repente... silêncio. Será que eu estava louca? Ou surda? James Bradley realmente me apresentara diante das câmeras ali espalhadas como sua futura esposa em pouco tempo? Senti o rubor tomando conta do meu rosto; pelo menos eu poderia justificar dizendo ser reflexo da cor do vestido. Senti milhares de olhares na minha mão esquerda e um milhão de *flashes* tentando captá-la de todos os ângulos.

Sem perceber, enfiei a mão entre os babados do vestido. James me abraçou e esclareceu alguns fatos mais, porém, eu não prestava atenção porque meus ouvidos zuniam. O que estava acontecendo comigo? Eu não passaria mal ali, passaria? Pânico. Era isso. Eu estava de frente aos meus piores temores.

Eu estava me sentindo um peixe fora d'água. Era como se as pessoas perguntassem: "Como assim? Com ela?".

Fui tirada do surto e voltei à realidade quando senti que James me observava e me levava para o *hall* de entrada. Outros artistas nos observavam também, alguns nos cumprimentavam, senti olhares esfomeados para meu busto e abaixei os olhos para checar se estava tudo no lugar.

— Você está linda, não deixe que te intimidem. Mas se quiser posso quebrar uns queixos por aí se te encararem demais. As manchetes seriam sensacionais, não acha? — brincou James.

— Hum, o que foi aquilo? O que aconteceu com o "se perguntarem, a gente confirma"? Você praticamente fez um anúncio... — sussurrei baixinho. Não consegui evitar a pergunta que estava me corroendo.

— Fiz mesmo. Quero que todos saibam que vou me casar com a brasileira mais linda do pedaço...

— Hum, duvido que você não tenha visto algumas das Angels por aí... Tem muitas brasileiras por lá, sabia? — sondei, com um sorriso breve no rosto.

— E se te convidarem, por favor, negue. Não quero compartilhar a visão com ninguém mais...

O sorriso ganhou forma completamente, minha sobrancelha arqueou de maneira interrogativa e meu peito vibrou com tamanha emoção, ao contemplar a maneira como ele me enxergava.

— James...

— Hum?

— Você bebeu aquela garrafa toda de champanhe?

O som de sua risada atraiu os olhares para nossa direção.

A entrega de prêmios foi superdivertida. Pude ver quase todos os artistas que me passavam pela cabeça, sempre tentando me recordar ou pedindo a James para me lembrar de que filme tais atores participaram. Sempre que eu perguntava quem era quem, ele me respondia, solícito. Inclusive suas ex-parceiras.

Na festa de encerramento, conheci algumas pessoas agradáveis e animadas que me deixavam à vontade. Pude até bater um papo com

tapete VERMELHO

uma brasileira casada com um ator australiano. Ela me deu algumas dicas interessantes e futuras recomendações. Estava me sentindo à vontade no lugar. Não foi como na primeira festa, que tinha uma energia carregada. Ali era tudo bem em *off* porque a mídia em peso estava registrando os casais, os descasados, os solteiros, quem pegou quem... Tudo para sair quentinho nas revistas, logo depois do evento badalado. James voltou com duas taças nas mãos e me entregou uma. Quando ergui uma sobrancelha inquisitivamente, ele sussurrou no meu ouvido:

— É refrigerante, prove aí...

Comecei a rir. Não que eu nunca tivesse tomado uma taça de vinho, mas ele poderia ter me trazido um copo de suco, então. Eu estava me sentindo uma colegial daquele jeito.

— Até o meu é, olha... Nada das borbulhas *sexy* de Chandon. Tudo em homenagem a você — respondeu ele com uma piscadela.

— Um suco seria legal...

— Mas suco não pareceria champanhe, e, para todos os efeitos, estamos brindando nosso compromisso. Vem aqui... — Ele me puxou para o calor de seus braços.

— Você não acha que já deu pão e circo demais, não? — brinquei. Eu nunca me cansaria de estar enrodilhada nos braços daquele homem. Mesmo que diante de uma multidão.

— Não. Estou tão satisfeito que poderia fazer um número da Broadway imitando Fred Astaire e Ginger Rogers com você aqui no salão!

— Deus me livre! Você acabaria com a minha reputação e a sua! — exclamei, rindo. — É capaz de nunca te chamarem para um musical.

— Mas dançar comigo você vai, não é? Está tocando uma música bem ao estilo *night club* do Natal... — relembrou ironicamente. Revirei os olhos.

— Ah, mas você não é o mesmo acompanhante tarado da ocasião — respondi no mesmo tom.

— Mas posso ser, inclusive pra matar o cara de inveja. Quando ele vir as fotos nas revistas, vai pensar que era daquele jeito que ele queria estar.

A troca de sutilezas continuou até eu perceber que ele queria me irritar mesmo, para descontrair. Eu estava era quase batendo nele: isso, sim, daria uma manchete das boas!

Dançamos até a madrugada e fomos embora. Eu estava supercansada, mas ansiosa para chegar ao hotel. Será que essa febre nunca passaria? Por isso tinha até clínica de reabilitação para este tipo de vício. Eu estava me sentindo bem pervertida naquela noite, provavelmente por culpa da taça de refrigerante que ele me serviu. Ri sozinha da minha piada. Ele olhou para mim e pude ver seus olhos flamejando. Hum, então estávamos os dois viciados na prática. A noite ia ser boa.

Entre risos e sons de tecidos sendo rasgados, conseguimos nos livrar das roupas e cair na cama.

— Eu gostava do vestido, você não precisava ter agredido tanto o pobrezinho — disse eu enquanto ainda me restava um vestígio de lucidez. Com as mãos dele percorrendo meu corpo ficava difícil articular os pensamentos.

— Hum, eu compro um milhão deles para você só pra poder rasgar toda vez! Isso é um fetiche e tanto. Agora fica quietinha porque tenho que me concentrar... — respondeu.

— Em quê? Em me fazer desmaiar? — tentei brincar, mas as fagulhas resultantes do que James era capaz de produzir no meu corpo já estavam nublando meu juízo.

— Exatamente...

Não precisava de mais nada. James tirava meu fôlego e aquecia meu corpo de tal forma que eu só conseguia pensar nos momentos que passava em seus braços.

Na manhã seguinte, acordei com James aconchegado às minhas costas. Como era gostoso. Dava uma sensação diferente, de afeto, parceria, sei lá. Falei sem me mexer um milímetro:

— James?

— Hum...

— Você está acordado? — perguntei.

— Hum...você percebeu? — respondeu ele me agarrando mais forte. Dispensava palavras o que o gesto dele queria demonstrar.

— Eu amo você — declarei simplesmente.

— O quê? — perguntou ele, ainda sonolento...

— Eu disse "eu amo você" em português, seu bobo... — esclareci rindo.

— Ah, que lindo... Você tem que me ensinar algumas coisas, eu só sei falar "obrigado"...

Comecei a rir porque achei engraçada a fonética. Ensinei como falar "eu amo você" em português e ficamos treinando alguns minutos.

Dois dias mais tarde, tive uma surpresa. Melhor dizendo, um convite surpresa: o assessor de James havia levado a proposta para ele, mas na verdade a proposta era para mim. Uma revista de renome queria publicar uma matéria de grande porte sobre as mulheres por trás dos grandes galãs de cinema. Como James havia anunciado publicamente o nosso compromisso e ele era o galã do momento, eles queriam fazer umas fotos publicitárias.

James não gostou muito da ideia, mas o assessor disse que seria interessante porque minaria um pouco o interesse das revistas e apaziguaria o público, já que eles conheceriam minha história.

Eu topei, meio constrangida, mas pensei que, se eu estava entrando para o mundo dele, era melhor entrar de cabeça logo e me acostumar com certas coisas.   Seria como um editorial de moda, com cada esposa, namorada ou companheira dos atores listados como os dez mais influentes. De simples mortal só havia eu. As outras eram atrizes, algumas já fora do mercado por opção, outras eram modelos, esportistas. Pensei: "Se fui chamada é porque quiseram. Então vamos assassinar a curiosidade da galera". Averiguei o teor das fotos, a matéria e fui para o estúdio. Fui muito bem recebida, bem tratada, até com certa deferência.

Eles me explicaram calmamente como seriam as fotos e me orientaram em tudo. Nesse instante, me lembrei que já tinha feito fotos produzidas, então não poderia ser tão difícil, certo? E se era para liberar meu lado modelo, aquele era o momento. Aí refleti por que muita gente bebia um pouquinho antes dessas coisas, para dar uma relaxada geral. Eu não precisava disso. Eu queria fazer jus ao fato de ter sido escolhida por James Bradley. Então mergulhei de cabeça na sessão de fotos. As roupas eram chiques, a maquiagem, legal, o ambiente de estúdio externo, bacana. Depois de umas dez horas e olhares estupefatos, que associei ao meu desprendimento em ficar lá por todo o tempo sem reclamar absolutamente de nada, fui embora.

Uma semana depois a surpresa foi estarrecedora. Recebi dezenas de convites de outras revistas – eu nem tinha visto o resultado da anterior, mas ficara sabendo que tinha sido um estouro. "Nossa, a matéria deve ter ficado muito legal com todas aquelas mulheres maravilhosas", pensei modestamente. Eu nunca poderia imaginar que a repercussão tinha se dado por causa das minhas fotos.

James entrou no quarto parecendo um furacão e parou com as mãos nos quadris. Atrás dele entrou Jenny Duke com um sorriso de orelha a orelha.

— O que foi? Temos outro evento? — perguntei.

— Você não mostrou pra ela, Jim? — Jenny parecia chocada.

— Não. Estou com ciúmes... — respondeu fazendo beicinho. Foi daquele jeito que trocamos nosso primeiro beijo, será que ele se lembrava? Na ocasião, quem havia feito o beiço caprichoso havia sido eu, claro.

— Não mostrou o quê? — perguntei, voltando à realidade.

Jenny estendeu um exemplar da revista e peguei cuidadosamente. Folheei as páginas até encontrar a matéria. Eu era a terceira e perdi o fôlego. Aquela era eu? Mesmo? Caracas, os fotógrafos eram bons mesmo, magníficos até, porque a foto ficou digna de um editorial de luxo! Quem me visse ali pensaria que eu era modelo profissional. O que uma superprodução não fazia, não é? Até transformar uma garota simples em modelo de capa de revista eles tinham transformado. Fiquei satisfeita porque, pelo menos, eu não estava tão aquém das outras colegas de sessão de fotos...

— Uau... — foi só o que consegui dizer.

— Uau mesmo! Você simplesmente arrasou! É como se você tivesse nascido pra isso! — exclamou Jenny empolgadíssima. — Você agora está nas minhas mãos, porque sua agenda de compromissos está cheinha!

— Como assim? Não estou entendendo...

— Você recebeu dezenas de convites de outros editoriais pra fotografar, eles simplesmente amaram você! Nunca esperavam encontrar algo tão exótico! As modelos brasileiras têm uma beleza diferente de qualquer outra.

tapete VERMELHO

Quando Jenny falou "algo exótico", eu meio que me senti uma espécie de animal em exposição, mas resolvi não falar nada. Ri sozinha da conclusão a que cheguei.

— Opa, Jenny. Eu não sou modelo e nunca tive pretensão de me tornar uma. Além do mais, nem tenho mais idade pra isso... — respondi, sem graça.

Eu estava orgulhosa de mim mesma, mas daí a começar carreira era outra coisa. Percebi que James só me observava pelo canto dos olhos.

— O que foi, James? — perguntei, curiosa.

— Eu disse que estava com ciúmes! Era só uma questão de tempo para estes oportunistas descobrirem meu tesouro e quererem compartilhar dele — admitiu, aparentemente com certa relutância. — Mas não estou muito disposto a cooperar! Acho que vou trancafiar você no meu castelo inglês...

— Você tem um castelo? — perguntei, chocada.

— Não, minha família tem — respondeu simplesmente. Minha boca escancarou e percebi que Jenny tagarelava no celular.

— Muito bem, vocês dois: a *Harper's Bazaar* quer uma matéria luxuosa com vocês, de moda mesmo, sem entrevistas demoradas nem detalhes. É só um lance de casal de contos de fadas, algo desse tipo. Amanhã ao meio-dia, já está confirmado. Passo aqui pra trazer suas roupas, lindinha! — informou ela e me soprou um beijinho, deixando o quarto.

Sentei na cama com as pernas cruzadas e refleti por um momento.

— Você tem um castelo? E nunca me contou? — Ainda estava abismada com aquela informação.

— Já falei que é minha família que tem. E você nunca perguntou... Mas o que tem isso a ver?

— James, isso me distancia mais ainda... — Era difícil explicar, mas pense na proporção das coisas! Um castelo???

— Não, não e não! Pare com isso agora. Quando você vai perceber que não dou a mínima para esses detalhes? — protestou James, irritado. — Mas confesso que é reconfortante você ficar tão constrangida, já tive muitas garotas interessadas só no meu dinheiro.

— Só no dinheiro? Estavam loucas ou drogadas? Com quem você esteve metido antes da minha chegada, James Bradley? — brinquei para descontrair o ambiente.

— Nem eu sei, só sei que agora estou completo. Você é tudo pra mim, e é minha, e vou trancá-la em algum lugar onde só eu tenha acesso.

James sentou-se ao meu lado na cama e me puxou para um beijo daqueles de revirar os olhos, nublar os sentidos, suspirar e desmaiar logo em seguida. Ainda assim, consegui que minha habilidade de fala evoluísse um pensamento coerente:

— Hum, interessante. Poderia ser numa ilha deserta?

— Onde você quiser, meu anjo.

Rimos bastante da piada e continuamos provocando um ao outro por um bom tempo, até que ele falou:

— As fotos ficaram o máximo, meu amor, as outras devem estar loucas de inveja. Se fosse um concurso cultural, elas estariam agora acusando você de trapacear, já que é profissional... — brincou ele, acariciando uma mecha do meu cabelo, enquanto eu olhava, ainda estupefata, as fotos.

— Obrigada. Só coloquei meu potencial para fora pra não fazer feio, sabe? Deixar você embaraçado. — Eu achava um saco demonstrar minha insegurança, mas às vezes ela vinha em uma onda avassaladora. Era mais forte que eu.

— Embaraçado com o quê?

— Comigo, ué. Perto dessas deusas da beleza.

— *Você* é minha deusa da beleza! Nem acredito que esteja tão fascinado assim, mas simplesmente não consigo me imaginar longe de você. Tenho gravação dentro de algumas semanas e já estou ficando louco...

— Hum, vai coincidir com minha ida ao Brasil — concluí calmamente.

— Mas estou sentindo que você não quer ir...

— Ah, mas eu vou, sim. Já disse que não posso ficar aqui ilegalmente!

— Casamos logo e você ganha direito de permanecer aqui...

— Nossa, por que não pensei nisso antes? Podia ter me casado com o Peter desde o começo se meu objetivo fosse ficar aqui, não é? — perguntei, ironicamente.

— RáRáRá. Que engraçadinha. Estou rolando de rir neste momento. Não estou falando do *Green Card*, porque esse não posso oferecer, mas se tivermos residência aqui, você pode solicitar a mudança do visto.

— Podemos definir isso depois, o que você acha? Eu tenho que

tapete VERMELHO

147

voltar, estou com saudades da minha família e tenho que programar as coisas. Além do mais, eu teria que pegar minhas roupas, não dá pra viver essa vida de mochileira eternamente — falei e dei-lhe um beijo para aplacar seus ânimos. — E acredito que, para mudar o visto, eu tenha que ir ao Brasil.

— Tá. Combinamos depois. Agora quero beijar esta modelo maravilhosa que tenho aqui na minha cama. Hum, entrou no rol das minhas companhias constantes, hein? — disse James, jocosamente. Ele só não esperava que eu fosse usar a revista pra acertar sua cabeça.

Capítulo 20

MARINA

A sessão de fotos conosco foi o máximo, superdivertida. Pudemos ficar bem à vontade. James já estava tão acostumado que a coisa fluiu tranquilamente. Ele sempre tinha sessões de fotos de divulgação, então tirava de letra, nem ficava constrangido, como diante de uma multidão na chegada de um evento. Dessa forma, ele me deixou mais à vontade do que nas fotos em que estive sozinha.

Ele vetou umas duas ou três fotos porque eu teria que usar trajes sumários, *lingerie*, a bem da verdade; essas ele não aceitou de forma alguma. Só as mais comportadas e olhe lá. Um vestido com uma superfenda na coxa fez James revirar os olhos e foi engraçado vê-lo tentando juntar as duas partes da saia. A sessão durou umas 8 horas e foi mais cansativa, porém mais prazerosa, já que eu estava na companhia dele. A equipe de produção se preocupou com uma refeição saudável para nós dois e um camarim exclusivo de descanso. Enquanto estávamos lá, pudemos rir à vontade da sessão. Ele me acompanhou nas fotos individuais e fazia cara feia toda vez que o fotógrafo me colocava na pose adequada. No carro, indo embora, começou:

— Abusado, o fotógrafo, não? Pode ser o melhor da área, mas não teve um pingo de medo de ficar com o olho roxo!

— Por quê? — perguntei, inocentemente. — O que o coitado do rapaz fez para merecer esse seu comentário tão agressivo?

— Não se faça de desentendida! Ele encostou bem mais do que o

necessário em você. Orientando as poses! *Humpf!*... Sei bem que poses...
— bufou.

— James, deixa de ser ridículo! Assim você me mata de rir! — Gargalhei.

Depois de rir a plenos pulmões, conseguimos nos concentrar em outros detalhes. Eu me enrosquei em um abraço gostoso, enfiei o nariz na dobra do seu pescoço e aspirei lentamente o perfume que eu amava.

— Hum, acho que eu poderia ficar aqui o dia todo... Esse perfume foi o que senti no dia que a gente se conheceu, tão gostoso... — comentei, aspirando novamente.

— Eu sou gostoso? — perguntou James e lhe dei um beliscão. — Você deu uma fungada no meu pescoço aquele dia e eu não senti nada? — indagou ele, incrédulo. — Como assim? Eu teria percebido um movimento mais ousado seu, teria até aproveitado a oportunidade.

— Foi quando chegamos ao hotel, na hora em que saímos do carro: você me abraçou com tanta força que achei que ia entrar no seu casaco. Aí aproveitei a oportunidade.

— Nossa, você percebeu minha tentativa de te agarrar? — questionou ele rindo.

— James, você me agarrou de propósito? — perguntei. Aquilo era um sonho mesmo: perceber que ele se sentira atraído por mim logo de cara teve um efeito devastador sobre o meu pouco controle. Agarrei seu cabelo, encostei minha testa na dele e fitei longamente aqueles olhos da cor do mar do Caribe.

— Você... definitivamente... é... um... sedutor... sem... escrúpulos... nenhum... — falei pausadamente e o beijei. Só que foi um beijo diferente, eu não o deixei participar ativamente. Era como se eu estivesse no comando, puramente para seduzir. Era como se o beijo estivesse em *Slow Motion*, para saborear e apreciar cada momento. Dei uma risadinha marota, soltei meu cabelo e me sentei calmamente folheando uma revista, como se nada tivesse acontecido.

Ele estava boquiaberto. Olhava para mim, espantado, sem fala. Quando conseguiu falar, foi em um tom tão baixo que tive que me virar para ouvi-lo.

— Como você ousa me beijar desse jeito e simplesmente parar? Você quer me matar? — perguntou, assombrado.

— Hum? Eu? — perguntei inocentemente. — De forma alguma, meu amor.

James continuava me encarando, enquanto passava as mãos nervosamente pelo cabelo que eu havia deixado desgrenhado.

— Nina, me diga que você nunca beijou alguém assim, por favor...

— Ah, não... Esse beijo estava escondido no fundo do meu ser, despertou junto com o monstro que você libertou... — declarei, sorrindo maliciosamente.

Ele segurou a minha mão, beijou meus dedos, a palma e deu o sorriso mais cafajeste que já contemplei na face da Terra. Talvez eu até mesmo tenha visto aquele sorriso sem vergonha dele no cinema.

— Uau! Vamos logo pro hotel, porque esse monstro precisa ser alimentado corretamente.

Chegamos ao Hyatt e dessa vez sim ninguém conversou nada. Às vezes, antes de nos entregarmos a uma tórrida cena de amor, trocávamos algumas palavras, ríamos um pouco, mas dessa vez foi diferente. Ficamos em um silêncio mútuo e solene. Era como se cada um estivesse somente admirando o outro. Fizemos amor com tanto carinho e veneração que foi difícil calcular as horas.

A esta altura do campeonato, eu já sabia que estava completa e irremediavelmente viciada em James Bradley. Ele tinha se tornado meu mundo. Eu não conseguia atinar em ficar mais do que alguns dias longe dele. Mas sabia que tinha que voltar para a minha realidade, nem que fosse por um tempo, para resolver uma série de coisas.

O dia da minha volta ao Brasil chegou. A sensação de tristeza não era tão intensa porque dessa vez eu podia curtir a expectativa de um futuro ao lado de James. Mas nem por isso eu tinha deixado de ficar receosa.

Arrumei a bagagem: só o suficiente, já que algumas coisas ficariam por ali mesmo. Coloquei tudo numa mala grande o suficiente para caber todos os diversos presentes que estava levando para a família. Eu me arrumei cuidadosamente, mas sem muito luxo. Uma trança lateral, que eu tinha descoberto ser a nova febre entre as adolescentes: aparentemente elas achavam que isso era o que tinha conquistado James Bradley...

Coloquei uma calça e tênis confortáveis para enfrentar as longas horas de voo, uma camiseta *cult* e uma muda de roupa na mochila, além do moletom com capuz para o caso de alguma eventualidade. Nem preciso dizer que James fez questão que eu levasse o seu moletom, para que eu me lembrasse dele. *Como se eu pudesse esquecê-lo...* Passei meu perfume preferido para que, quando me despedisse de James, ele guardasse um pouquinho do cheiro com ele, e saí.

O coração estava saltitante de ansiedade. Longas horas de voo me deixavam um tanto quanto nervosa. O medo sempre batia à porta tentando entrar, era involuntário. Depois, havia a angústia da separação iminente, por mais que eu estivesse programada para voltar em duas ou três semanas. Seria doloroso aquele período em que estaríamos separados, mas eu deveria usar isso como uma espécie de aprendizado para separações futuras, em decorrência das inúmeras viagens que ele faria, ou do tempo que ficasse fora rodando algum filme ou até mesmo divulgando seu mais recente trabalho. Eu tinha plena noção de que nem sempre eu poderia acompanhá-lo. Eu teria que construir uma vida para mim ali. Não poderia ser a sombra de James Bradley.

Eu estava tão absorta em meus pensamentos que não me dei conta que estava nauseada. Senti uma vertigem rápida e fugaz, que veio da mesma forma com que foi embora. Apoiei-me na parede do quarto e respirei fundo. Eu estava mais nervosa do que poderia imaginar. Será que estava tendo uma crise de abstinência de Jim Bradley?

Rudd estava me esperando para pegar a bagagem e avisou que James nos encontraria em um determinado lugar próximo ao aeroporto, já que estávamos saindo bem mais cedo do que o programado.

Entrei no carro e aspirei o cheiro dos bancos de couro para me certificar de que guardaria cada sensação ali presente. Cada troca de carícia, os beijos ardentes ou pueris, o conforto em um certo par de braços. Eu estava tão desesperada com o porvir que, de repente, senti lágrimas escorrerem pelo meu rosto. E foi nesse meio tempo que tudo aconteceu. Foi tão rápido que nem consegui me dar conta do que estava ocorrendo.

Tudo o que senti foi um baque surdo na porta lateral do carro e em seguida o teto veio de encontro a mim. Dali em diante só o que eu pude me lembrar foi da escuridão.

JAMES BRADLEY

Eu precisava confessar que estava uma pilha de nervos. Não tinha conseguido demover Marina da ideia de voltar ao Brasil e o dia de sua partida chegara como a merda de um piscar de olhos. Mesmo sabendo que ela estaria de volta em duas semanas, eu já estava agilizando a compra de um lugar só nosso. Os papéis que eu precisava para legalizar nossa união já estavam sendo devidamente organizados. Por mim, Marina não iria de forma alguma. Mas eu também não poderia simplesmente tolher seus planos em prol dos meus. Enquanto ela estivesse lá, eu agitaria as gravações externas que o diretor queria.

Aquele dia em particular, eu estava irritadiço. Tive um compromisso no estúdio e precisei sair pela manhã. Eu olhava meu celular a toda hora, acompanhando o horário que deveria sair para me encontrar com Marina antes que ela embarcasse.

Nossa despedida matinal foi regada a muito silêncio enquanto estávamos um nos braços do outro. Marina havia derramado algumas lágrimas, mas fiz questão que não tivéssemos um clima de despedida. Pareceria pior assim.

As horas se arrastavam, mas quando Carl me informou que já aguardava fora do estúdio, apenas saí sem me despedir.

— Rudd acabou de informar que estão saindo do hotel nesse exato instante — informou Carl, seriamente quando entrei no carro.

— Certo. — Eu não estava muito para conversa. — Quanto tempo até chegarmos ao aeroporto?

— Uns vinte minutos talvez. Se o trânsito estiver tranquilo, posso fazer em menos tempo.

— Não. Tudo bem. Apenas vá — ordenei e olhei para a vista belíssima do lado externo do veículo.

Aquela sensação de despedida era um saco. Eu não queria sentir aquilo. Não queria me sentir tão indefeso na ausência de Marina durante aquelas semanas.

Apenas me coloquei em um estado contemplativo e nem percebi que já estávamos no local do encontro na área do aeroporto.

Depois de uns quinze minutos de espera, eu estava ficando impaciente. Sabia que a distância que Rudd deveria percorrer do hotel até o aeroporto era menor que a nossa.

Tentei ligar para o celular de Marina, mas só caía na caixa postal. Mandei uma mensagem.

> "Onde vocês estão?"

Não houve resposta.

— Cheque com Rudd onde ele está, Carl — pedi e não sei por que senti um arrepio subir pela extensão das minhas costas.

Depois de uns segundos, Carl apenas disse:

— Não consigo sinal.

— E Paul? — insisti para que ele averiguasse o outro guarda-costas que intercalava com Rudd.

— Nada — respondeu Carl, tenso.

Estranhei. Nem sequer cheguei a pensar na hipótese de que a bateria dele poderia ter acabado. Eu simplesmente tive um pressentimento de que algo havia acontecido.

— Carl, faça o percurso de volta pelo caminho que ele deveria vir — pedi.

— James...

— Apenas faça.

Carl colocou o carro em marcha e saímos com toda a pressa do aeroporto. O caminho que Rudd deveria fazer estava absurdamente engarrafado. De maneira até mesmo incomum para o horário. Talvez aquilo explicasse o atraso, mas não a total falta de comunicação, tanto com

Marina quanto com Rudd e Paul.

Mais adiante, pude ver as sirenes e luzes piscantes da polícia. Eu não conseguiria explicar o que senti naquele instante. Parecia que garras afiadas haviam sido fincadas em meu coração. Quando nosso carro chegou próximo, reconheci imediatamente o Range Rover capotado.

Meu coração pareceu parar por um instante.

— Pare, Carl.

— Calma, James. — Carl tentava contornar a área para chegar a um acesso.

— Pare a porra do carro! — gritei enquanto saltava do veículo.

Quando desci correndo dali, fui barrado por um policial.

— Senhor, não é permitido passagem. — Ele tentava me conter.

— Aquele carro é da minha noiva! — gritei.

O policial precisou de outro para evitar que eu passasse a todo vapor por ali.

— É o carro da minha noiva, porra!

Naquele momento aterrador, pude ainda ouvir o burburinho causado por algumas pessoas que haviam me reconhecido.

"Aquele ali não é o James Bradley?". Gritos vinham acompanhados. "Jaaames!!!".

— Calma, senhor. Os ocupantes já foram encaminhados para o hospital.

— Qual? Qual hospital? — perguntei quase agarrando a camisa do policial. Aquilo não seria bom. Eu poderia ser preso e nem mesmo meu status me salvaria de responder a um processo por agressão.

— Hospital Bom Samaritano.

Corri de volta e Carl já colocava o carro em marcha.

Saquei meu celular imediatamente.

— Madson! — gritei quando ele atendeu.

— James? O que houve?

— Faça contato no Bom Samaritano e tente localizar se Marina foi levada pra lá. Eu a quero no Cedars Sinai, não ali! — Eu estava nervoso, podia sentir que meu tom de voz estava alterado.

— Calma. Fale com calma.

— Não posso ter calma, porra! — gritei. — Marina acabou de sofrer um acidente na Imperial Highway!

tapete VERMELHO

155

Só me faltava saltar do carro, tamanha minha tensão.

— *Okay*. Você está com Carl, certo?

— Estou e estamos indo para o Bom Samaritano, mas preciso que você agilize alguma espécie de trâmite necessário para transferi-la de lá.

— James, primeiro vá com calma. Você tem que saber o estado dela primeiro antes de pensarmos em movê-la.

Eu não queria pensar naquilo. Nem sequer perguntei para o policial o estado em que ela havia sido encaminhada. Por Deus! Eu acho que ficaria maluco. Não podia pensar naquilo. Não podia pensar na hipótese de algo pior ter acontecido com Marina.

Quando Carl estacionou, pulei para fora do carro. Dane-se ser famoso e ser reconhecido. Eu apenas queria entrar ali e achar minha garota. Era bom que ele ficasse na minha cola porque eu acho que não teria paciência para ser atencioso caso fosse abordado.

Cheguei à área de recepção onde várias enfermeiras faziam suas coisas.

— Marina Fernandes — disse eu e tamborilei os dedos nervosamente no tampo. — Onde ela está?

— Senh... — A enfermeira olhou para mim e aquela fagulha de reconhecimento apareceu nos seus olhos. — James Bradley?

Percebi que o tom dela atingiu aquela nota que me mostraria que haveria um grito logo depois.

— Moça, por favor, pelo que há de mais sagrado, me diga onde está Marina Fernandes — tentei falar com calma, mas podia sentir meus dentes rangerem. As outras enfermeiras também me encaravam.

— Ah, claro. Acidente de carro na Highway. — Ela procurava no computador. — Ela está sendo atendida pelo Dr. Monterrey.

— Certo. Onde?

— Mas o senhor não pode ir lá. — Ela tentou me impedir. — Somente parentes.

— Moça, ela é minha noiva. Quero ver quem vai me impedir de chegar onde ela está.

Saí em disparada pelo corredor. Carl estava em meu encalço. Escutei gritos ensurdecedores. Aparentemente as enfermeiras enlouqueceram. Quando cheguei à sala, senti minhas pernas falharem. O médico e uma equipe avaliavam a minha garota.

— Oh, meu Deus!

O médico virou-se quando me ouviu.

— O senhor é parente?

— Sou o noivo dela. E ela não tem parentes próximos aqui em Los Angeles — respondi enquanto via que minha Marina estava desmaiada e machucada.

— Ela está bem, com sinais vitais estáveis. Estancamos o sangramento e aplicamos uma medicação para que ela durma e tenha as dores aliviadas — informou o médico e pegou a prancheta, vindo em minha direção. Até então, a barreira de enfermeiras não havia me permitido passar.

— Posso chegar até aí?

— No seu tempo. A equipe está apenas finalizando os procedimentos e você poderá vê-la e conferir que está bem. O motorista também está bem. Apenas algumas fraturas. O outro homem teve apenas escoriações.

Porra! Eu nem sequer havia pensado em Rudd ou Paul. Olhei para o Carl, que entendeu imediatamente o que eu queria.

O médico colocou a mão no meu ombro e me olhou com pesar.

— Não conseguimos salvar o bebê. Sinto muito.

Meus ouvidos zumbiram naquele instante. Acho que o médico percebeu e me encaminhou para uma cadeira próxima.

— O... o... quê? — perguntei com medo de não ter ouvido direito.

— Infelizmente nos estágios iniciais de gestação, qualquer trauma mais contundente pode colocar o feto em risco. Ou a mulher pode estar simplesmente no grupo de abortos espontâneos — respondeu e pareceu compreender meu choque. — O senhor não sabia que ela estava grávida?

Sacudi a cabeça, negando. Um homem poderia chorar? Era machismo demais afirmar que não poderíamos verter lágrimas em momentos de pura dor como aquele. As minhas saltaram livremente descendo pelo meu rosto.

Ainda sentado, dobrei o corpo e apoiei os cotovelos nos joelhos, escondendo meu rosto entre as mãos. Deixei que um pranto sentido tomasse conta enquanto pensamentos perturbados agitavam minha mente.

Não entendia a dimensão da dor de uma perda até que senti na pele. E o mais estranho de tudo? Eu não conseguia compreender a intensidade dos meus sentimentos, já que sequer sabia da existência de uma vida

tapete VERMELHO

157

sendo gerada.

Mas a compreensão de que a perda resvalaria em sofrimento para Marina trazia uma angústia estranha ao meu peito.

Porque eu podia entender que para a mulher, um aborto tinha um significado muito mais amplo e complexo do que para o homem. Era como algo que houvesse sido arrancado à força de seu corpo.

Olhar para minha garota deitada naquele leito hospitalar e pensar em como ela receberia a notícia trouxe uma onda de remorso no meu coração.

Eu deveria ter cuidado melhor dela.

Capítulo 21

MARINA

Acordei completamente aturdida sem saber onde estava. Abri os olhos e pisquei algumas vezes para me certificar de que estava realmente acordada. Tentei me lembrar dos momentos anteriores, buscando na memória o porquê de eu estar cochilando. Vagamente percebi que não estava no quarto do hotel. Lembrei-me de que íamos para o aeroporto e que, de repente, tudo apagou. Olhei para o lado e me deparei com James na cabeceira do leito. Ah, eu estava em um hospital, então havia acontecido um acidente de carro. Que estranho...

— O que aconteceu? — perguntei baixinho.

Ele acariciou minha face e pude perceber o quanto estava abatido. Deu um suspiro profundo e respondeu:

— O carro capotou, houve uma colisão lateral que jogou vocês contra o meio-fio. Ainda não se sabe o que causou... — Senti uma ressalva naquela afirmação.

— Não me lembro de nada, só do teto me beijando — tentei brincar.

— Ah, Nina, você não sabe o quanto eu sofri, o quanto me desesperei quando vocês não chegaram ao local marcado...

— Nossa! O voo! Eu perdi o voo? — interrompi tentando me sentar e sendo impedida por ele.

— Sim... — respondeu ele. — Mas você não deve ficar nervosa e preocupada com isso agora.

Nesse momento, percebi que ele tentava me esconder alguma coisa.

— O que foi, James? Aconteceu algo pior? O Rudd está bem? E o

Paul? — perguntei, aflita.

— Eles estão bem. Só você se machucou porque estava sem o cinto de segurança. Mas, bem...

— Fala logo, James! — exclamei, nervosa. Pelo tom, imaginei o pior. Chequei meus movimentos e percebi que conseguia executar sem problemas, só estava dolorida. Dei uma rápida vasculhada pelo meu corpo e vi que não tinha nada quebrado, nenhum gesso, tala... Eu estava intacta, salvo algumas escoriações. Passei a mão pelo meu rosto para ver se estava desfigurado. Não, tudo estava bem... Só uns cortes na testa e um na boca. Será que eu estava horrenda? Onde eu achava um espelho?

Porém, eu sabia que James estava relutante em me revelar alguma coisa.

— Você perdeu nosso bebê, Nina... — contou James com o semblante entristecido.

Senti o sangue falhar nas minhas terminações nervosas e sumir do meu rosto. Uma completa sensação de desfalecimento se apoderou de mim. Respirei fundo para não perder os sentidos. Senti lágrimas rolando livremente pelo meu rosto.

— Bebê? Que bebê? Mas... mas eu nem... sabia que estava... grávida... — balbuciei entre as lágrimas. Eu ainda estava meio entorpecida pelo choque dos eventos.

— Eu sei, nenhum de nós programou nada, acho que esquecemos a prevenção em algum momento... — comentou ele, acariciando minha face.

— Eu não sei o que dizer... — foi só o que consegui falar. Na minha cabeça, ainda vagava a expressão que ele tinha usado: "nosso bebê". Chorei copiosamente pela falta de algo que eu nem me dava conta que estava carregando. Imaginei que rostinho poderia ter resultado se não tivesse abortado. Como poderia estar sofrendo tanto por algo que nem fazia ideia? Mas era um pedaço de mim que tinha sido perdido, não era? Um pedaço meu e de James. Como minha família encararia aquela situação? Gelei.

— Meus pais sabem? — perguntei.

— Não. Só do acidente. Achei que, se alguém tinha que contar alguma coisa, esse alguém era você. Sua irmã está vindo pra cá, trazendo muitas de suas coisas, já que adiantei todos os planos. Além disso, são recomendações médicas de que você fique em repouso, e uma longa viagem está fora de cogitação.

— Que planos, James? — perguntei, cansada. Sem perceber, passei a mão pela barriga. Ele notou e disse rapidamente:

— Os médicos falaram que não aconteceu nada de mais, Nina. Você vai poder engravidar de novo tão logo queira. Falaram que tanto poderia ter sido do trauma, quanto de uma forma espontânea — ele tentou me tranquilizar.

— Ah... — respondi tristemente. De repente, tudo o que eu queria era chorar. Eu não planejara absolutamente nada, mas pude sentir na pele o que uma mulher sentia quando perdia um bebê, embora não tivesse curtido a descoberta anteriormente.

— Desculpe, meu amor. Não devia ter deixado você sozinha no hotel...

— James, o que isso poderia ter impedido? Nada. Talvez você estivesse dentro do carro comigo, e aí? Tudo bem. Quero que me desculpe também...

— Pelo quê, Nina? — perguntou ele, confuso.

— Eu sei que o que vou falar vai parecer uma imbecilidade, mas para não ficar engasgado, prefiro dizer assim mesmo...

— E o que é? — insistiu. Eu estava criando coragem para externar meu medo.

— Eu espero que não tenha pensado que planejei um golpe da barriga, pelo amor de Deus... — falei baixinho. — Nem sei porque não pensei antes em tomar um contraceptivo, sei lá... — admiti e vi que ele ficou chocado com a ideia que perambulou pelo meu cérebro. Bom, eu poderia culpar os hormônios loucos da paixão, a inexperiência total, a falta de malícia, mas enfim...

— Nina, o que você está dizendo? Eu nunca pensaria isso de você! Pelo amor de Deus digo eu! — respondeu bravo. *Okay*, agora eu tinha deixado James puto da vida.

— Ah, eu só sei pedir desculpas, eu não consigo falar nada... — foi a última coisa que eu disse antes de me entregar ao abismo da inconsciência.

Acordei muito mais tarde com James andando de um lado para o outro no quarto. O médico havia explicado que eu tinha perdido os sentidos em resultado do choque, mas que estaria liberada para sair na manhã seguinte. Não haveria sequelas, mas eu devia esperar um tempo

tapete VERMELHO

antes de pensar em engravidar de novo. Na verdade, isso não estava em nossos planos, não tinha sido nem discutido. Eu nem sabia se James queria ter filhos. Pelo tom pesaroso em sua voz, imaginei que não tivesse problemas com a paternidade.

Eu não queria pensar mais no assunto. Eu me permitiria passar um luto curto e começar os preparativos do casamento. Além do mais, Mariana deveria chegar no dia seguinte. Argumentei que não precisava disso, mas depois percebi que seria bom rever minha irmã. Ter um ombro para chorar... Não que eu não pudesse chorar no ombro de Jim, mas ele estava emocionalmente envolvido no mesmo drama que eu, então não queria sobrecarregá-lo com as minhas angústias.

O dia seguinte chegou trazendo um pouco mais de conformismo a nós dois. Fomos embora do hospital com uma escolta maior de segurança. Não entendi bem o motivo, mas me conformei em assentir com a cabeça diante das explicações.

Chegamos ao hotel e James me obrigou a deitar. Pegou uma refeição leve pra mim e sentou-se ao meu lado. Explicou que, embora eu quisesse ir ao aeroporto buscar minha irmã, eu não poderia, por causa do repouso forçado.

— Eu não sou criança, James, posso comer sozinha, sabia? — Sorri para ele.— Não estou impossibilitada, está vendo?! — perguntei, pegando um pãozinho e colocando-o na boca.

— Mas ainda está convalescente. Minha mãe queria que eu te levasse pra casa dela para ela cuidar de você.

— Que gentil da parte dela. Mas imagine minha mãe tendo um ataque de ciúmes porque não fui pra lá, ao invés disso — argumentei.

— Eu não tinha pensado nisso.

Nesse instante, fomos interrompidos pelo assessor dele. Alguns fotógrafos e repórteres queriam informações sobre o acidente. James orientou rapidamente o que deveria ser reportado e pediu que dessem um tempo para minha plena recuperação. Nesse meio tempo, dúzias de flores chegavam ao quarto de hotel. Presentes, bombons e cestas lindíssimas. Isso me comoveu bastante, mas eu sabia que aquilo tudo tinha uma razão: era a James que eles queriam agradar e paparicar, não a mim.

A história do aborto foi literalmente *abortada*. Eu fiz questão de pedir que nada fosse revelado, já que eu tinha decidido, depois de muito pensar, que não contaria nada aos meus familiares. Seria demais para todo mundo, e eu me revesti de uma capa de covardia mesmo. Aquele seria um segredo meu e dele e ponto final. Nem Mariana ficaria sabendo, embora eu soubesse que poderia confiar plenamente em seu sigilo e discrição. Eu simplesmente não queria falar nada, deixaria que somente o acidente em si tomasse a preocupação dos meus pais e que ela reportasse a eles que eu estava bem e que nada de grave havia acontecido. Não queria meus pais mais preocupados do que já estavam com meu relacionamento relâmpago com James Bradley. Por mais que eles não lessem as notícias, ainda assim, minha mãe passou a consumir tudo o que via a respeito da vida de Jim, e os boatos sobre uma possível reabilitação por vício em drogas acabou gerando apreensão. Meus pais entendiam que eu já era maior de idade e, portanto, estava apta a trilhar meu caminho para o futuro, pelas minhas próprias pernas, com minhas escolhas e erros e acertos. Mas não deixavam de ser pais. Estavam longe e não tinham como me dar a assistência que queriam no momento. Então, simplesmente resolvi que aquele segredo seria sepultado.

Carl buscou Mariana no aeroporto sem a minha presença nem a de James, mas, por solicitação de Jim, Alice, uma das pessoas do grupo de assessoria de imprensa dele, estaria junto. Seria menos embaraçoso para minha irmã. Além do mais, ela falava espanhol, idioma que minha irmã também dominava bem.

Quando chegou ao meu quarto de hotel, Mariana largou suas coisas e correu para me abraçar. Eu ainda estava deitada, mesmo já me sentindo bem, mas James achava que deveria parecer um repouso para justificar minha permanência forçada ali. Até então, eu não tinha percebido que ele tentava desesperadamente me segurar *ilegalmente* no país. Era como se ele tivesse medo de que eu nunca mais pusesse os pés ali. Ri da total falta de lógica e afirmei que, se eu tinha assumido um compromisso com ele, eu cumpriria.

Ele foi categórico em afirmar que o medo dele não era irracional, que a saudade do meu país e da minha família poderia me fazer cair na real e querer pular fora do barco dele, como uma coisa de sangue mesmo. Percebi que ele tinha medo de que eu realmente não me adaptasse

tapete VERMELHO   163

à sua vida e que ele não queria correr o risco de estar longe quando uma dúvida que fosse pairasse sobre minha cabeça.

Depois de lágrimas de saudades, risos e muita preocupação estampada no rosto de minha irmã, começamos a fofocar sobre tudo e todos.

Ela fez questão de contar que a mídia no Brasil já tinha veiculado altas informações sobre o romance mais tórrido de Hollywood, que Alexandre havia quase pirado quando soube com quem eu estava namorando, que tinha invadido nosso apartamento e implorado que meu pai colocasse juízo em minha cabeça, e que tinha simplesmente surtado quando soube que eu ia me casar. Naquele instante, James se intrometeu na história. Não que ele tivesse entendido alguma coisa, já que estávamos falando em português, mas ele entendeu o nome do meu ex sendo dito e quis saber do que se tratava. Quando ficou sabendo o que era, saiu dizendo que por essas e outras razões não haveria sequer a possibilidade de eu voltar sozinha ao Brasil.

— Ele é meio ciumento, hein? — comentou Mariana.

— Um pouco, mas acho que eu sou mais...

— Também, pudera, o cara é um gato! Mais bonito do que eu poderia imaginar... Quer dizer, ao vivo ele é simplesmente um espetáculo! — exclamou ela, descaradamente.

— Deixa o Ricardo saber da sua opinião... Acho que vou contar pra ele — ameacei rindo.

— Pelo amor de Deus, nem brinca! Ele me trancaria no quarto e nunca mais me deixaria ir ao cinema assistir a um filme de James Bradley! Ai, ai... — Suspirou. — Ele seria até capaz de não me deixar ir ao seu casamento!

Bati no seu ombro e mandei, rindo, que parasse de suspirar pelo homem alheio. Relembrei ainda que cobiça era pecado e que ia contar pra mamãe que ela estava fantasiando com outro cara que não seu próprio marido.

Mariana era quatro anos mais velha que eu e já era casada havia dois anos. Melissa era seis anos mais velha, casada havia cinco e já tinha dois filhos, meus adoráveis sobrinhos Laura, de 4 anos, e Lucas, de 1 ano. Então, teoricamente, na minha família não era um choque que as mulheres se casassem cedo, desde que fosse por amor.

James entrava no quarto a toda hora e observava nossa conversa. Acho que ele estava meio contrariado por não entender absolutamente nada. Era como provar um pouco do próprio veneno quando, no início – e ainda em alguns momentos atuais, eu tinha que admitir –, ele conversava com alguém e eu perdia o fio da meada.

Estávamos rindo bastante, naquele tom de confidência, quando ele se sentou na cama, segurou minha mão e pediu gentilmente que eu falasse em um dialeto que não fosse estranho a ele.

— Quero reportar à sua irmã quais são meus planos atuais — esclareceu.

— Ah, mas sem esquecer daquele detalhe, tá? — Supliquei com os olhos. Ele me beijou e me acalmou somente com um afago em minhas mãos.

— Sim, senhora...

Mariana perdeu a troca de olhares entre nós, absorta pela imponência do quarto.

— Então, o que estamos esperando? O que devo levar de volta ao Brasil? — perguntou, sendo traduzida por mim.

James começou então a explicar pausadamente tudo. Ele já tinha providenciado um licença para casamento nos Estados Unidos, agilizado a mudança do meu visto, comprado uma casa nos arredores de Beverly Hills, e escolhido o dia, para dali a dois meses. Já tinha inclusive reservado hotel para toda a família. O que ele não tinha certeza era se minha família fazia questão de uma cerimônia no Brasil, com pompa e circunstância. Até então, deixei que ele desfiasse todo o rosário, para só então me pronunciar:

— James, você está sugerindo que eu não devo voltar à minha cidade e rever minha família e amigos? Por quê? Eu já te disse que isso é importante pra mim, é como uma passagem de uma fase para a outra, sabia? Eu não posso simplesmente apagar meu país, minha história, meu quarto... Você espera que eu nunca mais ponha os pés lá? — perguntei, meio confusa com o rumo de seus pensamentos.

— Não. Só não quero que você vá sozinha. E quando digo "sozinha" — fez questão de enfatizar as aspas, gesticulando com os dedos —, quero dizer sem a minha pessoa ao seu lado. Quero estar junto. Posso querer conhecer seu país, não posso?

— Pode. É claro que pode. Mas você não tem planos de fazer isso agora e também não quer que eu vá. — Cocei minha cabeça, sem nem ao menos perceber. — Estamos em um impasse aqui.

tapete VERMELHO

Neste instante de tensão, Mariana resolveu interromper, percebendo que a discussão estava ficando acalorada:

— Tive uma ideia maravilhosa. Por que vocês não se casam no civil lá? Vocês estariam dando uma satisfação para a nossa família, você mataria saudades de casa e faria a tal passagem e tudo resolvido. Daí, numa outra oportunidade, vocês poderiam ir para fazer turismo mesmo. Podemos até programar uma viagem em família para algum *Resort* e pronto!

— Hum, seria como uma ida relâmpago? — perguntei, interessada.

— Exatamente. Eu volto, ajeito tudo com nossos pais. Organizo os documentos necessários e, quando estiver tudo maravilhosamente planejado, vocês vão, ficam um dia ou dois e pronto!

— Você acha que pode se ausentar um dia ou dois, James? — perguntei, ansiosa.

— Claro, meu amor, eu dou um jeito. E nem precisamos fazer alarde de nossa saída.

— Ah, é mesmo! Você precisa ver, Mari, as mulheres ficam loucas quando veem James chegando em um aeroporto... — contei para ela, mas olhando para ele.

— Faço ideia...

— Não, você não faz ideia mesmo! É uma coisa assustadora! — exclamei, mas não pude deixar de rir ao ver sua cara de espanto, bem como o revirar de olhos de James, mesmo que ele não tenha entendido absolutamente nada do que eu tenha dito.

Acertados esses detalhes, ficou decidido que dentro de duas semanas iríamos ao Brasil para um casamento no civil. Achei que poderia esperar mais, porém James afirmou que, como eu estava com saudades de casa e ele queria me ter de volta sã e salva em território americano, iríamos logo e pronto. E estaríamos devidamente casados perante a minha família. O que aconteceria depois em Los Angeles seria somente a confirmação dos votos, e uma festança também – a qual pedi que fosse a mais simples possível. Ele concordou: a festa seria sofisticada, porém simples. Aquele impasse, tinha, enfim, ficado para trás.

Capítulo 22

MARINA

Depois da liberação do médico, finalmente pude sair para passear com minha irmã pela cidade. Embora ela fosse ficar somente até o dia seguinte, por questões de trabalho, eu queria que ela ao menos conhecesse alguns lugares bem legais daquela cidade que seria a minha terra em breve. Fizemos um *tour* pelas praias, mas não adiantaria eu insistir em dar um mergulho: mesmo se o sol estivesse a pino, James não "deixaria" de forma alguma. Inclusive, ele estava junto no *tour*. Recusou-se terminantemente a nos deixar a sós. Ainda perguntei se ele estava com medo de que eu fugisse com minha irmã e só o que ouvi foi uma bufada de raiva.

James nos observava todo o tempo. Eu realmente tinha me esquecido de como era bom conversar na língua nativa, então, mesmo que conversássemos em inglês a maior parte do tempo, ainda assim eu e a Mari ríamos de besteiras proferidas em português. Aquilo definitivamente estava deixando James irritado. Pude perceber a variação de humor reverberando no carro. Em um dado momento, acabei cedendo ao meu temperamento e perguntei:

— O que foi, James? Por que esse mau humor?

— Nada.

— Como, nada? Você está nitidamente zangado com alguma coisa... — argumentei.

— Não é nada, é puramente impressão sua — respondeu e pegou o celular para fazer umas ligações. Dali em diante, ele se manteve ocupado ao telefone resolvendo suas coisas.

— O que foi, Marina? — perguntou Mari, desconfiada do clima.

— Acho que ele está meio aborrecido com alguma coisa... Poderia jurar que é porque estamos falando em português.

— Acho que é compreensível, né?! Ele deve estar se sentindo meio por fora dos papos. Mas é tão bom voltar a fofocar com você... Se fosse em inglês, como poderíamos? Eu levaria um século para falar uma frase! — disse minha irmã.

Caímos na gargalhada, e sempre que uma olhava pra outra começávamos a rir. Ai, que saudade eu teria da minha irmã-amiga. Embora Mariana fosse casada, nós sempre íamos ao *shopping* juntas e até mesmo a alguns shows em Sampa mesmo ou no Rio, como na vez em que nos aventuramos pelo Rock in Rio – que detestei, diga-se de passagem; nada contra, mas, realmente o *rock* não era minha praia. Essa inclusive era uma diferença grande entre mim e James. Ele amava bandas alternativas de rock, eu não. Eu sempre gostei muito mais de ritmos que embalem uma boa batida corporal. E R&B, *Pop* e *Rap* faziam disso uma boa dose de descarga de energia. Como poderiam duas pessoas com gostos tão distintos terem conseguido se encaixar um na vida do outro? Acho que aí é que entra o lance de ceder em um relacionamento. Um tentaria dar o espaço necessário ao outro e encontrar o equilíbrio na relação. Assim eu esperava.

James resolveu se redimir do mau humor e nos levou aos estúdios de Hollywood para que Mariana conhecesse a magia do cinema. Por mais que eu já tivesse ido lá com ele várias vezes, sempre que voltava eu curtia.

Era tão interessante ver tudo ao vivo e a cores. Uma das coisas que mais me deixou chocada foi quando James me disse que ele nunca tinha assistido a um filme seu. Como assim? Depois entendi que eles ficavam tão ligados no trabalho por tanto tempo e fazendo uma parte tão técnica que eles não tinham ânimo para sentar e ver o resultado pronto. Chocante. Eu acho que ia querer ver o resultado do meu trabalho... Ou não?

Depois de um dia cansativo de passeios, James percebeu um certo cansaço na minha caminhada, mais precisamente quando parei em um determinado ponto do passeio pelos estúdios e me distanciei para gemer um pouco de dor.

Encostei-me a uma parede e suspirei fundo. Minhas costas estavam me matando. Senti uma pontada horrível, mas não queria demonstrar para não estragar o dia. Infelizmente não percebi que ele estava me observando.

— Vamos embora agora — disse James num tom autoritário.

— Por quê? — perguntei, recompondo-me.

— Porque você não pode fazer extravagâncias, e já está na hora do seu descanso — anunciou e saiu me puxando. Melhor, me carregando no colo.

Aquilo foi embaraçoso, todo mundo à nossa volta observava a cena, mas eu tinha que admitir que era muito bom ficar agarrada a ele. Passei os braços por seu pescoço e me liberei para desfrutar o momento. Encostei meu nariz logo abaixo de sua mandíbula, um ponto que eu particularmente adorava, e aspirei lentamente seu perfume.

— Obrigada... — agradeci suavemente.

— Não há de quê. Mas você bem que poderia ter me avisado antes que estava indisposta, assim a gente não teria exagerado no passeio. Tenho certeza de que sua irmã entenderia numa boa — James ralhou comigo, não sem antes me dar um beijo fofo.

— Eu sei, mas mesmo assim foi muito legal o dia de hoje. E muito obrigada por me carregar no colo, é tão gostoso... Me sinto até uma mocinha indefesa... — Comecei a rir.

— Você é uma mocinha indefesa, sua boba... Não viu o que aconteceu com você? — disse ele, tristemente.

— Ah, James, poderia ser com qualquer um. Quantas pessoas sofrem acidentes de carro todos os dias? — Passei a mão suavemente pelo seu cabelo, tentando lhe dar conforto.

— É, mas nem todas têm o carro capotado porque o motorista estava fugindo dos *paparazzi*... — disse ele e aguardou minha reação.

— Então foi isso o que aconteceu? Poxa, tudo bem, então ainda bem que você não estava no carro comigo — declarei em um tom preocupado.

E realmente aquilo fez com que os pelos da minha nuca se arrepiassem. Porque, imaginem a vida dessas celebridades, tendo que correr esse tipo de risco, todos os dias... Devia ser tenso. E preocupante. E agora eu ficaria grilada todas as vezes que James saísse de carro... Droga. Se ele já tinha se acostumado àquela vida, eu precisava criar em mim uma carapaça dura e áspera, para aprender a lidar com isso também. James

tapete VERMELHO

precisava de uma mulher forte ao seu lado, não uma criatura em pânico a todo e qualquer momento.

— Você não entende, Nina... Esses caras não têm limites. Eles deveriam me perseguir e deixar você em paz!

— James, a gente dá um jeito nisso depois, não é? — resolvi encerrar aquele assunto, para que o clima não descambasse para algo mais sinistro.

Nesse momento, chegamos ao carro e Mariana, preocupada, se ocupou em me encher de perguntas. Depois de muito explicar que eu estava bem, ela se acalmou. Chegamos ao hotel rapidamente e James informou que pediria para o jantar ser servido no quarto. Insisti que queria que Mariana tivesse uma boa dose de emoção naquela noite. Queria que ela tivesse a impressão de estar na entrega do Oscar. Pedi a ele que nos levasse ao restaurante que havíamos ido no começo do namoro. Depois de muito insistir, com uma boa dose de sedução, ele concordou.

E nada nos prepararia para a estranheza do que aconteceu.

Chegamos ao restaurante e nos sentamos no mesmo lugar. Percebi que James tinha uma mesa cativa... Lá estávamos nós, no auge do jantar, quando de repente uma atriz cujo nome eu não sabia, mas que já tinha visto em algumas ocasiões, simplesmente se dirigiu à nossa mesa. Parou ao lado e, quando percebeu que todos nós interrompemos o jantar e olhamos para ela, simplesmente se sentou no colo de James e lascou-lhe um beijo indecentemente pornográfico. O choque foi tão grande que nem ele nem eu esboçamos reação. Mariana ficou boquiaberta e olhou para mim. Eu também escancarei a minha boca, mas percebi que seria demais deixar passar aquilo batido. Poderia me levantar e simplesmente ir embora. Poderia pegar seu lindo cabelo loiro e arrastá-la do colo do meu noivo ou poderia pegar o meu copo de suco e derramar todo o conteúdo naquele mesmo lindo cabelo loiro. E foi o que fiz. Levantei-me calmamente, peguei o meu copo de suco e o de Mariana e despejei os líquidos deliciosos em seu precioso cabelo platinado... Acho que o choque dela foi o mais surpreendente. Ela desgrudou os lábios da boca do meu noivo e olhou para mim.

— Ensaios de beijos técnicos não deveriam ser feitos em público e na presença dos respectivos acompanhantes, entendeu, queridinha? Sai de cima do meu noivo a-go-ra! — falei com um sorriso cínico no rosto e na maior dissimulação que consegui.

James se recompôs rapidamente, porque é óbvio que o suco também resvalou em cima dele. Levantou-se e pediu que Samantha — era esse o nome da descarada — fosse embora. É claro que a essa altura do campeonato todos no restaurante já tinham presenciado a cena. James não olhava para mim, então resolvi deduzir o óbvio. Havia alguma coisa ali que não tinha sido explicada. Peguei o cotovelo de Mariana e me dirigi para a saída. Lá fora, entramos em um táxi e saímos antes que Carl nos alcançasse. Respirei fundo e tentei me acalmar, usando o ombro da minha irmã, como suporte.

— O que foi aquilo, Marina? — perguntou ela, chocada.

— Eu reagi exageradamente, eu sei... descul...

— Não! Não o que você fez! O que aquela perua fez! — Mariana se afastou e sentou-se quase de frente para mim. Ela parecia mais puta que eu. — Eu, no seu lugar, teria feito pior, teria descido a mão nela. Você poderia ter feito isso, Marina! Você é faixa marrom de *Taekwondo*. Por que não deu uns sopapos nela? — perguntou, indignada.

— Mari! Você está louca? Eu não poderia simplesmente bater na mulher!!! — Comecei a rir porque a cena seria engraçada.

— Por que não? Ela agarrou seu noivo na sua frente, e nem fã enlouquecida ela é! Que ridícula... E por que James não reagiu?

— Isso eu não sei, e estou com medo de saber... Sei lá, Mari, de repente me sinto tão cansada de tudo isso. Eu amo o James, sabe? Mas estou com muito medo de não conseguir lidar com essas situações inusitadas na vida dele. Estou com medo de pirar. Sei lá, isso foi só uma amostra. E se eu não aguentar?

— Se você não aguentar, você vai pra casa, garota!

— Mas depois de casar é mais difícil resolver as coisas... Estou com medo...

— Marina, você está com medo de se casar?

— Estou — admiti, derrotada.

— Todo mundo passa por isso, eu passei também. É normal. É um passo importante, você tem de abrir mão de um monte de coisas. Mas se você ama o cara, então tudo se resolve uma hora ou outra.

— Eu sei. Mas estou com medo do mesmo jeito, tenho medo de ele me

tapete VERMELHO

171

trair, enjoar de mim, sei lá. Eu não me sinto pertencente ao universo dele.

— Marina, então faça-o sentir que quer fazer parte do *seu* universo, e não o contrário. Faça-o ansiar estar ao seu lado de forma equilibrada. Isso não deveria afastar vocês. E daí que o cara é ator? Ele poderia ser um empresário, um advogado, e daí? Você vai terminar a faculdade? Seja uma profissional também, sei lá, faça o cara ter orgulho de você. Mas, antes de mais nada, tenha orgulho de você mesma!

— Como, Mari? Eu me sinto ninguém perto da grandiosidade dele...
— Era ridículo admitir algo como aquilo. Parecia como se a minha autoestima tivesse sido estapeada.

— MARINA! Deixa de ser ridícula! Olhe pra você. Você é linda, despertou o interesse e conquistou o coração do cara mais cobiçado do planeta! Dê um pouco de mérito a você mesma, garota. As revistas só falam de você, no Brasil só falam de você. Poxa, você é linda, é minha irmã linda! E o cara deve estar louco atrás de você neste exato momento — lembrou ela.

— Não estou a fim de conversar nesse exato momento. Eu estou constrangida, acho que não deveria ter feito ele passar vergonha no restaurante. Além do mais, eu esqueci que todos os nossos passos são monitorados por fotógrafos. Não vou estranhar se amanhã isso aparecer em todos os jornais, sites e revistas de fofocas. Não sei se consigo aguentar isso... — confessei e quase desabei. Funguei para afastar as lágrimas pirracentas que queriam estrear naquele palco.

Depois de dar uma volta demorada pela cidade, o motorista nos levou para o hotel. Lá, uma legião de fotógrafos estava a postos na entrada. Pedi ao motorista que entrasse na garagem subterrânea. Descemos e estávamos subindo pelo elevador quando escutamos o tumulto no saguão do hotel. Provavelmente James havia chegado.

Não quis nem averiguar. Subi correndo e entrei no meu quarto depois de me despedir de Mariana. Falei que iria me enfiar debaixo das cobertas e que, se ele perguntasse por mim, era pra ela dizer que eu já tinha dormido.

Uma fuga bem covarde, mas que me valeria uma certa paz de espírito.

Entrei no chuveiro e, depois de permitir que a água corresse pelo meu corpo desfazendo os nós nos músculos que estavam tensos, comecei a chorar. Acho que estava sob um forte efeito de estresse. Estava mesmo com medo de não aguentar muito tempo e ceder facilmente às pressões. E eu sabia que isso tinha a ver também com uma queda brusca da minha autoestima.

Quando uma deusa grega senta no colo do seu namorado, beijando-o ardorosamente, qualquer mulher tem uma baixa nesse parâmetro pessoal. Sejamos justos.

Percebi claramente que estava deprimida. Eu estava com saudade dos meus pais, da família, dos amigos, da minha cama, das minhas coisas, até mesmo da minha cidade caótica e do meu país. Mas percebi que estava com mais saudade de mim mesma. Eu não costumava ser tão depressiva assim, não tinha preocupações, não tinha problemas com que lidar. Percebi que estava realmente me preparando para a vida adulta, de casada, com compromissos.

Independentemente de estar em um ângulo estranho de vida, com um astro de cinema, mais cedo ou mais tarde, eu teria que crescer, não é? Teria que encarar desafios e responsabilidades... E se a gravidez não tivesse sido interrompida, que maior responsabilidade poderia haver do que criar um filho? Comecei a chorar novamente. Depois de me esvair em lágrimas e mais lágrimas, saí do banho e me aprontei. Coloquei o pijama mais confortável e me deitei. Percebi que enfim eu tinha chorado tudo o que queria. Liguei para minha mãe e me acalmei um pouco mais. Quando estava começando a cochilar, ouvi a porta se abrindo.

Continuei com os olhos fechados, esperando que ele desistisse e resolvesse me deixar dormir. Senti a coberta sendo levantada e o outro lado da cama afundar. Senti o cheiro característico do seu perfume.

— Eu sei que você não está dormindo, Nina — disse James suavemente.

— Hum, mas eu queria muito dormir, se você não se importa...

— Não. Não vou deixar você fugir de mim de novo...

— De novo? — perguntei, sem entender.

— É, você fugiu de mim na saída do restaurante, não foi? De toda forma, seguimos seu carro por todo o percurso e vi que você não estava indo para o aeroporto — disse ele, meio aliviado.

— James, você seguiu o táxi? — perguntei, quase rindo. — Que absurdo! Por que eu fugiria assim dessa forma? Poderia simplesmente virar

tapete VERMELHO

173

e falar que estou indo embora! — resolvi provocar.

Silêncio.

— É isso que você vai fazer, Nina? Ao primeiro sinal de irritação, você vai virar e ir embora? — questionou ele, com um tom incerto.

— Não, James. Mas confesso que queria ir embora — admiti baixinho.

— Nina, não faça isso comigo, por favor.

— Eu não vou embora, James. Só disse que tive vontade. E não é pra ficar longe de você. Não tenho dúvidas dos meus sentimentos, mas estou com medo de mim mesma.

— Como assim?

— Estou com medo de não aguentar a pressão da sua fama e fazer você passar vergonha sempre, como hoje. Sou ciumenta, tenho sangue quente, não sei se consigo simplesmente fingir que não vi nada. E você provavelmente quer uma mulher pacífica. Não sou assim! Só não dei uns tapas na moça porque ainda estou meio convalescente — assumi, envergonhada.

— Nina, foi o seu sangue quente que me conquistou. *Você*. Sua essência. Eu não poderia esperar outra coisa. Além do mais, você não me envergonhou! Samantha fez por merecer, ela tentou te provocar deliberadamente.

— James, você não acha melhor eu ir embora por um tempo? — perguntei, entregando meus sentimentos. Uma onda de tristeza me sobreveio, fazendo com que a vontade de chorar aparecesse subitamente.

Ele me abraçou e me consolou.

— Do que você tem medo, meu amor?

— De tudo, James. De tudo. De estar vivendo um sonho impossível e simplesmente acordar. De estar numa plataforma extraterrestre e de repente despencar. De estar desejando o impossível, de você me trair com uma megaultra power modelo. Sei lá, de você não me aguentar mais, de se cansar da minha simplicidade.

— Nina, eu te amo. São esses os meus sentimentos por você. Quanto ao futuro, o máximo que posso prometer é que não há mulher no mundo com quem eu queira ficar a não ser você. Neste exato momento, não consigo imaginar minha vida sem você. Por favor, sei que haverá momentos tumultuados, mas estou pedindo, de forma egoísta, que enfrente comigo as agruras do preço da fama. Por favor, não me deixe, seja minha companheira, minha mulher, minha amiga, minha amante.

— James...

— Por favor, sei que outros casos piores que o de hoje vão acontecer, sei que estou pedindo muito a você, mas não me abandone... Você nem imagina a diferença que fez e faz na minha vida.

— Depois de um pedido desses, o que você quer que eu faça? Estou me sentindo mal por ter dado a impressão errada de uma fuga alucinada — disse eu, simplesmente.

— Tenho medo de que você desapareça da minha vida, que você se canse de enfrentar um milhão de pessoas diariamente... Sei que você não se liga em riqueza e poder, mas eu já pensei em te comprar um milhão de coisas só pra você não querer abrir mão de tudo.

— James, ainda bem que você sabe que eu não sou supérflua, né?! Não abriria mão só de você. Mesmo que você não fosse um ator famoso, fosse simplesmente um americano, trabalhador, mas lindo de morrer, eu não abriria mão de você.

— Nina...

— Hum?

— Eu não sou americano, esqueceu? — perguntou ele, rindo.

— Ah, é mesmo, desculpe... Mas eu vim para os Estados Unidos da América e imaginava que fosse me envolver romanticamente com um americano — tentei argumentar, rindo da minha teoria.

— Então você me ama só porque sou bonito? — ele insistiu no assunto, mas um sorriso enviesado pairava em seus lábios.

— Não, porque você é lindo de morrer! — brinquei.

— Eu te amo.

— Não. Eu te amo. Você é meu futuro agora — respondi simplesmente.

Depois de um milhão de declarações e juras de amor, estávamos abraçados e deitados esperando o sono chegar. Mas nenhum dos dois estava com sono. Só não poderíamos fazer outras coisas mais interessantes porque James insistia em deixar que eu me recuperasse totalmente. Parece que o médico tinha pedido três semanas de espera. Hum, três semanas pareciam uma eternidade, mas eu poderia esperar.

— James...

— Hum...

— Por que a perua loira te atacou daquele jeito?

tapete VERMELHO

— Hum, ela queria provocar você... Já disse...

— James, tem mais coisa aí. Você já teve alguma coisa com ela? Ela é colega de elenco? — questionei.

— Já fizemos um filme juntos, gravamos uma cena ou duas e nunca tive nada com ela. Respondi às suas perguntas?

— E por que ela te agarrou? Ainda mais comigo lá?

— Porque, meu amor, a mídia precisa plantar informações e notícias. Quando tudo está bem ou mal eles sacodem as notícias assim, entendeu?

— Então eu correspondi às expectativas deles, não é?! — perguntei ressabiada.

— Não, você fez um ótimo serviço. Notícia quente mesmo seria se vocês duas fossem parar na delegacia... — Ele riu.

— Eu poderia ter batido nela...

— Sua irmã me disse que você é faixa marrom em artes marciais?

— *Taekwondo*.

— Nossa, então não posso te provocar, né? Você pode querer me bater também!

— Pena que não é igual jiu-jitsu, nós poderíamos rolar no chão atracados — brinquei maliciosamente.

— Hum, seria muito bom!

— James, você não acha que está cedo demais pra gente casar? Quero dizer, ninguém te perturbou por sermos jovens, você no auge da fama? Seus pais, o que acharam?

— Minha mãe simplesmente adorou você, minha linda. Meu irmão sentiu um pouco de inveja, já que você é mais linda do que qualquer mulher que já tenhamos visto. O que quero dizer é que você é minha flor brasileira, e eu te quero só pra mim. Só isso que quero, nada mais. E se para isso a gente tem que casar, então é o que vamos fazer. O que quero é ficar com você, entendeu?

— Uau, entendi. Fico até constrangida, e acho que você é um exagerado, mas estamos com a motivação certa?

— Eu estou. Eu te amo e não quero viver sem você.

— Eu também te amo e não quero viver sem você.

— Então estamos resolvidos, meu amor.

— Tá bom... — eu disse, e dormimos placidamente.

O dia seguinte chegou e acordei mais tristonha, porque minha irmã iria embora no início da noite. Do acidente eu só me lembrava esporadicamente, e somente se eu ou alguém tocasse em algum hematoma dolorido. Quanto à perda que sofri em consequência do desastre, eu não pensava muito para não demonstrar para Mariana e acabar não conseguindo esconder esse detalhe. Eu ainda estava dividida entre a alegria de ter sido minha irmã a ir para os Estados Unidos, e não minha mãe, e a tristeza por desejar que tivesse sido minha mãe – para matar a saudade de um colo –, mas ao mesmo tempo, sabia que dela eu não conseguiria esconder o aborto com tanta facilidade. Ela perceberia na hora que eu estava escondendo alguma coisa.
    À tarde, eu e a Mari fizemos algumas compras. Mari muito mais do que eu, pois tinha uma lista enorme de encomendas para a família. Preparei a mala que eu ia levar para o Brasil no dia do acidente e, na verdade, quem levaria agora era Mariana. Despedi-me dela um milhão de vezes no caminho do aeroporto.
    Chorei em bicas na hora da despedida final. James havia se despedido no hotel e precisou ir para o estúdio. Iria gravar a noite inteira. Dali do aeroporto, inclusive, Carl me levaria para o estúdio. Eu estava até excitada porque seria a primeira vez que veria meu lindo noivo em ação. Só esperava que não envolvesse nenhuma cena de amor, acho que ainda não estava preparada para esse tipo de emoção latente depois da noite anterior.
    Cheguei ao estúdio depois de passar em um *fast food* para um lanche rápido. Eu não queria que ele se preocupasse comigo atrapalhando o andamento da filmagem, então já fui preparada para esperar um bom tempo sem demonstrar fraqueza física. Carl me levou para o pavilhão onde estavam acontecendo as filmagens e, ao chegar, fui surpreendida pela equipe do filme. Todos tiveram uma palavra carinhosa para mim, por conta do acidente. Foram muito gentis e atenciosos. James estava na maquiagem e pediu que me levassem até lá. Cheguei e não pude deixar de rir da situação. Eu nunca o tinha visto caracterizado para seu novo

filme e foi um susto. Era ele mesmo, só que com roupas de época. Ele era literalmente um lorde. Um legítimo lorde inglês. Dei-lhe um beijinho escondido da maquiadora, que, na verdade, fingiu não ter visto.

Nós nos dirigimos para a área de filmagem e me sentei perto da equipe de cinegrafistas, longe do diretor, que queria que eu me sentasse ali perto, mas declinei gentilmente. Acho que ficaria mais à vontade onde eu estava mesmo.

O que me surpreendeu, na verdade, foi a chegada do outro astro do filme.

Era o próprio Jeremy Hunttington. Eu estava vendo ao vivo e a cores o ator que eu mais admirava em minhas loucas fantasias cinematográficas.

Ele devia estar com uns 37 anos, e era simplesmente divino! Não que eu sentisse atração por ele, mas o meu coração palpitou loucamente, porque Jeremy era a personificação dos meus raros momentos de tiete. Eu tinha chegado até a comprar um caderno com a foto dele na capa. Minha nossa, ele era lindo mesmo. Mas nem de longe chegava aos pés do meu James.

Fiquei na minha, assistindo à filmagem das cenas. Devia ser realmente cansativo para os atores, já que eles filmavam uma mesma cena repetidas vezes, até que o diretor achasse que tinha ficado perfeita. em um determinado momento, fui ao refeitório, perto dali, para me servir de alguma coisa.

Embora eu soubesse que James tinha um *trailer* ou camarim com tudo para ele, quis me aventurar pelo refeitório, assim poderia me sentir tão normal quanto o resto da equipe.

Estava me servindo calmamente de um suco natural e um sanduíche apetitoso quando escutei uma voz de barítono ao pé do meu ouvido.

— Olá. Então você é a flor de lótus de James Bradley? — perguntou retoricamente.

Como fui surpreendida tanto pela abordagem quanto pela pergunta, gaguejei, me afastando de supetão.

— Hã... co-co-mo é?

— Você é o tesourinho de James, talvez seja por isso que ele anda nas nuvens nos últimos tempos. Tem razão mesmo, você consegue ofuscar as muitas beldades por aqui.

— Hum... — Acho que tinha perdido minha capacidade de pensar e responder de maneira coerente. — Bem, obrigada... — agradeci sem graça.

— Não há de quê. Meu nome é Jeremy, espero que saiba...

— Sei — respondi secamente, porque estava começando a achar o cara um poço de estrelismo.

— Então, quando James se cansar de você, ou vice-versa, pode me procurar... Posso deixar o cartão do meu agente e você entra em contato com ele...

— Hã... acho que não entendi bem sua sugestão... — Eu realmente estava meio confusa.

— Eu gostei de você... É novinha... Quantos anos você tem? 18? 19? Mas é linda, exótica, diferente. Só por ser brasileira já deve valer a saída.

— Eu acho, Sr. Jeremy, que está me confundindo com alguém — respondi, irritada. Eu tive a impressão de que ele estava me confundindo com um certo tipo de garota.

— Ora, melindrosa, mas eu gosto assim... Dizem que as melindrosas são mais quentes. Então, você tem samba no pé?

— Com licença — pedi e fui me retirando, mas ele segurou firmemente o meu pulso. — Com licença, senhor — insisti.

— Hum, a gatinha está nervosa. O que foi? Gosta de bancar a difícil? Devo dizer que isso deixa os homens mais excitados, dá uma sensação de que somos caçadores — disse ele, ao mesmo tempo em que lambia os lábios de maneira acintosa.

— Eu estou pedindo com licença, então será que você poderia soltar meu braço? — insisti, ainda educadamente.

— Qual é, gata, o que você acha de a gente dar uma saidinha? Prometo que o James nem vai ficar sabendo — argumentou.

— Já disse que você está me confundindo. Eu não sou prostituta, entendeu? Nem toda brasileira é prostituta, se é o que você pensa! — gritei. Nessa altura do campeonato, eu já tinha perdido a compostura. Estava muito clara a intenção e a opinião do cara. Acho que ele nem tinha noção de que eu e James estávamos noivos. Ou então estava completamente louco.

Algumas pessoas presenciaram a cena e dali a dois minutos chegava James, suado e irritado, sem entender porque alguém o tinha chamado às pressas. Atrás dele, vinha o diretor. Merda. A atenção que eu não queria

tapete VERMELHO

causar, já tinha causado. Agora não poderia voltar tão cedo a um estúdio.

— O que você pensa que está fazendo, Jerry? — perguntou James, ao vê-lo segurando meu pulso e percebendo que eu estava vermelha como um pimentão.

— Ora, Jim, só estava conversando amigavelmente com a sua... companhia — respondeu cinicamente.

— Minha noiva, Jerry. Ela é minha noiva — ele corrigiu secamente. Nesse instante, notei que o cara empalideceu. Creio que todo o diálogo infame passou pela sua cabeça e ele percebeu a besteira que tinha feito. Ele olhou pra mim, pediu desculpas de cabeça baixa e saiu.

James me abraçou e percebeu que eu estava massageando meu pulso.

— Ele te machucou, Nina? O que aconteceu? — perguntou, aflito.

— Nada. Depois te explico, pode voltar ao trabalho. Estou legal — menti descaradamente. Eu estava mal. Meu mundo tinha caído. O ator que eu sempre tinha admirado era um cafajeste de primeira grandeza.

— O diretor já me liberou, estava indo retirar o figurino quando Allan me chamou dizendo que achava que você estava com problemas. Você vai me explicar direitinho, viu? Não gostei do jeito que você estava, parecia aflita.

— Tá bom, explico depois, então. Podemos ir? — Eu estava louca para ir embora. Não queria cruzar com o canalha por nada nesse mundo.

Fomos ao camarim de James e, depois de pronto, fomos para o carro. Quando estávamos quase chegando, Jeremy correu ao nosso encontro e nos interpelou. James percebeu que gelei e fiquei nervosa imediatamente. Nem queria olhar para a cara dele. Entrei apressadamente no carro, mas não adiantou.

— Será que você poderia me dar uma carona, Jim? — Eu não acreditei. O cara queria ir com a gente? Onde estava o motorista, seguranças, sei lá o que mais dele? — Meu segurança ficou de voltar aqui mais tarde e, como as filmagens já estão encerradas por hoje, achei que você poderia me deixar em Beverly Hills, se não for incômodo — continuou ele.

Pensei logo no aplicativo do *Uber*, e a sugestão desaforada quase saltou da minha boca, mas preferi manter o silêncio.

— Tudo bem... — respondeu James, meio incerto.

Ele entrou no carro e me encarou em um pedido mudo de desculpas. Mas eu identifiquei algo mais. Era como se ele me pedisse para não dizer nada ao James – até parece! –, como se eu tivesse obrigação de proteger a reputação do infame. Não quis sequer puxar assunto com ele. Ele que interpretasse do jeito que quisesse. Que eu era mal educada, ignorante, burra, que não entendia inglês... Não queria trocar uma palavra com ele, então me resignei a olhar para a cidade pela janela do carro.

— Nina, você sabia que as cenas que serão rodadas na França serão praticamente todas com Jerry? — comentou James, sondando minha reação.

— Hum... — foi o único som que emiti.

— James, você está planejando viajar pra lá antes, para se adaptar e fazer o treinamento? — perguntou Jerry.

— Não, estou planejando me casar e só depois ir pra lá. Daí posso levar a Nina para curtir uma lua de mel às avessas pelo interior da França — respondeu ele na mesma hora. Senti meu rosto corar violentamente. Ter os planos revelados dessa forma era brutal, ainda mais por causa da companhia desagradável no mesmo ambiente. Olhei de maneira indagadora para James.

— É isso mesmo, meu amor. Só vou pra lá com você, não quero deixá-la aqui por conta própria e, muito menos me sinto confortável em vê-la voltar ao Brasil, sozinha, então vamos unir o útil ao agradável. Mas era para ser surpresa.

— Meus parabéns pelo casamento iminente... — respondeu Jerry, desconcertado.

Depois de acompanhar calada a conversa dos dois, chegamos à mansão de Jerry Hunttington. Ele nos convidou para entrar, mas, graças a Deus, James recusou o convite.

Quando chegamos ao hotel, imaginei que James iria resolver seus próprios assuntos e que teria esquecido o episódio, mas me enganei duplamente. Ele foi para o meu quarto e se acomodou languidamente em minha cama. Caramba, na verdade, nem me lembrava mais quanto tempo fazia que eu não dormia ali sozinha. Como se pudesse ler meus pensamentos, ele disse, simplesmente:

— Na verdade, nós já somos praticamente casados, não é mesmo, meu amor? Eu não consigo mais dormir sozinho. Quando deito lá no meu quarto, fico imaginando você aqui sozinha, tão solitária, sentindo

tapete VERMELHO

minha falta como eu sinto a sua — falou ele zombeteiramente.

— Jim, você é uma gracinha, sabia? Eu vou tomar uma ducha e já venho, tá?!

— Estarei te esperando, minha flor — disse ele. Fiquei arrepiada porque me lembrei de Jeremy me chamando de flor... E o tom fora tão indecente que me deu asco.

Depois de uma ducha revigorante, recuperei meu equilíbrio, pois quando James falava daquele jeito comigo, eu ainda sentia as pernas bambas. Coloquei meu pijama de florzinha e me deitei ao seu lado. Eu tinha que admitir que era bom demais deitar na cama e ter um James Bradley me esperando com os braços abertos.

— Agora você pode começar a me contar o que aconteceu no refeitório? E por que você não lanchou no meu trailer? — perguntou ele de pronto.

— São duas perguntas, e estou tão cansada...

— Nem pensar! Você não me escapa hoje.

— Bem, eu lanchei no refeitório porque queria me enturmar com o resto da equipe. E o que aconteceu não foi nada. Absolutamente nada — tentei desconversar.

— Nina, se eu não souber por você, vou descobrir de qualquer jeito amanhã. Ou ainda hoje, se me der na telha de ligar para alguém — ameaçou ele.

— James, olha só, eu conto, mas só se você prometer que não vai fazer nada.

— Não prometo nada.

— Então não te conto — respondi com teimosia.

— Prometo ouvir e ponderar — respondeu ele, polidamente.

— Melhor que nada. Pois bem, seu amigo Jeremy, hum... acho que meio que me confundiu com alguém, sei lá.

— Te confundiu com quem? Quero saber o teor da conversa.

— Hum, acho que ele pensou que eu era uma acompanhante, digamos... hum... ai, meu Deus, como posso dizer? Uma companhia paga, sei lá.

— Companhia paga? — James perguntou, sem entender.

— É, James, garota de programa, entendeu? Dessas que fazem companhia por um tempo, que são contratadas por temporadas. Sei lá como funciona esse negócio, eu não sou do ramo — tentei explicar, rindo.

— O quê?! — perguntou ele, alterado.

— Ele achou que você tinha adquirido um produto exótico no mercado e queria entrar na lista de espera. Chique eu, né?! Com James Bradley, Jeremy Hunttington na fila... — tentei brincar, mas não surtiu efeito algum.

— O quê?! — repetiu ele, incrédulo. Agora ele estava histérico. Levantou da cama exaltado. Achei que ia quebrar alguma coisa.

— James, acalme-se, eu coloquei o mané no seu devido lugar...

— Ele te fez uma proposta indecorosa na maior cara dura? — perguntou ele, chocado.

— É, por aí. Mas expliquei pra ele que o produto brasileiro nem sempre está à venda no mercado. Poxa, ele me pediu pra sambar! Acho que ele ficaria desapontado, tenho esse defeito de fábrica... — tentei fazer graça para acalmar os ânimos.

— Nina, não tem graça nenhuma! O cara foi um boçal da maior grandeza! Quem ele estava achando que era?

— Um mega-ator de cinema bonitão, que faz todas as mulheres arrancarem as roupas e pedirem para serem possuídas por ele, James — expliquei simplesmente.

— É isso o que ele causa nas mulheres? Inclusive em você? — perguntou ele, irônico.

— Claro. Ele estava segurando meu pulso pra que eu não arrancasse minha roupa ali mesmo — rebati com a mesma ironia.

— Poxa, eu causo isso também? — perguntou ele, já mudando o tom e se aproximando.

— Nossa, com você eu tenho que me segurar pra não arrancar as suas roupas primeiro...

Ele deitou-se ao meu lado e me abraçou. Rimos por alguns instantes até ele se lembrar do assunto.

— Que canalha! Será que realmente somos assim? Ou parecemos ser assim?

— Não, meu amor, você é lindo e um cavalheiro. Ele é um babaca. Talvez seja por isso que o cara está sozinho até hoje: nenhuma mulher aguenta tanta prepotência. Poxa, eu achava ele tão... tão... maravilhoso!

tapete VERMELHO

Claro que antes de eu te conhecer — respondi prontamente.

— Ainda estou puto. Que cretino! Vou ter uma conversa séria com ele.

— Não, James, você prometeu.

— Eu prometi ponderar sobre o assunto, mas isso é demais.

— Demais, nada! Você já deixou claro pra ele que eu sou muito mais que um pacote de carne macia *made in Brazil.*

— Uhh... e que pacote! — declarou ele, me apalpando.

— James! Seu engraçadinho...

— Mas esse pacote tem dono. Só um dono! — disse ele, possessivamente.

Revirei os olhos.

— Por acaso está se esquecendo de que odeio me sentir uma propriedade?

— É verdade. Mas é jeito de falar. Não vejo nada demais em dizer aos quatro cantos do país que você é minha, Nina. Assim como eu sou seu. Relação de posse não precisa ser sinônimo de prisão. O que torna isso ruim é a forma como cada um lida com o sentimento — disse ele e passou a mão pelo meu rosto. — Eu sempre vou te respeitar acima de tudo. Sempre. Mas se quiser, posso parar com esse instinto Neandertal — caçoou.

Eu acabei rindo da mistura de declaração com arremedo de desculpas.

— Contanto que você entenda que não sou um objeto e tenho vontade própria, Jim, estou bem. Ainda mais sabendo que o instinto primitivo de mulher Neandertal também foi despertado em mim — confessei e ri quando ele afundou o rosto no vão do meu pescoço.

— Então vou poder continuar afirmando a todo palhaço que se engraçar que você é minha?

— Pode sim, meu amor. Agora será que podemos dormir? Estou tão cansada...

— Claro, meu anjo. Durma enquanto arquiteto o assassinato de Jeremy Hunttington, mas que fique parecendo acidental — brincou.

— Sem graça! Amo você...

— Eu também amo você, minha flor...

— Jim... — falei, sonolenta. — Ele me chamou de flor de lótus... — Comecei a rir.

— Filho da puta! Ainda poluiu meu apelido.

Dormi escutando James xingando até a última geração de Jeremy, arquitetando um confronto épico no dia seguinte, ameaçando cortar fora itens de sua anatomia...

JAMES BRADLEY

Os dias subsequentes ao acidente de Marina, e à consequente visita surpresa de sua irmã, acabaram sendo tranquilos. Madson conseguiu afastar a imprensa, mantendo-os "alimentados" apenas com as notas que permitíamos, mas, infelizmente, eu precisava voltar aos estúdios.

Eu odiava deixá-la, mesmo achando que ela já não estava tão fragilizada, mas um lado meu queria mantê-la sob meus cuidados e olhos atentos 24 horas por dia. Marina se mostrara mais forte e resignada com o que acontecera do que eu. Ainda me pegava pensando no que havíamos perdido, no que a tragédia tinha acarretado em nossas vidas, no futuro que poderíamos ter tido, se aqueles merdas de *paparazzi* não tivessem, simplesmente, decidido perseguir o carro da minha noiva naquela fatídica tarde.

Mesmo voltando de maneira gradual às gravações, ainda assim tive que enfrentar a maior surpresa do dia, com a acintosa forma com que Jeremy Hunttington acossou Marina. E ao saber o teor de sua proposta mais do que indecorosa, a única vontade que senti, em minhas entranhas, era a de destruir aquele filho da puta, sem deixar margem de dúvidas de que com minha mulher ninguém mexia.

Capítulo 23

MARINA

No dia seguinte, recebi um enorme buquê de rosas com um bilhete com o mais insistente pedido de desculpas do mundo. Nem Alexandre, depois de me agredir fisicamente por estar bêbado demais, insistiu tanto em ser desculpado quanto o panaca do Jeremy Hunttington. Até James se irritou com o teor da mensagem e a ostensividade das flores.

— O que o cara está querendo agora? — perguntou irritado.

— Sei lá, garantir o nome na lista — respondi com ar de deboche.

— Já disse que não tem graça — respondeu James, mais irritado ainda.

— Sei lá, Jim, vai ver não quer se indispor com você, não quer perder uma fã, sei lá... — Dei de ombros, desmerecendo o assunto. — Ficou com medo de fofocas... Será que podemos esquecer o assunto? Garanto pra você que quem ficou mais chateada nessa história toda fui eu.

— Eu sei, meu amor, e ainda estou revoltado. Você nem se parece esse tipo de moça.

— E "esse tipo" precisa ter estereótipo, James? O que mais me deixou puta foi ele achar que, por ser brasileira, sou fácil. Será que fui tão fácil assim? Pra você, quero dizer...

— De jeito nenhum! Você foi é bem difícil! Achei que não ia conseguir nada com você. Ainda bem que não desisti... Meu poder de sedução surtiu efeito, demorou, mas surtiu. — James riu.

— Seu bobo. Mesmo assim, coitado do Alexandre. Tentou dois anos ininterruptamente e não conseguiu nada. E você, em pouco mais de um mês, já tinha tudo nas mãos, literalmente — comentei rindo.

James enlaçou meu corpo, fortemente, e beijou o topo da minha cabeça. Aquele carinho aqueceu todas as minhas terminações nervosas.

— Significa que você nasceu para ser só minha, de ninguém mais.

— E você, James? Vai ser só meu, daqui em diante? — Olhei profundamente em seus olhos. Se o olhar apaixonado com o qual ele devolvia meu olhar falasse alguma coisa, eu já tinha minha resposta, mesmo ele nem sequer tendo verbalizado ainda.

— Só seu, meu amor, de corpo e alma. As fãs terão só os meus personagens, você vai me ter por inteiro — declarou ele e me abraçou demoradamente.

Momentos como esse não tinham preço, em absoluto. Por aquilo ali eu enfrentaria tudo e todas as dúvidas que me assolavam.

— James, eu não quero encontrar tão cedo o seu adorável colega de elenco.

— Tudo bem, meu amor. Para você esquecer este incidente, eu tenho uma surpresa.

— Surpresa? Oba, que tipo de surpresa? — perguntei batendo palmas, empolgadíssima.

— Vamos ver se você gosta de uma coisa... — disse ele, enigmático.

Saímos do hotel e James deu as instruções para o novo motorista. Depois, colocou uma venda nos meus olhos e pediu que eu ficasse calma. Obedeci prontamente e aguardei em silêncio, mesmo sentindo a curiosidade me corroer. De vez em quando, ele me surpreendia com um beijinho na boca. Outras vezes, um beijo mais demorado, e de olhos vendados, a sensação era bem diferente. Atiçava todos os sentidos. Fiquei esperando calmamente mais um, mais outro...

— James, acabou?

— O quê? — perguntou ele, inocentemente.

— Os beijinhos... estava tão bom, tão gostoso.

Ouvi James rindo baixinho e, em seguida, fui puxada para seu colo. Aí, sim, começou a tortura, porque ele beijava meu pescoço, o queixo, bochechas, nariz e eu virava o rosto para forçar um belo beijo na boca, mas nada. Estávamos rindo como crianças aprontando alguma coisa quando o motorista anunciou que havíamos chegado.

James me ajudou a sair do carro e foi me guiando pelo caminho.

Quando chegamos a um determinado ponto da caminhada às cegas, James parou atrás de mim e mandou que eu fechasse os olhos para ele retirar a venda. Eu só poderia abri-los quando ele dissesse.

— Pronto, meu amor, abra os olhos e me diga o que você está vendo.

Ao abrir os olhos, me deparei com uma casa. Casa, não; uma mansão enorme, em estilo ultramoderno, com uma área verde externa imensa. Uma casa típica de artistas, com uma arquitetura lindíssima.

— O que é isso? — perguntei, abobada. Tudo bem, eu me senti um pouco imbecil, porque eu sabia que era uma casa, certo?

— Nossa casa! Gostou? Quer dizer, se você não gostar dessa, podemos ver outra...

— Você comprou essa casa, James? Para nós? — perguntei, pulando no seu colo. Como ele não esperava meu movimento brusco, nós dois caímos no chão.

— Acho que você gostou... — concluiu, tentando se recompor.

— James, é linda! Nunca imaginei que fosse esse tipo de surpresa! — disse eu e, de repente, estava chorando, normalmente eu não era tão emotiva assim, mas nos últimos tempos, eu estava extrapolando os limites pluviais do meu corpo. Eu ainda devia estar sob os efeitos retardatários da gravidez perdida, meu corpo devia estar se normalizando. Pelo menos eu esperava que sim, porque se eu continuasse a chorar daquele jeito, precisaria andar com lenços de papel no bolso traseiro da calça *jeans*.

James me deu um abraço terno e me levou para a porta de entrada. A casa era digna de revistas de decoração. Era uma mansão maravilhosa, com estilo próprio, já praticamente mobiliada, pronta para entrar e morar com a maior tranquilidade. Bastava levar as malas e pronto.

A sala era enorme, a cozinha era quase tão grande quanto a sala, os quartos eram imensos e arejados. Repetindo: a casa parecia saída de uma revista.

Percebi que era toda equipada com sistemas de monitoração e havia câmeras espalhadas para todos os lados. Na garagem, uma surpresa: um Bugatti Veyron luxuoso e esportivo e um mini Cooper lindinho prateado. É claro que eu só identifiquei os carros depois de me lembrar de uma conversa de James com Carl na semana anterior. Ele me informou que o carro esporte era dele e o outro seria meu, mas somente depois

tapete VERMELHO

que eu estivesse completamente adaptada à cidade, e, mais ainda, se ele percebesse que a mídia tinha dado uma trégua e eu pudesse transitar sem preocupações. Por enquanto, continuaríamos no velho esquema motorista de plantão com supercarro blindado.

— O Bugatti é meu, lógico. O outro seria seu, mas resolvi mudar de ideia...

— Ah, por quê? Você não disse que eu poderia dirigir quando eu estivesse adaptada às leis de trânsito? Qual é, James, eu tenho carteira, sabia? — falei, fingindo estar magoada.

— Eu sei, mas mudei de ideia quanto ao modelo do carro. Vou deixar a Range com você para seu uso pessoal, ou outro carro robusto que você queira.

— Por quê? — perguntei, ainda sem entender.

— Porque a Range se mostrou muito eficaz e segura, se fosse outro carro não creio que você tivesse saído pouco machucada — afirmou ele, de forma sombria. Provavelmente ele estava se lembrando dos detalhes do acidente.

— Ah, entendi.

Logo em seguida, James falou que queria me mostrar a casa em primeira mão, por isso não me levara lá no dia anterior, com Mariana. Ele queria que eu visse sozinha e tivesse dimensão do nosso futuro juntos ali.

Visualizei sem dificuldade. Estava ficando mais fácil me sentir parte daquele lugar. Era muito luxo, mas James era um cara tão simples no convívio diário que seria moleza enfrentar certas necessidades que um astro como ele tinha. Eu não me imaginava uma futura madame hollywoodiana porque minha criação familiar tinha formado meu caráter, então nunca seria uma esnobe. E colaborava o fato de James Bradley também não ser um. Se ele fosse, talvez eu nunca tivesse me interessado por ele. Seria como quando conheci Jeremy Hunttington: um pacote belíssimo, mas sem conteúdo algum.

Quando nos dirigíamos para o hotel, James já tinha definido que iríamos para a casa nova depois do casamento, que seria realizado nos jardins da mansão. O que me surpreendeu foi James me informar que isso se daria em três semanas, exatamente no dia do seu aniversário: 25 de fevereiro. Iríamos para o Brasil em duas semanas e teríamos uma semana depois do nosso retorno para aguardar a data e esperar ambas as famílias. O motivo da pressa e antecipação da data era que ele deveria embarcar para a França para dar continuidade às gravações de seu filme. Eu tinha ouvido seus planos serem traçados aquela noite no carro com Jeremy, mas não esperava que fosse tão cedo. Eu ainda estava pensando que seria dali a dois meses, como ele havia dito a Mariana. Suspirei. Eu iria me casar dali a menos de um mês. Inacreditável. Mais inacreditável ainda era me casar com um mega-astro de cinema, na lista dos mais lindos e desejados do mundo, morar numa megamansão digna de sonho e fazer parte de um mundo de *glamour* nunca antes almejado por mim. Nunca antes sequer sonhado na mais remota existência do meu ser. Mas tudo isso seria realidade dentro de poucas semanas.

— Achei que você tivesse dito a Mariana que a cerimônia seria em dois meses — disse eu, tentando arrancar mais informações.

— Mudança de planos — retrucou ele, simplesmente.

Quando chegamos ao hotel, uma equipe da revista *Vogue* aguardava para fazer uma reportagem exclusiva sobre o acidente, os planos de casamento e outras coisas mais. No dia seguinte, James teria uma coletiva de imprensa para divulgação do filme. Aparentemente, eles tinham divulgação de filmes que já tinham sido lançados nas telonas e de filmes que ainda estavam sendo produzidos, como o atual dele. Depois da entrevista, James me informou muito calmamente que Jenny chegaria dali a alguns minutos para que eu escolhesse umas roupas de frio. Como se fosse um passeio do parque até o hotel, ele me informou que iríamos para Nova York no dia seguinte, já que a tal coletiva seria lá.

— Eita, e você me informa assim desse jeito? E se a coletiva for rápida, não seria melhor você ir sem mim?

— De jeito nenhum. Vou aproveitar e te apresentar Nova York. Ou você já conhece? — perguntou, incerto.

— Não, seu bobo, além desta viagem, eu só tinha ido para Orlando. Sabe como é, né?! Disney na adolescência, essas coisas... Costumes brasileiros... — informei, meio sem graça. — Mas vamos ficar quantos dias?

— Dois. Mas vai dar pra te levar em uns agitos bem legais. Não vamos ficar mais tempo porque senão atrasamos nossos planos de viagem e está meio frio por lá. Não quero que você adoeça às vésperas da nossa

tapete VERMELHO

191

ida ao Brasil. Falando nisso, você tem noção de que nossa estadia por lá também deverá ser rápida, não é?!

— Eu sei, mas você bem que poderia me deixar por lá e eu voltaria com a minha família.

— Esqueceu que você tem prova de vestido e tudo mais?

— Ah, é mesmo! Não tinha pensado nisso... a propósito, quem está organizando tudo, Jim? — perguntei, curiosa.

— Minha equipe de assessoria. Eu sei que fica meio formal desse jeito, mas já que você optou por um lance discreto, então seria mais prático deixar a galera ralar um pouco, não é?! Mas alguns detalhes cruciais deverão ser criteriosamente analisados por você. Tudo bem assim?

— Tudo. Diferente do que eu nem sequer imaginei algum dia na minha vida, mas tudo é tão surreal mesmo que uma dose a mais não fará mal algum. — Dei uma risada. — Jim, queria tanto que você pudesse ficar mais tempo lá... Poderíamos conhecer algumas praias... — disse eu, esperançosa.

— Ah, seria maravilhoso, eu sempre soube que as praias da Bahia são lindíssimas.

— São mesmo, praticamente todas as praias do Nordeste brasileiro são lindas, paradisíacas!

— Olha só o que podemos fazer: depois da cerimônia na nossa casa, nós embarcamos para a França. Lá a gente deve ficar um pouco mais de um mês. Nas pausas de gravação, eu levo você pra conhecer a encantadora Inglaterra e, depois de encerradas as filmagens, a gente embarca para o Brasil e passa uns dias com sua família. Vamos para algum *Resort* que você indicar e depois voltamos para o nosso lar, o que você acha?

— Meu Deus! Que agenda lotada de eventos extraordinários! Será que vou dar conta de tudo isso? Se vamos ficar mais de um mês na França, eu poderia fazer algo de útil por lá, um curso, talvez... Seria bem legal, e eu não ficaria na ociosidade o tempo todo nem te atrapalharia nas filmagens, o que você acha? — rebati, empolgada.

— Pode ser viável. Vou pedir para alguém checar cursos pela região. Quer aprender a falar francês, *Mon Amour*? — perguntou James, me enlaçando gentilmente.

— *Oui, Monsieur...* — respondi fazendo o famoso biquinho necessário a uma prática perfeita do idioma. — Poderíamos praticar o famoso beijo francês, que tal?

— *Maravileux! Très jolie!* — respondeu, mas em seus lábios pairava um sorriso sacana.

— Hum...

tapete VERMELHO

Capítulo 24

MARINA

O dia seguinte foi bem empolgante. Na verdade, todo e qualquer evento com James era extremamente empolgante. Saímos bem cedo do hotel, e eu devia estar com uma cara amarrotada terrível. Usando nossos inconfundíveis agasalhos com capuz – que já não eram disfarces para ninguém –, nos dirigimos para o aeroporto.

Chegamos com um certo tumulto, já que os passos de James pareciam ser seguidos com GPS. Eu deveria fazer uma boa varredura pelo corpo dele para ver se não tinha nenhum *chip* instalado! Sacudi a cabeça, rindo da minha própria ideia.

Embarcamos com destino a Nova York. Aquela era a primeira viagem de muitas que se seguiriam com meu adorável futuro marido. Estávamos viajando na primeira classe, o que já era uma novidade por conta do luxo e das regalias, mas também não dava para imaginar James Bradley viajando na classe destinada a nós, pessoas comuns. Simplesmente seria impossível. O piloto teria que parar no destino mais próximo para conseguir recuperar o controle da aeronave, pois o tumulto seria terrível! James disse que não gostava de viajar de jatinho. Só em últimos e extremos casos. Na maioria das vezes, ele preferia os grandes aviões comerciais, não sei bem por quê, mas era essa sua preferência. Apesar de que, ultimamente, os tumultos eram tão intensos numa viagem sua que a assessoria de imprensa estava tentando a todo custo convencê-lo a mudar de opinião.

Chegamos ao La Guardia bem cedo; a diferença de temperatura era gritante. Fazia um frio de rachar a ponta do nariz. Ainda bem que estávamos prevenidos e devidamente empacotados com casacos pesados de inverno, cachecol, luvas e gorro. Os apetrechos eram tantos que passaríamos despercebidos, tranquilamente. Ledo engano! O GPS de James estava muito bem ajustado ao movimento de suas fãs — além dos companheiros inseparáveis delas, os *paparazzi*. Àquela altura do campeonato, eu já tinha até me habituado a conviver com os caras: abaixava o rosto, não fazia cara de poucos amigos, porque era isso que eles adoravam, e andava calmamente para meu destino, como se eles fossem postes ambulantes que se mexiam e gritavam. Metaforizar os caras como postes estava funcionando bem.

Fomos para o Waldorf-Astoria, onde seria realizada a coletiva, e ficaríamos hospedados por ali mesmo. Quando entramos no quarto, devidamente aquecido, respirei aliviada. O calor do ambiente me tranquilizou mais ainda, principalmente depois de perceber que James agora nem se preocupava em reservar dois quartos, e sim um só. Era praticamente uma rotina de casados mesmo.

Eu me desempacotei, porque era essa a sensação: a de que eu era um pacote humano. Nem em Campos do Jordão a temperatura era assim tão baixa. Estiquei meu corpo congelado na cama e automaticamente me enfiei embaixo dos edredons quentinhos. Ouvi James rindo e sentando ao meu lado.

— Ei, você está legal?

— Não, congelei do cabelo pra baixo, mas acho que vou sobreviver.

— Hum, você quer companhia aí embaixo? Sabia que dois corpos se esquentam melhor? Mas para isso têm de estar sem roupa alguma — explicou ele maliciosamente.

— Hum, nem com a SWAT você conseguiria me fazer tirar minhas roupas quentinhas! Acho que estou anestesiada aqui embaixo e não vou sair nunca mais. Pode ir para a sua coletiva, eu te espero aqui, imóvel. Não vou sair nem pra ir ao banheiro.

— A coletiva é daqui a três horas, dá pra fazer um monte de coisas até lá... Tenho uma ideia excelente pra fazer seu sangue ferver de novo. Vai tirá-la desse torpor — disse ele, já entrando embaixo das cobertas.

Dali a uma hora, pude enfim sentir meu corpo voltando de outro torpor, proporcionado pelo insistente James Bradley. Não que ele precisasse insistir muito. Bastava um chamego para que tudo se resolvesse do jeito que ele queria e eu também.

— James, fiquei com medo que meu nariz caísse de tanto frio — comentei rindo.

— Você não viu nada! Na época das nevascas, fica mais frio ainda...

— Cruzes! O povo sai de casa?

— Algumas pessoas não. Seria bem legal se nós resolvêssemos ficar presos em casa em um caso como esse... Acho que eu teria umas ideias bem interessantes para passar o tempo — respondeu rindo.

— Sei, e essas ideias exigiriam ficar o dia inteiro na cama?

— Exatamente...

— E como comeríamos?

— Sei lá... Comida enlatada enfiada embaixo do travesseiro.

— Uau! — exclamei e comecei a rir. Eu estava preocupada em como sairia de dentro daquele casulo quentinho e enfrentaria o frescor do quarto para tomar banho e trocar de roupa. — Agora entendo porque quem mora em lugares com clima ártico fica muito tempo sem tomar banho!

— Hum, entendeu?

— Estou sem um pingo de coragem de ir tomar banho, acho que vou virar *hippie*...

— Ou uma europeia, ou uma esquimó... — retrucou James, rindo.

— Droga de costume ultratropical, não consigo ficar sem tomar banho! Se eu morrer congelada no banheiro você tenta me reanimar? — perguntei, fazendo piada da situação.

— Claro, minha respiração boca a boca é infalível... — respondeu James, mostrando na prática. — Mas me avise se realmente estiver sentindo frio, Nina. Os quartos e banheiros devem estar devidamente aquecidos, então, você não tem que sentir nenhum desconforto ou mudança de temperatura. A parte interessante de ter um aquecedor nessa época do ano é exatamente te passar a impressão de que do lado de fora não está tão congelante.

— E aí, quando colocamos o pé do lado de fora do saguão, percebemos que aqui dentro era um verdadeiro paraíso?

tapete VERMELHO

James riu antes de me dar um beijo.

— Algo assim.

Um tempo depois, consegui criar coragem e saí da letargia do frio. Tomei um banho quente e voltei para o quarto. James estava recostado preguiçosamente na cabeceira da cama e me aguardava.

— Juro que se continuar frio desse jeito, esse será meu único banho do dia, tá bom?

— Tá bom. Vamos? Quer comer alguma coisa antes de enfrentarmos a fúria no auditório?

— Hã... não, estou sem fome. Mas um chocolate quente desceria bem.

— Então vamos, pequeno cubo de gelo.

— Engraçadinho...

Saímos abraçados e rindo do quarto. Uma coisa eu tinha que admitir. O frio nos permitia ser chiques. As roupas eram mais estilosas porque podiam ser compostas com peças superlegais como cachecóis, botas, boinas. Nisso Jenny era mestre! Ela combinava o nosso estilo casual com o fator climático, além do evento concorrido em si. James estava de *jeans* e tênis, mas com um pulôver de gola rulê preto e uma jaqueta de couro também preta. Eu estava com um casaco, um sobretudo preto e um cachecol vermelho lindo que deixava o visual mais descontraído e dava um charme ao *composé jeans* e botas sem salto. Como faríamos um passeio depois da entrevista, eu queria estar confortável. Meu cabelo estava preso num rabo de cavalo informal. Com o frio, meu rosto estava corado e não requeria maquiagem.

Entramos no auditório do hotel e fomos logo conduzidos à área específica, já que havia um grande tumulto no *lobby* do hotel. Era como seria sempre, eu sabia. As fãs sabiam a localização exata de James: sempre sabiam, nunca falhavam. Era uma organização, uma ONG. Era impressionante o quanto o mercado de fanáticos movimentava, eles eram extremamente organizados em tudo: tinham sites de relacionamentos em que trocavam informações, tinham redes de informantes para monitorar cada passo de seus ídolos, era uma coisa muito bem engendrada. Na maioria das vezes, eles eram *elas*, na verdade, porque 98% tinham dois cromossomos X nos genes, eram respeitosas e educadas. Algumas afobadas, outras histéricas, melindrosas, tímidas, atiradas. Eu já tinha visto de tudo: desde crianças até senhoras.

Decidi, naquele exato momento, que alugaria os últimos filmes de James e assistiria de cabo a rabo para conseguir acompanhar o fluxo da obsessão dessas seguidoras fiéis. De certa forma, as fãs já tinham até mesmo se acostumado com minha presença quase constante ao lado dele. Algumas acenavam, outras me cumprimentavam pelo nome. Era como se me conhecessem também. Mas percebia que algumas sentiam uma raiva profunda de mim. Inveja, talvez, mas eu ainda dava o benefício da dúvida, já que estava no lugar que muitas dariam tudo para estar. Algumas fãs eram tão ardorosas que eu chegava realmente a acreditar que amavam profundamente James Bradley. Amavam mesmo, literalmente! James dizia que a maioria era aficionada e apaixonada pelos personagens, e não por ele em si. Quanta modéstia! Essa teoria poderia até ter um pouco de verdade, mas quem não se apaixonaria por ele? Digo, se realmente o conhecessem. James era gentil, educado, cavalheiro, terno, carinhoso, atencioso. Eram tantos adjetivos que não caberiam em uma folha só. Seus defeitos tampouco ficavam encobertos. Ele era ciumento, meio possessivo, mandão. Gostava das coisas do jeito dele, mas tentava ao máximo permitir que minhas opiniões fossem observadas. Acredito que o costume de ser quem era, ter tudo à mão, ser bajulado ao extremo, possivelmente o tenham tornado na pessoa mal-acostumada de hoje. Enfim, quem não tinha qualidades e defeitos coabitando juntos em si mesmos?

Perguntei a James se eu poderia ficar no *lobby* atrás do palco que estava com os lugares devidamente dispostos para o diretor, os produtores e ele. A atriz que fazia par romântico com ele também chegaria dali a pouco. Nem atentei para o detalhe de que Jeremy Hunttington também estaria ali. Estava concentrada em ler umas revistas, quando ele chegou e parou atrás de mim.

— E então? Fui devidamente perdoado por minha impertinência na outra noite? — perguntou, de forma polida.

Olhei para cima, percebendo que ele era realmente muito alto e analisei suas feições.

— Hum, tudo bem, mas acho que você não se importaria se eu dissesse que não estou muito a fim de papo com você, não é mesmo? — tentei responder da forma mais gentil possível, sabendo que pareceria

tapete VERMELHO

rude de qualquer maneira.

— Uau, ser desprezado realmente dói, pra valer... Engraçado, nunca tinha experimentado este sentimento antes — respondeu ele dramaticamente, colocando a mão no coração.

— Há sempre uma primeira vez para tudo, senhor Jeremy. Com licença — respondi e me retirei dali na mesma hora. Eu realmente não estava a fim de papo com ele e não queria perder meu bom humor. Além do mais, não queria que James se indispusesse com ele ali, na presença da imprensa, muito menos por minha causa. Isolei-me em uma área onde eu poderia ler sossegada. Como eu já tinha ido a algumas coletivas desse último filme, sabia exatamente o teor das perguntas, então não senti culpa alguma por não acompanhar o andamento da entrevista. Fiquei sentada lendo calmamente minhas revistas quando uma moça se aproximou de mim e se sentou ao meu lado.

— Olá. Você é a noiva de James Bradley, não é mesmo?

— Sim. E você? — perguntei, desconfiada. Ela era um pouco mais nova que eu, mas eu sempre olhava com desconfiança. James disse que era impressionante como as revistas conseguiam infiltrar pessoas para conseguirem informações sobre sua vida.

— Sou filha do diretor, Paul Sempler. Meu nome é Lauren. Devo confessar que fiz meu pai me trazer aqui só pra poder conhecer você — disse ela, timidamente.

— É mesmo? — perguntei, surpresa. — E em que posso ajudá-la?

— Sou sua fã.

Comecei a rir. O que aquela garota estava dizendo? Minha fã por quê?

— Por quê, Lauren? — perguntei calmamente, esperando pela resposta.

— Você chegou ao país, conheceu o cara mais gato do mundo, soube como conquistá-lo, vai se casar com ele, isolou o gato Jeremy Huntington e consegue ser *fashion* a qualquer hora do dia. Enfim, sou sua fã. Você é simplesmente o máximo.

— Você não acha que está exagerando? — Eu estava constrangida. Acho que meu rosto devia estar vermelho como um pimentão.

— Eu disse alguma mentira?

— Não, mas da forma como foi colocada fica meio estranho. Acredite, nada disso foi premeditado. Além do mais, não sou esse ser *fashion* que você está falando, nem me ligo em moda... Pode acreditar.

— Eu sei. Mas é isso que é fascinante. Torna as coisas mais emocionantes. Todo mundo da equipe do filme do papai acha você o máximo. Além do mais, achamos você linda e que deveria fazer carreira de modelo...

— Agora tenho certeza de que você está exagerando! Você não acha que sou baixinha e velha demais pra isso, não? — perguntei rindo. A conversa estava realmente divertida. Lauren era muito simpática e autêntica. Era espontânea, como todas as adolescentes. — Quantos anos você tem, Lauren?

— Dezesseis. Meu pai me acha muito efusiva, desculpe se estou incomodando você.

— Não, tudo bem. — Coloquei minha mão sobre a dela.

— Eu não acho que estou exagerando. Aquelas fotos suas da *Harper's* e da *Vogue* ficaram simplesmente um espetáculo! Ficaram demais! Você deve ter ouvido os comentários gerais. Meu pai comentou que tinha até um produtor e um roteirista que tinham um papel pra você em algum filme.

— É mesmo? Eu pagaria para ver a reação de James... — falei zombeteiramente.

— Papai falou com ele, mas ele não deixou nem o assunto esquentar. Disse até que apresentaria a oferta, desde que você estivesse sendo assessorada adequadamente, porque não permitiria que ninguém te explorasse. Papai disse que ele é superciumento com você.

— É mesmo? Nem deveria. Eu é que deveria ter ciúmes, você não acha? Está ouvindo a gritaria? É tudo por ele.

— Eu sei, as mulheres ficam loucas, né?! Eu mesma quase desmaiei no dia em que meu pai me apresentou ao James. Mas aí perdi todas as chances quando ele conheceu você... — respondeu, rindo.

— Gostei de você, Lauren... Confesso que estou tendo uma tarde muito mais agradável do que se tivesse ficado sozinha.

— Você vai à festa de divulgação hoje?

— Não sei, James não comentou nada.

— Se você for, a gente se encontra por lá, então. A coletiva está acabando, meu pai vai ficar uma fera se souber que fiquei te importunando.

— Você não me importunou, de forma alguma. Obrigada pelos elogios, mas ainda acho que você é muito exagerada.

tapete VERMELHO

— Sou nada. Você ainda vai ver a multidão de meninas que copiam tudo o que você faz. Minhas amigas vão adorar saber que te conheci pessoalmente! — disse ela e saiu correndo.

Neste instante, James se desvencilhou de algumas pessoas e veio ao meu encontro. Percebi que ele estava nervoso e entendi o motivo logo de cara: Jeremy estava atrás dele, tentando conversar. Ele se desvencilhou dele também e me puxou para um canto, chamando Carl com os olhos. Nós nos dirigimos para o saguão e achei que iríamos subir para o quarto, mas na verdade saímos do hotel. Lá fora, ele acenou para os fãs que estavam na rua e foram surpreendidos por sua rápida saída. Entramos no carro e só aí ele finalmente voltou a respirar normalmente.

— Pooorra. Achei que não ia conseguir sair de lá sem dar uma surra no Jerry — falou ele, de pronto.

— Jimmy, você ainda não se esqueceu desse assunto? Porque eu já.

— Eu sei. Tanto é que vi você conversando com ele — respondeu, enciumado.

— Na verdade, não estava conversando, eu o estava dispensando — respondi.

— Ele te importunou de novo? — perguntou, irritado.

— Não. Ele queria se desculpar outra vez. Mas acho que tem mais a ver com o ego dele do que com qualquer outra coisa.

— Como assim?

— Acredita que ele disse que nunca tinha se sentido rejeitado? Estúpido... É tão acostumado a ter as mulheres se acotovelando por causa dele que minha recusa em ser sua amiga o deixou magoado.

— Idiota. Eu devia tê-lo colocado em seu lugar — disse James, nervoso.

— Conheci uma amiga, se é que posso chamar de amiga... Mas eu me diverti bastante.

— Quem?

— Lauren Sempler, a filha do diretor.

— A Lauren? Ela estava lá? Paul não gosta de trazê-la em coletivas porque ela fica frenética.

— Ah, achei-a divertidíssima... Sabe que ela me contou umas coisas bem interessantes?

— É mesmo? O quê, por exemplo?

— Que eu recebi um convite para fazer um filme, mas meu agente recusou — contei, irônica.

— Que agente? — indagou ele, sem entender. Quando a percepção chegou, sorriu cínico. — Ah, eu! Não é que recusei... apenas disse que você teria que estudar tudo com muita cautela. Que as coisas não eram bagunçadas assim...

— Hum... só isso o motivou? — perguntei com os braços cruzados.

— Vou ter que admitir que a ideia de ver minha mulher beijando outro cara, que não eu, também pode ter sido um pouco indigesta... — admitiu.

— James, você é muito cara de pau! Não terei que ver você beijando outras atrizes por aí?

— É diferente, você me conheceu já ator... Eu te conheci pura e intocada — confessou ele, e me abraçou fortemente.

— Mas, James, seria só beijo técnico! Você poderia até me ensinar... — provoquei.

— Nem pensar! Em hipótese alguma!

— Tá bom, vou me resignar a ficar em casa...

— Ótimo! — brincou ele e riu quando lhe dei um beliscão.

— Mas ela disse que eu poderia ser modelo... Aquelas fotos deram certo, eu poderia investir na carreira, o que você acha? — continuei perturbando, sabendo que ele iria explodir em breve.

— Hum, as fotos ficaram maravilhosas mesmo, tenho que concordar. Mas não sei se quero você exposta mais do que já está sendo por aí...

Bufei diante dos argumentos.

— Ah, James, só umas fotos de biquíni não farão mal algum! — continuei provocando.

— De jeito nenhum, já disse que esse aspecto da sua formosura só eu posso ver!

— Nossa, você está mais careta do que antes.

— Estou mesmo! À medida que as pessoas vão te conhecendo, mais vão te querendo... Veja o Jerry, por exemplo: temo que sua dispensa tenha atiçado o instinto de caça dele.

— Olha quem fala. Por um acaso não sou eu que tenho que dividir você com um zilhão de mulheres espalhadas pelo planeta Terra?

tapete VERMELHO

— Dividir não, sua boba... Eu sou seu, lembra? Só seu! Você só divide minha imagem, meus personagens. Apenas isso. Sabe que houve uma época, logo depois do sucesso de *Maverly Island* que achei que ia ficar louco? Nessa época, sim, eu bebia um pouco além da conta: queria ser eu mesmo e, na verdade, as pessoas queriam o personagem. Elas me viam e achavam que estavam vendo o cara do filme. Isso quase surtou minha cabeça, mas daí fui fazer terapia e me ajustar à sociedade de novo. Comecei a aprender a lidar com o sucesso repentino, as fãs, a mídia, tudo. Se não tivermos a cabeça no lugar, dá pra pirar. Sucesso, dinheiro, fama, mulheres, balada, tudo à mão, disponível na hora que você quiser... Isso dá pra fundir uma cabeça mais fraca. Além do mais, ficamos completamente à mercê da fama. Conheço alguns artistas que surtaram quando não foram reconhecidos pelos fãs nas ruas. É até estranho, porque é uma contramão do que você vive ou suporta.

— Como assim?

— Quando somos famosos, não temos um pingo de privacidade, como você já deve ter percebido. A nossa liberdade fica restrita. É como se estivéssemos em um aquário e fôssemos observados o tempo todo, e a sensação de afogamento é bem real. Mas como você mesma me disse uma vez, é o preço que pagamos por termos escolhido essa carreira. Só que isso vicia, e quando você cai no esquecimento e consequente anonimato, isso mexe com o ego. Daí muitos atores terem se afundado mais ainda na decadência e se acabarem em drogas, bebida e outras coisas mais. Sabe que tem artista que cava algum tipo de escândalo só pra poder estar na mídia de alguma forma?

— Sério? Já ouvi falar de coisas assim, mas achei que fosse exagero.

— Isso rola. Pode crer.

— Poxa, que triste! Ser refém de sua própria escolha. Poderia ser tudo tão mais simples, né?!

— É. Poderia. Mas ainda bem que encontrei você, e agora não preciso me internar numa clínica de reabilitação.

— Hum? — perguntei, confusa com o raciocínio dele.

— Foi graças a essa onda de boatos que nos encontramos e estamos juntos agora, lembra?

— Ah, sim! Você me usou, seu abusado!

— Isso mesmo! E você caiu na minha rede direitinho... Nina?

— Hum?

— Se eu tivesse simplesmente te chamado pra sair naquele dia, sem subterfúgio nenhum de ajuda sua, você teria aceitado?

— Hum, não sei. Acho que não. Acho que iria pensar que seria só mais uma na sua lista enorme de conquistas e que você pudesse ser algum tipo de tarado hollywoodiano — brinquei, rindo.

— Hum, até faz sentido. Mas ainda bem que o subterfúgio aconteceu, não é mesmo?

— É mesmo. Mas, mudando de assunto: e então, vou poder fazer algum filme, lascando um beijaço em algum ator megagato, tipo, James Bradley?

— Só se for um filme em que você esteja vestida de noiva e se dirigindo para o altar para encontrar comigo. Aí, sim, você pode fazer parte de uma filmagem — disse ele simplesmente, encerrando o assunto com um beijo cinematográfico.

tapete VERMELHO

Capítulo 25

MARINA

Depois de um passeio rápido por Manhattan para umas compras que James disse serem essenciais, voltamos para o hotel, ainda abarrotado de fãs enlouquecidas. O frio ainda me tirava toda a vontade de sair, e, quando James comentou sobre a festa de lançamento mais tarde, me arrepiei.

— James, por que divulgação e lançamento se o filme ainda está sendo rodado? — perguntei, curiosa.

— Por quê? Para atiçar a curiosidade do grande público! Você tem que lhes dar o gostinho na boca. Por isso se lançam teasers dos filmes, para a galera ficar curiosa e começar a marcar no cronômetro a data do lançamento oficial, sacou?

— Saquei, muito bem pensado... — respondi simplesmente. — Posso ficar aqui no hotel enquanto você vai lá?

— Por quê? Você não quer ir comigo? — indagou James, sentando-se ao meu lado.

— É que estou com tanto frio, estou sem coragem de sair daqui...

— Nem para ir a um show da Alicia Keys depois?

— O quê? O que você está me escondendo? — perguntei, quase sentando no colo dele.

— Já consegui os ingressos e tudo o mais. Você não gosta dela?

— Mas e a festa? — perguntei, excitada.

— Vamos dar uma passada lá, mostrar as caras, dar uns sorrisos e tirar umas fotos, daí saímos à francesa e nos dirigimos ao Rock Center. Armei até pra você conhecê-la pessoalmente.

— Sério? James, você é o máximo, sabia? Como eu posso recusar? — Dei-lhe um superbeijo de agradecimento e fui me arrumar. Já estava dentro do banheiro quando perguntei: — James? Que roupa temos que usar?

— Pode ser casual. A festa de lançamento é bem *light*.

— Posso ir de tênis? — zombei descaradamente.

— Claro, vai lançar moda! Você já não sabe que está fazendo isso?

— O quê? — perguntei, colocando a cabeça para fora da porta do banheiro.

— As adolescentes estão adorando imitar seu estilo casual. O estilo "não-tô-nem-aí-pra-nada-e-ainda-fisguei-James-Bradley" — falou ele, rindo.

— Sério? Que estranho! Isso é só porque me visto pra mim mesma ao invés de me vestir para agradar outras pessoas?

— Exatamente. Elas adoram isso. Você passa um senso de liberdade. A maioria é tão escrava da moda, e você não.

— Hum... — murmurei, simplesmente. Fui tomar banho e esqueci o assunto. Eu nunca quis ser ícone pra ninguém. Mas o fato de ser livre para me sentir à vontade para usar qualquer roupa e ter feito muitas meninas sentirem a mesma coisa me deixou alegre. Minha boa ação estava feita.

Depois de me empacotar toda com um estilo confortável, mas bonito, me joguei na cama esperando James sair do banho. Eu tinha que admitir que estava empolgadíssima com o show.

Na verdade, a cidade de Nova York tinha um ar muito semelhante ao de São Paulo. Eu sempre identifiquei algumas cidades americanas com as brasileiras: o Estado da Califórnia era irmão gêmeo do Rio de Janeiro. Los Angeles, então, tinha o mesmo espírito do Rio. Nova York era uma mescla de todos os povos, elétrica, frenética, terra dos *workaholics*, então era praticamente a mesma essência de Sampa. O Texas pra mim se assemelhava a Goiás e suas fazendas. Washington D.C era como o Distrito Federal, capital do país: centro de todas as decisões políticas. A Flórida poderia ficar na categoria de algum Estado do Nordeste. Talvez Orlando se assemelhasse a Fortaleza, já que o Beach Park era o divertimento preferido, guardadas as devidas proporções de comparação com a Disneyworld.

Resolvi parar minhas divagações malucas e me levantei para olhar a janela. Lá embaixo eu podia ver os cartazes sendo agitados, as fãs sentadas nas calçadas, tudo para aguardar uma oportunidade de ver um ídolo de perto. Não era só James que estava hospedado ali, deveria haver mais uma dúzia de outros artistas no mesmo hotel. Estava sacudindo minha cabeça pensando na loucura dos fãs instalados no frio lá embaixo quando James me abraçou e colocou a cabeça no meu ombro.

— Pensando em desistir de sair? Posso pensar em algo melhor para fazermos no calor do nosso quarto... — falou ele, preguiçosamente.

— Não, já que estou pronta, agora quero sair. Nesse frio me falta coragem para tirar a roupa...

— Ui. Essa doeu.

— Por quê? — perguntei, sem entender.

— Tirar a roupa estava nos planos da oferta anterior...

— Ah, seu maníaco. Não era desse tipo de tirar a roupa que eu estava fugindo! Além do mais, no outro tipo você pelo menos me deixa fervendo, dá até pra derreter uma geleira...

— Uau, melhorou um pouquinho meu ego ferido...

— Seu bobo — falei e dei-lhe um beijo caloroso para deixar claro que minhas intenções com ele envolviam até terceiros planos.

Saímos do hotel e fomos para a festa de divulgação em um *night club* nova-iorquino de cujo nome não me lembraria nem se eu quisesse. Só sei que era badaladíssimo. O local estava apinhado, mas eu honestamente só pensava no show de Alicia Keys. Enquanto esperava pacientemente James tirar todas as fotos possíveis e imagináveis, eu repassava em minha cabeça as músicas dela de que mais gostava. Em um determinado momento, procurei a garota Lauren pelo local, já que ela dissera que estaria ali. Pensei que poderíamos até mesmo chamá-la para ir conosco. Eu realmente tinha gostado dela. Definitivamente estava sentindo falta de uma amiga. Até aquele momento, não tinha me dado conta de que não tinha uma amiga para fofocar e fazer programas femininos. Meu mundo estava girando em torno de James Bradley e eu não tinha dado falta do contato com o mundo cor-de-rosa até conversar amigavelmente com Lauren Sempler. Será que eu conquistaria outras amizades além dela? As mulheres do meio artístico pareciam ser tão superficiais, interessadas somente em aparências, e definitivamente não partilhávamos o mesmo habitat.

Vasculhei o lugar saboreando um coquetel delicioso e deparei com

tapete VERMELHO

209

um par de olhos me encarando: Jeremy Hunttington. Saco! Desviei o olhar e encontrei Lauren em um canto conversando com um jovem rapaz. Hum, provavelmente ela não gostaria que eu a atrapalhasse. Fiquei na minha. Evitei olhar na direção de Jeremy novamente, mas eu já estava suando frio. Qualquer perspectiva de encontro com o sujeito me deixava nervosa e agitada, me fazia querer sair do lugar na mesma hora. Estava me dirigindo para onde eu imaginava que James estaria quando agarraram meu pulso, novamente. A sensação de *déjà vu* foi forte e intensa e eu me virei já sabendo quem era.

— Olá, Jeremy — cumprimentei, olhando para a mão dele no meu pulso. — Você se importaria?

— Ah, desculpe! Olá. Como você está? Hoje à tarde te achei meio nervosa...

— Não, eu estava muito bem, obrigada. Com licença, vou procurar James... — Nem precisei me dar ao trabalho: o encontro que eu não queria que acontecesse aconteceu. James postou-se ao meu lado e olhou de forma ostensiva para Jeremy Hunttington.

— Olá, Jerry! Já não tínhamos combinado que para prevalecer o bem-estar em nosso convívio, você não dirigiria a palavra à minha noiva? — indagou James, suavemente.

— Ah, sim, eu só quis ser gentil depois da maneira grosseira como me comportei — respondeu Jeremy, ironicamente.

— Pois bem, poupe-nos da gentileza. O que você tinha que fazer, já fez, pedi que você não a procurasse em hipótese alguma e que fingíssemos que vocês não se conhecem. É pedir muito a você?

— É, sim, é difícil ignorar uma belezura como ela...

James se retesou ao meu lado e avançou na direção dele. Eu o segurei pelo braço e pela camisa e pedi na voz mais baixa que consegui proferir:

— Jim, por favor, por favor, vamos embora agora? — pedi, desesperada. Acho que ele percebeu meu desespero e olhou para mim. — Por favor, vamos, eu não quero estragar a noite...

— Tudo bem, mas vou te avisando, Jerry: se você se aproximar novamente dela ou se ela se sentir incomodada por sua causa, acabo contigo, entendeu? Não estou brincando! — ameaçou. Jeremy deu um sorrisinho enviesado e levantou o copo de uísque, como se estivesse brindando.

Aquilo foi um gesto que para muitos pode ter passado despercebido, mas para mim pareceu que haveria uma revanche de alguma forma.

Saímos dali e eu estava tremendo de nervosismo. Nem em sonho, eu imaginaria uma desavença daquele nível com a minha pessoa envolvida. Embora praticasse arte marcial como esporte, nunca tinha sentido prazer em uma luta, rixa, atrito ou combate, tanto que não aceitava participar de campeonatos. Eu odiava toda forma de briga, barraco ou coisa que o valha. Então, ser o centro de uma possível disputa, mesmo que não fosse física, me doía os ossos.

Chegamos ao Madison Square Garden para o show. Eu estava agitada, mas já sentia o frenesi da empolgação me envolvendo. Não trocamos uma única palavra no carro durante todo o trajeto. Ficamos em um local para os VIPs já que onde houvesse aglomeração de pessoas, James Bradley não poderia estar, pois haveria tumulto na certa — e de tumulto eu estava fugindo como o diabo foge da cruz. Depois de uma dose de uma bebida que peguei no balcão para esquecer o episódio Jim/Jerry, fui para o lugar onde ele estava me esperando. Percebi que estava carrancudo e resolvi não falar nada até que resolvesse abrir a boca, já que eu não sabia por que estava emburrado. Será que estava me culpando pelo encontro fatídico com Jeremy? Eu avisei que não queria ir à tal festa, não avisei? Decidi que já que eu não tinha feito nada, não deixaria o evento se perder na maré de mau humor em que James se encontrava naquele momento. E olhe que eu tinha pedido para ir embora e não estragar a noite.

Aparentemente a noite já estava estragada, eu é que não tinha percebido isso. Depois de um certo tempo, notei que a bebida de que eu tinha me servido era alcoólica, então, se havia uma classificação para uma pessoa alegrinha, esse alguém era eu. Cantei todas as músicas, dancei a valer e estava no auge da minha *performance* dançante quando senti James me abraçando firmemente por trás e falando no meu ouvido:

— Sabia que você até que fica interessante bêbada?

— Bêbada? Quem está bêbada? — perguntei, com a voz meio estranha.

— Acho que você não percebeu que sua bebida era *Frozen*, não é mesmo?

— Poxa, mas estava uma de-lí-cia! Vou querer outra daquela... — falei, tentando me soltar.

— De jeito nenhum, nós vamos para casa. O show está quase no fim.

tapete VERMELHO

— Ah, agora você está falando comigo, né?! Eu não quero ir embora de jeito nenhum. Você está mal-humorado, não gosto de você assim.

— Nina, não estou mal-humorado com você. Vamos, não dá pra explicar com você desse jeito.

— Que jeito? Eu tô superLE-GAL... uhuuu! — Continuei dançando tanto quanto o abraço de ferro dele permitia.

— Vamos embora. Sua cabeça vai explodir em poucos minutos...

— Por quê? Eu não estou sentindo nada, minha cabeça tá legal! CARACA, estou com calor! — falei em português e comecei a rir. James saiu me arrastando dali, já que eu relutava, e falava, na minha língua mãe, que queria ficar mais, estava curtindo o momento.

Quando chegamos ao carro, James pediu a Carl que comprasse uma garrafa de água com gás e que esperasse fora do carro.

— Nina, Nina... Olha aqui pra mim e converse em inglês.

— Não, não quero, quero falar em português, assim ninguém vai me entender mesmo! — disse e comecei a cantar. Eu estava suando em bicas e queria tirar o agasalho, a roupa... Eu estava queimando.

Nesse momento, senti minha língua meio entorpecida. E minha cabeça começou a rodar. Bem que ele avisou que minha cabeça ia começar a doer, e não é que ele estava certo? Parecia que uma britadeira estava instalada ali bem no meu lobo occipital. Senti um suor frio escorrer pela testa e minha língua secou na hora. Poxa, que viagem, parecia que eu estava chapada.

— James, não estou legal... — continuei falando em português. Nesse momento tirei o agasalho e minha blusa. Ah, depois eu entendi porque o Carl tinha ficado lá fora: eu estava no auge de um *striptease* involuntário.

James me deu a garrafa de água e, ao mesmo tempo, pegou um pano molhado e passou na minha testa, pescoço e colo dos seios. Pelo menos aplacou o calor insuportável, momentaneamente. Bebi um gole longo da água e senti a ardência na garganta, já que era água gaseificada.

Que bela maneira de encerrar a noite. Dos acontecimentos no carro não me lembro de mais nada, porque simplesmente apaguei.

Quando acordei, eu já estava no quarto, de pijamas, e sentia uma forte dor de cabeça, além de uma sede insuportável. Senti o estômago revirar ao tentar me sentar rápido na cama. James estava acordado, lendo um livro ao meu lado. Percebi que deveria ser de madrugada ainda.

— *Argh*, que gosto horrível na boca!

— Tome, beba isto aqui, vai aliviar a dor de cabeça e o enjoo — sugeriu ele com um sorriso maroto. — Ah, você já poderia voltar a se comunicar em inglês, por favor?

— Hã? Ah, desculpe... O que aconteceu? Digo, depois que eu... sei lá, não me lembro de muita coisa, acho que perdi alguns episódios da noite — disse eu, constrangida.

— Ah, perdeu mesmo! Desde o *striptease* até a dança frenética em cima do capô do carro...

— O quê? — gritei e me arrependi amargamente por isso. A cabeça parecia que ia explodir em milhões de pedacinhos.

— Calma, é brincadeira! O *striptease* foi só pra mim... — revelou James, ainda rindo e me abraçando. — Agora fique aqui quietinha. Posso perceber que você nunca tomou um porre na vida. Você é fraca mesmo pra álcool, hein?!

— Eu sou, nunca bebi nem cerveja... O que foi que eu bebi mesmo? Ah, aquele copo com uma fumacinha bem legal.

— Isso! Com teor alcoólico altíssimo somado a um comprimidinho dentro.

— O quê? — perguntei, aflita.

— Não se preocupe, já descobrimos o cara que deu a bebida batizada para você e ele vai se ver comigo depois.

— Como assim? Quer dizer que tinha droga na bebida? — perguntei, chocada.

— Ecstasy. Deixou você doidona! — explicou ele, rindo.

— James! Isso não tem graça nenhuma! Nunca usei nada disso na minha vida inteira!

— Eu sei, meu amor, por isso vou arrebentar o cara amanhã.

— James, estou tão sem graça... — confessei, sentindo uma imensa vontade de chorar. Era muita vergonha para uma pessoa só.

— Ah, não, Nina, nem pense em chorar... Guardadas as devidas

tapete VERMELHO

proporções, foi bem interessante e engraçado. E muito excitante também! Não sabia que você dançava tão bem, até mesmo nas músicas lentas. — James tentava aliviar o desconforto que eu sentia no momento.

Afundei meu rosto no pescoço dele e abafei o riso, mesclado às fungadas de leve. Eu tentava conter a vontade de chorar de puro embaraço. Que vergonha. E se tudo tiver sido fotografado? Se o que James disse sobre a mídia plantar situações embaraçosas para flagras espetaculares fosse realmente verdade, então eu dei um presente a eles. Deve ter sido um espetáculo.

— Já reparou que só faço você passar vergonha?

— Que nada, eu me diverti muito! Já te disse mais de um milhão de vezes.

— Então, o que eu perdi? — perguntei, criando coragem e secando as lágrimas furtivas.

— Bem, você dançou e cantou muito, requebrou bastante, nem sabia que você tinha esse gingado todo! Depois que arrastei você para o carro, os efeitos foram mais rápidos: você arrancou a roupa e desmaiou. Dormiu... na verdade, apagou, e não pude nem fazer o que eu estava com vontade.

— E? — indaguei, temerosa da resposta.

— Aí eu te trouxe para o quarto tentando tapar sua boca, já que bêbada você fala mais do que uma matraca, tirei suas roupas, coloquei seu lindo pijaminha e, de novo, não pude nem fazer nada do que eu gostaria.

— E do que eu falei mais que uma matraca?

— Ah, várias coisas, mas, como você não tem nenhum botãozinho de tecla SAP, não pude entender nada. Só a parte do "eu amo você, Jimmy", isso eu entendi. Droga, Nina, por que você tinha que tagarelar em português? Eu não pude reter informação nenhuma! — resmungou.

— Hum, sei lá, se o que eu falei tiver sido embaraçoso, melhor que fique em segredo linguístico mesmo.

— Não gostei. Você falou muito do Jerry, queria saber o que era.

— Provavelmente que eu queria descer a mão na cara dele, e que não gosto do jeito que ele me olha e que não quero você brigando com ele. Não que você não possa acabar com aquele imbecil, mas iria gerar um clima ruim no estúdio, e por minha causa. Além do mais, não quero fofocas envolvendo nossos nomes. Já pensou sobre o que sairia? Nossa,

James! — exclamei, sobressaltada. — E o que será que vai sair amanhã sobre o evento de hoje?

— Nada, provavelmente. Só que você dança muito bem. Pena que não deu pra você conhecer a Alicia! Ela ficaria chocada com a sua *performance* — comentou ele, zombando de mim.

— Sem graça! — disse eu, e dei um murro no seu braço.

— Você gosta mesmo de dançar, né?!

— Gosto. Sou meio eclética quando se trata de música. Eu gosto de dançar, mas não de sambar, por exemplo, o que choca os estrangeiros, já que eles acham que todo brasileiro deve ter samba no pé. Não sou fã de carnaval, então não faço muita questão da prática. Na verdade, já tive várias fases musicais na minha vida. Desde música *country*, forró, axé music, até *new age*. Mas temos o gosto bem diferente, né? Eu nunca fui muito fã de rock e você é um aficionado. Isso te incomoda?

— De jeito nenhum. Cada um tem seu gosto pra música. Além do mais, os opostos se atraem, não é verdade?! Eu já te disse que gosto de tudo em você? — indagou James, me abraçando.

— Jimmy, já reparou que não sabemos muito um do outro?

— O que importa? Vamos ter o resto das nossas vidas para nos conhecer, saber sobre cores, filmes, músicas, flores preferidas etc.

— Hum, e coisas do passado de cada um? — questionei e me ajeitei em seu abraço.

— Eu não me importo com o seu, você se importará com o meu? — perguntou James, meio preocupado.

— Não, mas sei lá, se vamos formar uma família, não deveríamos saber essas coisas?

— Tipo?

— Sei lá, herança genética...?

— Minha família não tem nenhuma doença genética, a sua tem?

— Não.

— Então pronto. O que mais? Ah, o que eu já consumi de drogas ilícitas não poderia afetar minha *performance* genética...

— Hum... — respondi, aliviada.

— Também sempre me preveni sexualmente, e minha lista não é tão grande quanto parece.

tapete VERMELHO

— Hum, e o que eu devo entender por "não é tão grande quanto parece"? — perguntei, ressabiada.

— Sei lá, dezenas de namoradas, quero dizer, ex-namoradas. Nunca pensei em casar antes, nem perto disso, até conhecer você. O relacionamento mais longo que tive foi com uma antiga namorada de colégio, também do teatro inglês, chamada Chelsea Flemming, mas ela saiu do meu pé faz tempo, diferente desse seu Alexandre.

— Não é meu mais, e ele não está no meu pé. Está vendo ele aqui? — falei e levantei meu pé da coberta.

Depois de várias risadas e mais troca de informações um a respeito do outro, com muitas curiosidades satisfeitas, resolvemos finalmente dormir, já que o remédio para dor de cabeça surtira o efeito desejado. Foi reconfortante deitar abraçada a James. Eu já me sentia bem, mas o sono chegou antes da vontade de fazer qualquer outra coisa. Suspirei e deixei que o sono me guiasse à terra dos sonhos, agora que estava me sentindo completamente segura nos braços de James Bradley.

JAMES BRADLEY

Eu sabia que Marina atrairia muita atenção, mas subestimei a intensidade do foco que seria dado. Aquele cara do show fora pago por uma equipe de revista da imprensa marrom para "batizar" a bebida de Nina, com a esperança de conseguirem mais fotos como as do Natal. Aqueles idiotas não tinham mais nenhum pouco de ética profissional no quesito de caça às notícias. Mesmo as falsas, agora eles estavam investindo em adulterar bebidas ou proporcionar que pessoas inocentes acabassem se envergonhando por conta da sede de uma boa fofoca.

Eu precisaria blindar Marina mais ainda contra isso, para fazê-la resistente e uma sobrevivente no meio em que viveríamos a partir dali.

Meu medo ainda era latente de que ela simplesmente resolvesse jogar tudo para o alto, por puro cansaço e irritação de tamanha invasão da privacidade alheia.

Eu colocaria mais seguranças ao redor dela, se preciso fosse. Nada me impediria de protegê-la de toda aquela porcaria que revoava nos bastidores da fama.

tapete VERMELHO

Capítulo 27

MARINA

No dia seguinte, acordei de ressaca. Parecia que eu tinha levado uma bela surra e que, por fim, um caminhão tanque passara por cima do meu corpo, ainda dando marcha a ré. Enfim, eu estava me sentindo um caco humano. Cacei notícias na internet, já que isso estava virando um vício. Queria ver se tinha saído alguma coisa sobre a noite anterior. Aparentemente não tinha nada de interessante e constrangedor. Só as notícias e fotos habituais, do tipo: "casal apaixonado comparece a show de cantora pop".

Depois de me levantar, vi o recadinho de James na mesinha da sala. Ele tinha saído para assinar um contrato de um novo filme e voltaria dentro de uma hora. Pedia ainda que eu o aguardasse e não saísse do hotel. Beleza.

Com a dor insuportável de cabeça que eu estava, não sairia nem da cama, se pudesse, ainda mais porque o friozinho não colaborava para um aventura pelas ruas próximas. Com os *paparazzi* em volta rondando como urubus, então, aí que a vontade sumia por completo.

Criei coragem e tomei um banho, aproveitando para lavar o cabelo e ver se a dor de cabeça diminuía um pouco. Depois de bem agasalhada, mesmo com o quarto bem quentinho, devido ao uso do aquecedor, peguei uma revista e comecei a folheá-la para passar o tempo. Uma batida soou na porta e fui ver. Não deveria ser James, já que ele tinha a chave. Quando abri era Jenny, com meia dúzia de vestidos nas mãos, dizendo freneticamente que haveria uma festa privativa naquela noite e que James deveria comparecer, pois alguns contatos interessantes para novas campanhas estariam por ali.

Eu sabia que esse tipo de coisa era importante porque era uma espécie de investimento financeiro. As finanças dele multiplicavam com campanhas publicitárias, desfiles, aparições em eventos, festas específicas etc., e, até onde eu tinha percebido, James ganhava uma belíssima quantia por cada pequena aparição, mesmo que momentânea, em determinados lugares. Isso sem falar em campanhas publicitárias que pagavam fortunas só para terem seu rosto vinculado a algum produto. Ele era vendável e muito rentável.

Perguntei sobre a festa e Jenny só soube me informar que a assessoria de James exigiu seu comparecimento ao local e que era uma festa de um astro do basquete. Depois, lá se foi Jenny abrindo todas as embalagens de roupas e me usando como uma boneca, já que ela colocava o vestido na frente do meu corpo e os descartava citando o porquê da decisão. Por fim, ficou decidido um macacão modelado ao corpo, porém folgado abaixo da cintura, de uma manga só, azul cobalto, e por cima um casaco lindo de couro branco. Até que o conjunto era estiloso, mas o visual completo ficou tão clássico que me achei esquisita. Mas vestidos de gala não davam a mesma sensação de anormalidade? Então eu já devia estar acostumada.

Embora eu não me importasse com o que os outros pensavam sobre minha forma de me vestir, eu sabia que tinha que cumprir um certo protocolo na hora de sair para um evento junto de James. Principalmente se fosse de grande porte. E só de pensar em grande porte eu gelei, porque a temporada de premiações estava aberta e seriam muitos eventos cheios de *glamour* aos quais deveríamos comparecer.

Quando James voltou, eu ainda estava experimentando roupas com Jenny e, pela cara dele, vi que já sabia que seria obrigado a ir aonde não queria. Ele me deu um beijinho e se despediu de Jenny resmungando que ela já sabia o que ele iria vestir e, portanto, não precisava experimentar.

Alegando uma dor de cabeça, foi se deitar. Estranho. James não gostava de cochilos fora de hora.

Depois de me despedir de Jenny, fui para o quarto. James estava deitado de costas com um braço sobre os olhos. Sentei na cama e espiei para ver se ele estava dormindo mesmo. Se estivesse, não iria perturbá-lo mais do que qualquer coisa que já o estivesse perturbando. Nesse exato momento, ele retirou o braço e me olhou profundamente.

— Oi — disse eu, carinhosamente.

— Oi... — respondeu ele, melancólico.

— Aconteceu alguma coisa que te chateou? — perguntei.

— Mais ou menos.

— O que houve?

— Vamos ter que nos apressar no casamento civil no Brasil. Eu tinha me programado pra ficar uns três dias lá, mas vou ter que voltar antes. Vai haver uma série de premiações agora em fevereiro e terei que comparecer. Ainda tentei me safar, mas quando uma produção de que fazemos parte recebe indicação, temos que estar presentes. Salvo raríssimas exceções. Aparentemente, o fato de eu estar me casando não faz parte do rol de exceções — explicou James tristemente, analisando minha reação.

— Hum...

— E então?

— E então o quê?

— O que você achou?

— James, é seu trabalho, não é mesmo? Então você tem que comparecer...

— Mas eu quero você comigo.

— E quem disse que não vou estar?

— Então você não vai ficar chateada por não poder ficar lá mais tempo? Eu prometo que assim que der, nós vamos pra lá e ficamos com sua família — prometeu ele, empolgado por ver que eu não me opunha a voltar antes do combinado.

— Você não quer mesmo que eu fique lá sem você, né? Você sabe que uma hora isso vai ter que acontecer, não sabe? Em algum momento, irei visitar minha família e você vai estar ocupado e não vai poder... Será que você não vai confiar em mim o suficiente para isso?

— Não é isso, Nina, é que, pelo fato de eu ser uma pessoa pública, cada movimento meu e seu agora será monitorado. Pelo menos enquanto estou no ápice da carreira. Eu imagino que, em algum momento, essa loucura toda vá passar. Aparecerão novos rostos e aí, sim, poderemos ter

tapete VERMELHO

221

um pouco de privacidade. Pelo menos conto com isso.

— Hum, entendi. Tudo bem. O preço que tenho que pagar para ficar com você é esse, não é?! Posso tentar. Você me ajuda de um lado e eu tento te ajudar de outro. É que às vezes essa coisa toda parece muito para eu suportar, mas prometo que vou tentar me ajustar.

— Sério? Posso ficar sossegado?

— Pode. Só tenho medo de acabar te decepcionando em algum momento. Embora pareça que estamos juntos há séculos, não se esqueça de que faz pouco mais de três meses que estou frequentando seu universo particular.

— Certo, sem pressão. Eu te ajudo no que você precisar. Mas só quero que você seja você mesma. Sempre.

— Tudo bem. E quando iremos?

— Daqui a quatro dias. Ficamos em *off* na sua casa e, se sua irmã realmente tiver ajeitado tudo, a gente se casa e volta no dia seguinte. Como será uma viagem extraoficial, viajaremos de jato particular para evitar vazamento de informações. Daí fica mais fácil resolver tudo. De toda forma, antes de irmos, você já deverá deixar assinados os papéis do nosso casamento aqui, assim não precisaremos de novo visto pra você, que estará oficialmente casada comigo. Já sairemos do território americano com tudo devidamente registrado, certo?

— Certo. Você é quem sabe resolver esses detalhes.

— E duas semanas depois, seus parentes vêm pra cá em um voo fretado e ficam por aqui o tempo que puderem. Como as cerimônias de premiações vão acontecer ao longo do mês, teremos tempo para ajustar tudo. A viagem para a França será no fim de fevereiro.

— Tá bem. Mas agora me fale a respeito dessa festa de hoje à noite.

— *Argh*. Pois é! Vai ter um pessoal lá para fazer *lobby* de um filme, e, quando estamos nesse mercado, temos que ficar expostos. Às vezes posso até me dar ao luxo de recusar certas coisas, mas outras não dá. Mas vai ser rápido, espero. É o tempo de fazer uma aparição, dar um alô e pronto. Voltamos para o hotel e amanhã voamos para Los Angeles.

— Então vou tirar um cochilo com você, já que está fora de cogitação um passeio pela cidade. Você não consegue dar um passo sem chamar atenção... — brinquei.

— Hum, posso pensar em outra coisa antes do cochilo... — disse

James, maliciosamente.

James percorreu as mãos experientes pelo meu corpo, afastando as camadas de tecido, fazendo com que eu me aquecesse ao seu toque, nem sequer registrando a ameaça de um súbito frio.

Seus beijos eram distribuídos sistematicamente em cada parte de pele exposta, mantendo-me cativa do feitiço que os olhos agora em um ardente tom de azul-esverdeado me lançavam.

Não era difícil corresponder à intensidade da paixão de James Bradley. E foi exatamente o que fiz. Permiti que meu corpo fosse possuído pelo dele, enquanto eu o admirava e amava cada detalhe de seu rosto.

O som de nossas respirações marcava o silêncio do quarto, misturando-se ao assovio sutil do aquecedor central.

— Você me deixa cada dia mais apaixonado, Nina — declarou ele, à medida que seu corpo mostrava ao meu quem era o cativo ali. Eu achava que era eu, mas James me provava, através de suas palavras e gestos sedutores, que era ele. Ele se entregava todas as vezes a mim.

— Então somos dois, Jim — respondi ofegante.

As mãos fortes deslizaram pela lateral do meu corpo, subiram dedilhando meus braços, erguendo-os acima da minha cabeça, e em um gesto tão íntimo quanto eloquente, se entrelaçaram às minhas, no alto da cabeceira da cama.

— Eu amo você — declarou em português. Aquilo me arrancou um sorriso, já que mostrava que para ele, importava se expressar no idioma ao qual fui ensinada a usar estas mesmas palavras atreladas ao sentimento que compartilhávamos.

— E eu amo você — devolvi em inglês. Dessa vez ele sorriu.

O significado era mútuo. Havia um entendimento entre nós dois. Podíamos ser de culturas diferentes, idiomas distintos, mas o amor compartilhado era de igual intensidade.

Só acordamos muito mais tarde, com a chegada da equipe de maquiagem e cabelo. Apesar de Jenny afirmar que a festa era informal, que não estava no nível da festa de entrega do Oscar, era uma festa luxuosa e deveríamos estar muito bem representados para o mundinho *fashion*. Afinal, James era um ícone e não deveria ser pego pela patrulha da moda de forma negativa, de jeito algum.

Depois de pronta, fiquei aguardando as últimas ligações de James. Estava olhando pela janela quando ele me abraçou carinhosamente por trás e sussurrou em meu ouvido:

— Você está linda, meu amor. Vai causar inveja em todas as mulheres da festa e cobiça em todos os homens. Acho que não vou poder desgrudar de você.

— Então faça isso. Fique junto para garantir que não vou beber nada além de um copo de Coca-Cola — pedi, rindo.

Quando chegamos à mansão, pude ter noção da festinha: ali deveria ter sido gasto uma pequena fortuna. E o motivo? Só para comemorar o início da temporada! Que adorável. Havia celebridades de todos os tipos ali, estava abarrotado. James dissera que muitas celebridades saíam no tapa para participar de festas privadas como aquela, e era impressionante mesmo. O desfile de carros na entrada já dava ideia do porte dos convidados. A mansão ficava em uma área luxuosa em Nova York, em Hamptons, onde as mansões ultrapassavam a casa de dois dígitos de milhões de dólares.

Estávamos nos situando no local quando um grupo de amigos de James chegou e se apresentou. Alguns eu conhecia de vista, mas não lembrava os nomes. Os petiscos estavam deliciosos. Eu estava me acostumando ao fato de que as mulheres queriam conservar a magreza excessiva, então, nas festas não eram servidos jantares calóricos, só petiscos *diet*. Logo, aprendi a sempre sair de "casa" devidamente alimentada. Havia vários ambientes dançantes, a área externa estava bem iluminada, mas ninguém se arriscava a sair por causa do frio.

O grupo de amigos de James era bem divertido, então eu estava realmente apreciando a conversa. Em um dado momento, James foi requisitado para o tal encontro lobista dele. Neste instante, resolvi que seria hora de ir ao toalete. Pedi licença ao grupo e informei que voltaria dentro de alguns minutos, para o caso de James voltar e não me encontrar ali.

Demorei a encontrar o aposento que estava no meu interesse imediato naquele instante. Achei-o em um corredor longo com várias portas laterais. Daí, me lembrei de que essas mansões tinham um milhão de banheiros espalhados pela casa. Pior que eu não encontrava ninguém que pudesse me indicar algum sem que eu tivesse que adivinhar ou abrir todas as portas daquele corredor para chegar ao meu destino. Finalmente, depois de uma eternidade, encontrei meu alvo. O corredor era imenso e, por incrível que pareça, as pessoas não estavam interessadas naquela área, porque parecia praticamente deserta. Não havia ninguém à vista. Por um momento até pensei que estivesse enganada e que deveria haver um toalete mais próximo da área dos convidados. Pensei em desistir, mas estava tão apertada que decidi que iria ali mesmo.

Resolvido meu problema, saí novamente para o longo corredor. Eu estava andando devagar, admirando as obras de arte nas paredes, quando fui abraçada por trás. Não precisei nem de meio segundo para perceber que quem me abraçava não era o meu James, e sim Jeremy Hunttington. Tentei me soltar, mas os braços dele pareciam barras de ferro ao redor do meu corpo.

— Ah, eu sabia que mais cedo ou mais tarde você estaria nos meus braços, doçura... Era só uma questão de tempo... — disse ele, aspirando o perfume do meu pescoço.

— Me solta! Estou mandando! — gritei, debatendo-me. Provavelmente ninguém ouviria, porque o som estava altíssimo e aquela era uma área isolada da festa.

— Ah, não, ninguém me esnoba por muito tempo. Vai ser preciso só te ensinar algumas coisas e você larga seu Jimmy e fica comigo. Você vai ver que sou muito melhor, ele é só um garoto cabeça de vento, eu sou um homem de verdade.

— Um homem de verdade não agarra a mulher do amigo, seu cretino! — exclamei e parei de me mexer porque percebi que isso o estava excitando mais.

— James não é meu amigo, é meu colega de profissão, só isso — disse ele e me virou bruscamente, segurando meu cabelo e me dando um beijo mais rude do que do meu ex-namorado quando embriagado. Foi nesse instante que mandei às favas os escrúpulos e resolvi ignorar todos

tapete VERMELHO

os ensinamentos de artes marciais para não brigar na rua. Eu estava sendo atacada e deveria me defender, certo? Ninguém deve ser agarrada à força, contra sua vontade, independente de quem seja o atacante. O fato de ele ser um astro de cinema não o tornava melhor que um Zé ninguém numa balada.

Dei-lhe um golpe com meu cotovelo, atingindo suas costelas. Depois, em um giro espetacular, dei-lhe um golpe característico do *Tae-kwon-do* e só então senti a dor na minha cabeça, já que o cretino ainda estava me segurando pelo cabelo. Aí eu pirei. Dei-lhe um chute muito bem dado nas costelas, que o derrubou no chão, e fiquei na minha posição de ataque-defesa.

— Acho que você não contava com isso, não é mesmo, Jerry? Pois fique sabendo que não sou a mocinha indefesa e ridícula que você pensava. Sei me defender e odeio quando alguém me agarra contra a minha vontade. E você me deixou muito fula da vida!!!

— Calma, garota, calma aí, esse seu chute já doeu o suficiente. Merda, acho que você quebrou alguma costela minha, sua... sua...

— Se eu fosse você, não continuaria com os impropérios, ou eu desço o pé em você, independentemente de você já estar no chão, entendeu? Seu nojento! Nunca mais chegue perto de mim! — gritei e saí em disparada pelo corredor.

Enquanto eu dava minha corrida alucinada pela festa, com meus olhos procurando freneticamente por James, eu podia visualizar o espanto das pessoas à minha volta. Eu não quis nem analisar a situação. Provavelmente teria alguma coisa a ver com meu visual descabelado. A multidão ia abrindo passagem e mais à frente avistei James conversando com o mesmo grupo de amigos. Ele sorria e, quando se virou para mim, congelou o sorriso no rosto. Eu apenas sinalizei com a cabeça, mostrando que passaria em diante. Estava precisando arejar a cabeça. Ou arrumar o cabelo. Sei lá. Organizar a bagunça que Jeremy provavelmente tenha deixado... Eu estava tão puta que podia sentir os olhos marejando. Lágrimas de pura irritação!

— Nina! Nina! — Pude ouvi-lo gritando meu nome. Eu estava tão desnorteada que não tinha ideia para onde me dirigir. — Espera aí, o que aconteceu? — Ele me alcançou e me virou.

Àquela altura dos acontecimentos, eu já estava com meus nervos em frangalhos, contendo a vontade de voltar e continuar a surra no idiota prepotente e arrogante. Minha aparência não era das melhores também. Passei a mão automaticamente no cabelo e percebi o que já temia: havia um ninho de rato ali. Meu penteado chique estava destruído. Provavelmente minha maquiagem também deveria estar toda borrada, já que o imbecil me agarrou.

— Por favor, o que aconteceu? — insistiu ele.

— James, desculpe, eu só trago aborrecimentos pra você e acho que não seria bom pra sua carreira ficar com alguém como eu. Não consigo controlar meu gênio em certos momentos — comecei, atropelando as palavras, extravasando toda a raiva que brotava do meu peito naquele instante.

— Nina, o que você está dizendo? —perguntou ele, atônito. — Espere aí, isso tem alguma coisa a ver com aquele cretino do Jeremy Hunttington? Ele estava te importunando de novo? Nina, me diga...

— Desculpe, James... acho que me excedi... e bati nele — contei e senti vontade de chorar, mas de raiva e não de remorso. Como muitos poderiam pensar, eu não era tão frágil quanto uma boneca de porcelana, e tinha provado exatamente isso àquele babaca do Jeremy Hunttington.

— Nina, o que ele fez? — James perguntou desconfiado, mas já com o ódio subindo o tom de sua voz.

— Ele me agarrou no corredor quando fui ao banheiro e me beijou à força, aí eu bati nele. Sei que eu deveria me controlar por causa de toda essa coisa de escândalos, fofocas, revistas etc., mas cheguei no meu limite — expliquei. Eu estava falando com a cabeça baixa e nem me dei conta de que James já havia saído dali e me deixado falando sozinha. Corri para a festa de novo, mas incerta se queria entrar ou não. Acabei me decidindo. Já que o escândalo estava feito mesmo, que a coisa toda explodisse.

Corri festa adentro vendo a movimentação de convidados. Percebi que a confusão estava concentrada na parte exterior da festa. Lancei-me pela porta afora e vi James atracado com Jeremy no chão. Os dois gritavam muito e James estava completamente fora de si. Por fim, quando Jeremy já estava com o nariz ensanguentado, conseguiram apartar a briga. James arrumou seu paletó, a gravata e o cabelo.

— Eu te avisei. E vou dizer mais uma vez na frente de todo mundo

tapete VERMELHO

227

aqui: se você se aproximar dela mais uma vez, acabo com você. Acabo com toda a possibilidade remota de um próximo trabalho pra você. Queimo tanto seu filme com as produtoras e diretores que você vai amargar um esquecimento como nunca imaginou, você entendeu, Jeremy? — gritou James.

Vi quando Jeremy sacudiu a cabeça concordando e olhou diretamente para mim. Seus olhos refletiam arrependimento. Provavelmente até mesmo ele havia percebido que tinha passado dos limites.

— E se isso não basta pra você, solicito uma ordem de restrição judicial te impedindo de se aproximar dela. Isso já seria o suficiente pra acabar com a sua carreira. Vou perguntar de novo: você me entendeu? Vocês estão ouvindo, não é? Este maníaco vem assediando minha noiva de maneira ostensiva há dias e hoje ele teve a ousadia de atacá-la no corredor. Daí o merecido castigo. Quero que vocês sejam testemunhas de que estou dando outra oportunidade para ele antes de fazer algo pior do que dar-lhe uma simples surra — anunciou ele para os curiosos e para a turma do deixa-disso que estava por ali.

James se aproximou de mim, enlaçou meus ombros e nos encaminhamos para a saída. No caminho, ele encontrou o anfitrião e pediu-lhe desculpas pelo acontecido.

Quando entramos na segurança do nosso carro, pude ver que ele estava com um leve corte no canto da boca. Olhei para ele com um pedido mudo de desculpas.

— Nem ouse se desculpar, Nina, você não tem culpa de nada! Absolutamente nada, entendeu? — exclamou ele, me abraçando fortemente. — Você está bem?

— Estou. Horrivelmente descabelada, mas estou bem... — tentei brincar.

— Estou falando sério, aquele cretino não te machucou, não é?

— Não, James, eu o machuquei mais do que ele a mim.

— Você deu uma surra mesmo nele? Ouvi alguém comentando...

— Ah, sim, estava te contando, mas você saiu e me deixou falando sozinha...

— Desculpe, Nina, fiquei muito puto quando você disse que ele tinha te agarrado.

— Mas eu dei um jeito nele, você não precisava ter se envolvido. Vocês são colegas de trabalho, estão no mesmo filme, eu não queria esse clima...

— Nina, brigas envolvendo romances é o que mais rola por aqui: a ex de fulano ficou com o cicrano e a ex do cicrano ficou com fulano e beltrano... Acredite em mim, é um mundinho bem promíscuo. E, mesmo assim, se dois desafetos tiverem que trabalhar no mesmo *set* de filmagem, eles vão trabalhar. Podem nem se falar fora, mas dentro do *set* estarão atuando como se nada tivesse acontecido, entende? Existe muito dinheiro envolvido com quebra de contratos.

— Entendo. Nossa, James, estamos há tão pouco tempo juntos e já te meti em cada confusão! Estou envergonhada, envergonhada mesmo! — desculpei-me e senti meu rosto corar.

— Acostume-se, Nina, sua vida comigo vai ser uma aventura sempre! E, acredite, tenho mais medo de você enjoar de passar por tudo isso do que do contrário... — confessou ele.

— Hum, dificilmente. E se amanhã publicarem isso como uma fofoca bombástica? Isso não afetaria sua imagem, digo, você não se preocupa? — perguntei, temerosa.

— Não. Já te disse para não acreditar em tudo o que ler ou assistir. E se eu tiver que confirmar ou negar alguma coisa, tenho assessoria de imprensa pra isso, certo? Se alguém que viu quiser falar alguma coisa, azar o dele. Eu não estou nem aí, você também não deveria estar — afirmou e beijou minha cabeça. Depois tentou ajeitar meu cabelo.

— Nossa, não faço nem ideia de como estou, só sei que o meu penteado já era! O maluco foi agarrar logo o meu cabelo, até parecia briga de mulherzinha! — comentei, rindo.

— Mulherzinha, nada. Pra mim, um cara que agarra o cabelo de uma garota só pode ser um troglodita, um bruto — disse ele acariciou meus cabelos. — Só eu posso dar uma pegada mais forte — continuou ele, segurando um punhado de fios suavemente, mas firme o bastante para me fazer inclinar a cabeça para receber um beijo avassalador. Pronto. Aquilo encerrou a noite.

tapete VERMELHO

JAMES BRADLEY

Eu não imaginava que Jeremy iria tão longe. O filho da puta passou de todos os limites. Quando Marina falou que ele "tocou" nela, meu sangue esquentou e simplesmente deixei assumir a vontade que estava ardendo, há muito tempo, de dar uma surra nele por ousar tocá-la. Ofendê-la com a proposta que fizera antes já era um motivo para que eu quisesse lhe dar uma surra, a partir do momento em que ele avançou o sinal e encostou a mão nela, meu bom senso foi embora pelo ralo.

Persegui o merda na festa e só me lembro de partir para cima. Vingativo como eu era, no dia seguinte eu faria questão de ligar para o produtor executivo do filme informando que se Jeremy não fosse afastado, eu pediria afastamento. Era um tiro no escuro, mas eu arriscaria. Ele já vinha causando tumultos nos s de filmagens desde o início das gravações. Mesmo que estivéssemos adiantados e quase na reta final, a equipe poderia muito bem atrasar tudo para substituí-lo. Foda-se. Eu gravaria cenas novamente, com outro ator, tranquilamente.

Jeremy Hunttington não deveria ter desrespeitado a minha mulher. Ninguém que o fizesse passaria incólume. Naquele momento, o fato de ter um pouco de poder nessa merda de indústria me encheu de satisfação.

Capítulo 28

MARINA

Na manhã seguinte, as notícias bombaram na internet. James me proibiu de dar uma busca no Google pelo universo internáutico de *twitters*, blogs e afins.

Estava em todas as redes de noticiários de fofoca. A assessoria de imprensa de James já havia sido acionada e James decidiu abrir uma parte da história. Pediu que confirmassem a briga, mas por motivo de ciúme, ainda omitindo a atitude grosseira de Jeremy Hunttington. Em resposta, Jeremy havia enviado um e-mail informando que não nos perturbaria mais e que se afastaria dos Estados Unidos, só indo para as gravações na França na época exata. Suspirei de alívio. Não queria encontrar o bruto de novo, e nem queria saber as consequências do encontro desastroso. Esperava que o tivesse machucado o suficiente para que não se esquecesse tão cedo.

Por incrível que pareça, apesar de toda mulher, no íntimo, apreciar ser objeto de disputa entre dois homens incrivelmente lindos, eu não estava nem um pouco feliz ou lisonjeada com a história, porque nenhuma mulher deveria ser obrigada, contra a sua vontade, a desfrutar da companhia de um homem. Embora muitas fizessem loucuras para conquistar nem que fosse um minuto da atenção de um galã de cinema, a atitude de Jeremy foi extremamente ofensiva. Era como eu já tinha conjecturado antes: o encanto por toda a trajetória de talento dele se perdera, ele cairia no esquecimento total na minha mente e eu faria questão de mudar o canal quando ele aparecesse, fosse em entrevista ou em um filme.

James me tirou dos meus devaneios me perguntando se eu já estava pronta para embarcar. Afirmei que sim e saímos do hotel. Os *paparazzi* pareciam uma concentração de final de campeonato de futebol. Os fãs estavam esmagados pelas lentes gigantes de longo alcance. Eles provavelmente estavam tentando captar alguma imagem de hematomas no rosto de James. Não veriam nada. O lábio dele nem ficara inchado. O coitado do Jeremy é que daria uma bela capa de revista. De lutador de MMA, pós-campeonato... depois de uma derrota para Anderson Silva.

Entramos no carro e fomos para o aeroporto. Dessa vez não pegamos um voo comercial, e sim um jatinho fretado. James achou melhor para evitar mais tumulto no aeroporto. Notei que ele estava cansado, mas não abri a boca para perguntar. Na noite anterior, quando chegamos ao hotel, fomos direto dormir e James simplesmente me abraçou. Não sei se eu esperava alguma coisa, mas aquilo me deu um certo grilo. Será que ele ficou preocupado com a repercussão tarde demais?

No avião, me resignei a virar o rosto para a janela e resolvi dar um tempo a ele. Eu já estava acostumada com seu temperamento taciturno quando pensava obsessivamente em alguma coisa. Depois de muito tempo, ele olhou para mim e falou:

— Vou embarcar você para o Brasil amanhã de manhã — informou ele.

Gelei. Eu deveria estar satisfeita, já que estava louca para ir para casa rever minha família, mas aquilo, daquela forma, me deixou apreensiva. Não consegui nem argumentar.

— Tudo bem — respondi, engolindo em seco.

James me olhou no fundo dos meus olhos e segurou minhas mãos, me obrigando a olhar para ele.

— Embora eu não consiga ler o que está se passando na sua cabeça neste exato momento, consigo ver no seu rosto o que está tentando disfarçar — disse ele, tentando apaziguar.

— Não estou tentando disfarçar nada, James... — menti descaradamente, ainda me recusando a olhar para ele. Droga! Meus olhos estavam marejando.

— Nina, o que você está pensando? — perguntou, preocupado.

— Nada, James, não estou pensando em absolutamente nada.

— Estou falando para você ir antes do previsto para que fique longe da mídia por aqui e da perseguição implacável dos jornalistas sensacionalistas. Só isso.

— Ah, tudo bem — concordei, ainda apática. Uma onda de tranquilidade veio, mas foi embora.

— Eu vou junto.

— Hã? — perguntei, levantando os olhos, por fim. Agora ele tinha me surpreendido. — Como assim? Você disse que ia me embarcar, e não que iríamos juntos.

— Foi só pra ver sua reação — contou ele, na maior cara de pau.

— O quê? James! Isso não teve a menor graça! — esbravejei.

— Pra mim teve. Pelo menos vi que você não ficou aliviada por se afastar de mim. Sabe que você ainda me deixa inseguro? Pareço um colegial — disse ele e me deu um beijo.

— Seu bobo. Vou ficar sem conversar com você agora, porque estou muito zangada! — exclamei e virei o rosto.

— Ah, você não consegue, meu anjo... — disse ele, me dando pequenos beijos pelo rosto, pescoço, queixo, nariz... Ai, aquilo era uma tortura deliciosa. — Eu te amo, sua bobinha! O que você achou?

— Sei lá, ontem à noite você ficou tão estranho e calado. Acordou mais calado ainda e solta uma bomba dessa, o que você acha que eu pensaria?

— Não faço a mínima ideia, eu não conheço cabeça de mulher, parece que funciona em uma sintonia diferente — comentou zombeteiramente.

— Hum.

— Então, me diga, o que pensou? Que eu estava dispensando você? — perguntou James, chocado.

— Mais ou menos, sei lá, pensei que você tivesse recobrado o juízo e resolvido me mandar passear.

— Ah, Nina, depois de tudo o que eu já providenciei para o nosso casamento? Você acha que sou louco?

— Ué, é por isso?

— Não! Você acha que eu perderia a única mulher que me deixou loucamente apaixonado em menos de 24 horas? Que me fez pedi-la em casamento em menos de três meses? Que me fez arrebentar a cara de Jeremy Hunttington só pela ousadia de tê-la beijado? — questionou ele, categoricamente.

— Hum, poxa, tudo isso? — brinquei, constrangida e envaidecida.

tapete VERMELHO

233

— Tudo isso. E tenho mais uma pequena surpresa. Como vamos um pouco antes para fugir da confusão, podemos ir para uma praia paradisíaca que você mencionou.

— Sério, James? Ai, isso é ótimo! Você vai amar as praias, o clima é maravilhoso! Você vai adorar! — exclamei efusivamente. Não me contive e o enchi de beijos. Eu estava no auge da felicidade.

— Adoro fazer você feliz depois de tudo o que vem passando, meu amor — disse ele, e me beijou longamente.

Chegamos a Los Angeles e nos dirigimos para o hotel. Eu até sentiria falta daquele lugar, por incrível que pareça. Mas ter uma casa com a nossa cara, o nosso jeito, nossos gostos misturados, seria maravilhoso. Ter privacidade, mesmo que somente dentro de nossas quatro paredes, seria sublime. Além do mais, seria um lugar para chamarmos de lar. Quando James dissesse "vamos para casa", seria realmente nossa casa. E não um quarto de hotel chiquérrimo.

Cheguei e arrumei minha mala. Estava ansiosa, mesmo que o voo fosse só no dia seguinte. Parecia que fazia uma eternidade que eu estava longe de casa. A vida com James era tão surreal que o tempo cronológico ficou completamente louco. Não parecia que eu estava ali há pouco mais de três meses, parecia que eu morava havia anos em Los Angeles. Eu poderia até afirmar que meu inglês estava excepcional, já que tinha um professor particular 24 horas por dia. Quando alguém dissesse que a prática leva à perfeição, eu nunca mais duvidaria disso. Conectei-me à internet e enviei um e-mail para minha irmã avisando que iríamos no dia seguinte, mas que queria fazer surpresa para minha mãe. Venci a curiosidade de fuçar no Google para saber os babados recentes desde nossa saída estratégica de Nova York. Era impressionante como as notícias circulavam rápido pelo mundo virtual.

Saí do quarto e falei para James que queria ficar enclausurada com ele ali, para assistir a um filme dele em sua companhia. É claro que ele resmungou, já que nunca tinha se dado ao trabalho de assistir a um filme seu, mas acabou cedendo mediante uma ameaça de greve. Ele pediu a Carl que providenciasse o título que eu pedi:

— Quero ver "Segredos de Maverly Island". Já vi no cinema, mas quero ver de novo com você. Daí pode me contar todos os babados dos bastidores — pedi, simplesmente.

— Ai, que coisa, sinto que haverá um grande constrangimento aqui neste recinto — disse James, enigmático.

— Por quê? Droga! Não consigo me lembrar de muitos detalhes sórdidos do filme... — brinquei.

— Depois não diga que não avisei — ele resmungou e foi para o banho.

Quando Carl voltou, James pediu que ele providenciasse um jantar no quarto, já que não sairíamos dali tão cedo. James olhou para mim de modo estranho e disse simplesmente:

— Como o jantar vai demorar um pouco a chegar, creio que tenho uma ideia excelente para passarmos o tempo, antes da tortura que você imporá a mim e a si mesma... — comentou e me enlaçou pela cintura. Depois me deu um beijo de arrasar quarteirão e me levou para o quarto.

Só muito tempo depois saímos daquele ninho de sensações. James inventou uma história de que estaríamos na casa dos meus pais e não teríamos certas liberdades até o momento exato do casamento. Então ele avisou que dali em diante não deixaria ninguém mais interferir na intimidade que ele mesmo já adquirira. Eu tinha que admitir que eu também. Vivíamos maritalmente desde não sei bem quando, e eu não imaginava mais ficar sozinha à noite.

Fomos para a sala e nos acomodamos confortavelmente no enorme sofá em frente à TV. Aconcheguei-me em James o máximo que pude e aguardei com ansiedade as primeiras cenas do filme. Pude sentir James nervoso, remexendo no meu cabelo. Será que ele realmente estava preocupado com sua *performance* profissional ou seria só mesmo uma timidez absurda mediante sua própria imagem refletida na tela?

Certo. Depois de quase duas horas de filme, eu poderia jurar a mim mesma que estava tensa e dura feito uma estátua. Eu não poderia afirmar quais sentimentos imperavam em mim naquele exato momento. James me olhava de soslaio com um sorriso enviesado no rosto.

— O que houve? Não gostou da história? — perguntou.

— Hã? Ah... a história é ótima, muito boa mesmo. — À medida que eu ia vendo o filme, ia me lembrando de todos os detalhes que transformaram James Bradley em um ícone para a plateia feminina: ele

tapete VERMELHO

aparecia muito à vontade nas telas, e em cenas muito eufóricas e cheias de romantismo com a mocinha do filme. Acho que eu preferiria que ele fosse um bandido bem mau, sem acompanhante nenhuma. Era isso: o tal beijo técnico era simplesmente ridículo! Existia pegação técnica, então? Porque os dois ficavam muito à vontade e grudadinhos durante uma boa parte do filme, e isso ninguém poderia negar.

— Eu avisei, não diga que não avisei... — comentou ele, rindo.

— É verdade, e não dei ouvidos... — resmunguei. — Eu faço parte do seu time agora...

— Que time?

— O time dos que não assistem a filmes próprios ou do respectivo cônjuge... — respondi, amuada.

— Ah, meu amor, tudo isso é ciúme? — indagou ele, me abraçando.

— Pelo amor de Deus, o que é que tem de técnico nisso? — perguntei, chocada.

— Ora, fiz questão de te mostrar a diferença antes da nossa sessão pipoca, que, por falar em pipoca, nem rolou por aqui — disse ele, maliciosamente.

— James, você agiu propositadamente antes? Me seduziu na maior cara de pau para ver se eu não ia ficar mais brava?

— Mais ou menos. Só quis mostrar que aqui estávamos só nós dois e no filme era uma simulação com mais de duzentas pessoas envolvidas e presentes: é puramente técnico.

— Técnico ou não, agora nunca mais vou querer assistir a um filme romântico seu, só filmes em que você for mau, padre, monge, robô...

James riu tanto que rolou do sofá e caiu junto comigo no chão. Que bom que eu divertia o moço. Eu não estava com o espírito nem um pouco divertido, ainda mais porque a atriz não era uma mocreia qualquer, era uma belíssima atriz consagrada que já tinha dito em entrevistas de divulgação e em revistas que James Bradley era simplesmente um sonho e que havia sido maravilhoso trabalhar com ele. E dizia mais: que gostaria de atuar ao seu lado em outras oportunidades e que gostaria muito que fossem verdadeiros os boatos de que os dois eram um casal apaixonado. Descarada!

Tudo bem. Eu tinha que aprender a ser mais profissional. Aquele era o trabalho dele. Se não quisesse ver meu futuro marido beijando outra mulher, então não deveria ter escolhido um ator para o cargo. Paciência, eu ia ter que aguentar. O importante é que, quando voltasse para casa, ele seria só meu e de mais ninguém, e não haveria duzentas pessoas testemunhando o que um casal poderia partilhar entre os lençóis. Mas que era complexo, isso era. Eu teria que me redobrar em paciência. Talvez devesse buscar a paz interior em longas e frequentes sessões de ioga.

— Sem graça — resmunguei.

— Quem? — perguntou ele, ainda ofegante da sessão de risos.

— Você e seu parzinho romântico... Que ridículo, escolher logo um lago para algo mais profundo — retruquei, comentando a cena mais exageradamente "pegajosa" do filme.

— Nina, você vai me matar de rir desse jeito! — exclamou ele, ainda rindo.

— Que bom que estou te divertindo... — disse eu, amuada.

— Tudo bem, vamos ali dentro que vou explicar todos os detalhes técnicos e não técnicos da cena — sugeriu James, sedutor.

Ele me levantou rapidamente do chão e me puxou para seus braços. Fomos em passos trôpegos até o quarto e James sussurrava em meus ouvidos cada parte da cena, destrinchando tudo o que acontecia de diferente numa verdadeira cena de amor.

Naquele momento me senti bem possessiva, e estava tão zangada com a atriz atrevida que resolvi assumir o controle da situação e deixar James Bradley inexoravelmente rendido. Quando ele tivesse uma cena técnica para fazer, se lembraria de mim e ficaria ansioso para voltar logo para os meus braços. Hum, melhor não, não queria que ele se empolgasse demais na cena!

Resolvi colocar para fora a fera selvagem adormecida, que não estava mais adormecida coisa nenhuma. James tinha despertado um monstro em mim. Joguei-o sobre a cama, e mandei que não se mexesse por nada nesse mundo e comecei minha doce tortura. Só muito mais tarde é que recobramos o fôlego.

— Uau. Desse jeito vou querer assistir mais vezes a filmes românticos meus com você! Desperta essa gata selvagem que estava aí — comentou ele, preguiçosamente.

— Hum, isso é pra você nunca se esquecer de quem te espera em

tapete VERMELHO

237

casa... — respondi, languidamente.

— Depois dessa, não dá para esquecer mesmo! Estou chocado...

— Hum, eu não brinco em serviço, meu amor. Também sei marcar meu território.

— Porra, não tenho dúvidas disso. Este território é seu pra sempre, meu amor.

— Que bom! Mas mantenha isto em segredo para não despertar a curiosidade dos outros, tá bem? Vai que me confundem de novo... — brinquei.

— De jeito nenhum! Se houver uma próxima vez, juro que manchetes de jornais do mundo inteiro irão reportar o assassinato do tal infeliz. Irei preso, com certeza, não terei direito a foro privilegiado por ter cometido um crime passional, não vai adiantar ser uma celebridade... — divagou ele.

Depois de muito tempo trocando galanteios e gracejos, resolvemos ir dormir a fim de acordar com as energias renovadas para o longo voo rumo ao Brasil.

A manhã chegou com um novo sabor de anseio. Eu estava louca para ir para casa levando a bordo meu prêmio maravilhoso, que, com documentos em mãos, já poderia ser chamado de *meu marido*. Além de orgulhosa, eu estava fascinada pela ideia do encontro dele com meus pais e irmãos. Não sei o que pensariam depois do relatório de Mariana, mas com certeza iriam de render ao seu charme nato. Além do mais, ainda havia a empolgação pelos poucos dias que passaríamos em alguma praia maravilhosa. Mariana disse que era segredo e não quis dar nem sequer uma pista, para que fosse realmente surpresa.

Fomos para o aeroporto e nos dirigimos aos hangares próprios para voos fretados em jatinhos particulares. Embarcamos, sempre com Carl a tiracolo, e somente muito tempo depois suspirei aliviada. Parecia que, enfim, eu estava indo ao encontro dos meus...

— O que foi? — perguntou James, curioso.

— Nada. Estou emocionada de estar com você, finalmente indo pra casa.

— Nossa, quem escutar você falando vai pensar que te mantive prisioneira por aqui! Além do mais, você terá que considerar a ideia de que sua casa será por estas bandas agora.

— Eu sei, meu amor. Vou me corrigir: "para a casa dos meus pais"... melhorou? — corrigi com um sorriso.

— Hum, ficou mais bem colocado. Assim não deixa margem para confusões semânticas.

— Seu bobo. Você ainda tem dúvidas de que realmente escolhi ficar contigo? Depois dessa mega-aliança e daquela megamansão que você fez questão que ostentássemos? — Sacudi a mão com a aliança à frente do seu rosto.

— De jeito nenhum. Além do mais, se eu tivesse dúvidas não deixaria você embarcar de forma alguma. Mas já vou deixando claro que não nos estenderemos muito pela sua casa, para evitar visitas indesejáveis.

— Por acaso você estaria se referindo a um certo alguém? — perguntei rindo. Assimilar a ideia de que James era superciumento ainda me fazia ter vontade de rir sem controle.

— Exatamente. Melhor que nem mencionemos o nome para evitar um ataque de náuseas neste voo — disse ele, fazendo uma careta de asco.

— Ah, James, hoje você acordou inspirado, hein?

Depois de umas cinco horas de voo, a tensão já aumentava. Embora ainda faltasse um bom trecho de viagem, meu estômago estava se retorcendo. Era incrível que meu coração palpitasse pelo simples anseio de ser aprovada e de ter as escolhas aprovadas por meus familiares. Eu desejava ardentemente que meus pais acolhessem James, como fizeram com meus cunhados. Afinal, a escolha era minha, embora eu soubesse de todas as dificuldades que viriam devido à vida agitada de astro de cinema.

O voo chegou ao aeroporto de Guarulhos e agora as borboletas trafegavam pela minha garganta. Embora fosse pouco depois da hora do almoço, eu sabia que meus pais estariam ali, em um misto de saudade e curiosidade. Eles só não imaginavam que James estaria totalmente vestido em seus trajes de disfarce, da mesma maneira que o conheci. Como o voo era fretado, evitaríamos o acesso do saguão do aeroporto. E, já que a notícia da viagem aparentemente não tinha vazado, provavelmente não

tapete VERMELHO

haveria tumulto. Assim eu esperava. Meus pais ficariam horrorizados com a comoção que a presença de James Bradley causava em um recinto.

Depois dos trâmites alfandegários, seguimos de mãos dadas rumo à saída. Assim que saímos da sala, avistei minha mãe e seu cabelo loiro preso em um lindo coque. Corri ao seu encontro, sem me preocupar em continuar segurando a mão de James. Estava com muita saudade reprimida. Depois de um longo abraço apertado, estendi a mão para James.

— Mãe, queria te apresentar meu noivo, James Bradley — informei, timidamente. Na verdade, eu não sabia como deveria me referir a ele.

— Marido. Ainda não oficialmente, perante a família, é claro — disse James, cumprimentando minha mãe. senti que corei violentamente. Olhei para minha mãe e vi seus olhos se arregalando. Pensei que fosse de choque pelo que James falou, embora eu duvidasse um pouco que ela tivesse entendido tudo, mas depois percebi o real motivo. Ele havia retirado os óculos e abaixado o capuz do agasalho. Hum, então ela estava encarando de frente o futuro genitor de seus próximos netos. Aquele olhar eu conhecia muito bem: era quando ela avaliava um futuro marido para minhas irmãs antes do casamento, e agora para mim mesma. Ela me fitou com um brilho estranho no olhar e cochichou no meu ouvido:

— Belíssima escolha, minha filha. Estou orgulhosa de você — elogiou ela, me dando um beliscão na bochecha.

— Mamãe... — Foi só o que consegui dizer entre os risos.

— Falo de verdade, suas irmãs tinham me mostrado fotos de revista, Mariana falou que ao vivo ele era excepcional, mas... *Ulalá!* Estou estupefata! Acho melhor mudar de assunto, seu pai vem vindo — disse ela, abanando-se rapidamente.

Ganhei um abraço mais apertado ainda do meu pai, mas percebi que ele, na verdade, não tirava os olhos de James. Era aquele momento básico de avaliação masculina. Básico, porém constrangedor, de toda forma. Percebi que James não se intimidou pela avaliação. Creio que já esperava algo desse tipo. Meu pai o cumprimentou em inglês e até me surpreendeu. Não que eu não soubesse que ele era fluente no idioma, pois meu pai já havia viajado bastante pelo exterior. Como ele trabalhava no ramo industrial, isso era necessário. Mas achei que ele iria querer dificultar um pouco o convívio com James: se tinha uma pessoa que ganhava de James

Bradley em matéria de ciúmes, essa pessoa atendia pela alcunha de Ângelo Magalhães Fernandes, meu pai.

Passado o susto inicial de ver que os dois estavam realmente conversando animadamente enquanto nos encaminhávamos para o carro, respirei aliviada. Mais ainda por ver que Mariana era um gênio e havia pensado em tudo: ela tinha alugado uma van para nos levar e isolar qualquer associação com nossa chegada e a família. Meus pais iriam em outro carro, também desconhecido por mim, mas pode ter sido adquirido enquanto eu estava fora. De qualquer forma, Mariana elaborou uma verdadeira operação de evasão. Ela nem sequer cogitou a hipótese de reservar um quarto de hotel para James, para evitar uma exposição desnecessária e uma mentira a mais, já que ela já tinha feito isso na reserva do tal *Resort* secreto. Pelo que eu havia entendido, ela fez reservas com nomes falsos. Na verdade, Mariana estava adorando aquele suspense todo. Ela se autointitulou nossa "agente pessoal".

Quando chegamos ao nosso apartamento, percebi que tudo havia sido ajeitado de forma que James ficasse instalado como hóspede em nossa casa. Meus pais arrumaram meu quarto para que ficássemos ali. Meu pai ficou aborrecido, mas entendi que para ele ainda era difícil assimilar que saí de casa solteira e voltei... casada. Só estava me perguntando onde Carl, o leão de chácara de James, ficaria instalado. Era difícil imaginar James andando sem sua sombra. Mari me informou depois que ele estava em um hotel próximo.

Devidamente instalados em casa, veio a hora temida, aquela em que você não sabe muito bem o que fazer. Sentamo-nos no sofá e comecei a contar todas as minhas aventuras *extraterrestres*. Depois de alguns relatos, a campainha soou com a chegada de Melissa e dos meus adorados sobrinhos. Abraços e mais abraços. Fiquei esperando a reação de Mel.

— Uau. Ainda bem que o Rui não pôde me acompanhar! Acho que não conseguiria disfarçar meus suspiros... — brincou ela, encarando James Bradley ostensivamente.

— Meu Deus, o que aconteceu com estas mulheres da minha família? Será que vocês enlouqueceram? Vocês são casadas! — exclamei, fingindo estar chocada.

— Somos casadas, mas não somos cegas, meu bem... — retrucou

tapete VERMELHO

241

Mariana. — Não te falei que ele era inexplicável e simplesmente lindo? — indagou ela, cutucando Melissa.

— Poxa, achei que fosse exagero, ou que as revistas fizessem uma megaprodução e ao vivo nem fosse isso tudo. Uau! Estou sem fala! Como você conseguiu articular as palavras perto dele? — perguntou Melissa para mim.

Sacudi a cabeça, sem acreditar na reação das minhas irmãs. E, para meu horror, na reação de minha mãe também. Ela era toda sorrisos, levando lanches, sucos e aperitivos. Cada hora ela arranjava alguma coisa para chegar perto dele e averiguar com seus próprios olhos se era real. Meu pai entretinha seu novo "genro", enquanto eu fazia um relato do glamoroso mundo de James Bradley para as mulheres da família.

Até que, em um dado momento, James se aproximou de mim e perguntou baixo o suficiente para que só eu ouvisse:

— Você acha que se desaparecêssemos por algumas horas, seria descortês? — James sussurrou no meu ouvido. Senti meu rosto esquentar, ao mesmo tempo que tentava disfarçar os arrepios que sacudiram meu corpo.

— James...

— É sério... você pode alegar o *jet lag*, o que acha? — continuou cochichando, enquanto a mão alisava minha nuca.

— Para com isso — respondi no mesmo tom, tentando evitar o riso.

— Você já perguntou para sua irmã sobre o dia exato dos trâmites legais aqui no seu país?

— Você fala do casamento civil? — sussurrei em resposta.

— É.

— Ainda não. Por quê?

— Daí eu não teria que pensar em alguma desculpa esfarrapada para nos escondermos no quarto para um cochilo... — cochichou ele no meu ouvido.

— Ah... — Foi só o que pude dizer, tentando não corar mais ainda para que minha mãe não percebesse o teor da conversa, mas não consegui disfarçar. Ela saiu dando uma risadinha e cutucando minhas irmãs. Enquanto isso, eu tentava não ficar constrangida todas as vezes que James me fazia um carinho e os seres lotados de progesterona suspiravam simultaneamente.

— Mari, que dia iremos ao cartório? — perguntei de supetão.

— Hum, com pressa? — perguntou ela, rindo. — Amanhã, sua

boba. Já que vocês não vão ficar muito tempo por aqui, precisamos nos apressar: vamos amanhã mesmo para um lugar paradisíaco...

— "Vamos"? — perguntei, incerta.

— Sim. A família toda, alegremente!

— Como assim, Mari? Eu falei que tinha de ser uma coisa discreta... — exclamei, amuada. Eu estava me sentindo bem egoísta. Se eu pudesse, iria para uma ilha deserta com James e ninguém mais. Mas precisava dar um crédito a Mariana, já que eu aproveitaria poucos dias de folga que James teria e ainda mataria as saudades da família. Afinal, não era exatamente isso o que eu queria?

— Será bem discreto e isolado, nada muito extravagante, pode acreditar em mim!

— Será que você poderia enfim revelar o destino nada muito extravagante?

— Posso, amanhã, já disse. E pare de insistir, antes que eu me irrite e desça uns cascudos em você, como nos velhos tempos... — gracejou ela.

— Sei... por acaso não seria você que apanhava de mim? Mesmo eu sendo mais nova? — respondi no mesmo tom. As brincadeiras continuaram até que Melissa perguntou em inglês para James:

— Então, qual será a programação de hoje? Você vai querer conhecer nossa adorada cidade?

Como o silêncio imperou momentaneamente, olhei para James, que olhava para mim, enviando a mensagem que queria transmitir através de seus olhos enigmáticos. Como captei o que ele queria dizer, respondi logo:

— Ah, Mel, uma pena, mas este tipo de programa tipicamente paulistano não poderá ser apreciado. Você sabe que a visita dele por estas terras está em *off*, não sabe?

— Mas por quê?

— Bem, digamos que você não tem noção da situação que James enfrenta sempre que dá as caras em público e alguém o reconhece. Acredite em mim, é um lance fora do comum, assustador. Por isso pedi que a praia para onde vamos fosse realmente reservada.

— Ah... bem, desculpe aí, mas podemos então pedir uma pizza, o que vocês acham? — perguntou Melissa, solícita.

— Está ótimo, não é mesmo, Jim? — perguntei.

tapete VERMELHO

243

— Ótimo. É uma pena que eu não consiga usufruir de prazeres normais com pessoas tão gentis como vocês — disse ele a todos na sala. Traduzida a frase por meu pai, ouvi vários "ooooh" acompanhados de mãos nos corações palpitantes. Bom Deus! As mulheres da minha família estavam fazendo jus ao comportamento de tietes a que eu estava tão acostumada.

Depois de acertados os detalhes do pedido de pizza e da mesa de carteado do meu pai, James me chamou para uma conversa a sós. Pedi licença aos meus pais e me encaminhei com ele para o quarto.

Ele me abraçou assim que entramos e encostou o queixo no meu ombro. Ouvi o suspiro e fiquei aguardando o que viria em seguida.

— Sua família é ótima, meu amor... Grande, barulhenta e agradável. Do jeito que eu gosto — disse ele, me dando um beijo estalado. — Apesar de não estar acostumado...

— Mas... — tentei arrancar a sequência da frase.

— Mas estou ansioso para ficar só com você. Acho que não vou aguentar muito tempo — declarou ele, rindo baixinho no meu ouvido.

— James Bradley, você aguentou muito mais de um mês, o que será um dia apenas? — perguntei, rindo de seu desespero. — Olhe só, a Mari disse que será amanhã, certo? No hotel em que ficaremos, teremos mais privacidade... Ah, acho que você sabe que será um passeio coletivo, não é?!

— Ouvi rumores... Seu pai estava todo empolgado, disse que não tirava uns dias de descanso há um certo tempo, que eu iria adorar o lugar, mas que ele também não conhecia, então seria tudo novo etc.

— Estranho... Meu pai disse que não conhece o lugar? Então não será nenhuma praia que já conhecemos? O que será que a Mariana está aprontando? — indaguei mais para mim mesma do que para ele.

— Nina?

— Hum?

— Quero ver suas coisas.

— James! Estamos na casa do meu pai, com toda a minha família na sala! — fingi um ultraje, dramatizando e colocando a mão na boca.

— Não é para fazer nada, sua boba.

— Depois você diz que não sei atuar! É claro que sei que não era para fazer nada, seu engraçadinho! Mas meu choque ficou bem verídico, não ficou? — perguntei, rindo.

Eu estava mais do que feliz de poder compartilhar um pouco da minha história com ele. Abri um sorriso imenso e comecei a ladainha, ignorando o brilho divertido em seus olhos e suas tentativas de me agarrar a todo momento.

Parecíamos duas crianças. James estava extraindo o melhor de mim a cada dia.

tapete VERMELHO

Capítulo 29

MARINA

Depois de James praticamente me obrigar a mostrar tudo do meu passado para ele, desde fotos antigas, bichinhos de pelúcia preferidos, CDs de músicas, bugigangas mil espalhadas pelo quarto, finalmente voltamos para a sala, com a coincidente chegada da pizza.

Aquele momento família foi muito prazeroso. Todos estavam sendo superatenciosos com James. É claro que eles tentavam ser, na medida do possível, bem informais. Mas a presença exuberante de James Bradley em nossa sala tornava um pouco difícil a tarefa. Ele realmente tinha uma aura de celebridade, mesmo sendo supersimples no convívio pessoal diário.

Observei quando seu celular tocou e ele se afastou um pouco para atender. Mesmo que a viagem fosse em caráter pessoal, não dava para ele simplesmente se isolar do trabalho ou das responsabilidades. Continuei analisando todos os rostos na sala. A agitação do jogo de pôquer entre meus cunhados e meu pai. Meu irmão estava desfrutando de um jogo individual no seu PSP. Minha mãe estava tecendo mil comentários sobre os documentos já obtidos para a viagem futura aos Estados Unidos para a cerimônia posterior. Minhas irmãs participavam do papo feminino, lembrando das roupas já encomendadas e conjecturando se outras celebridades estariam na festa. Coisas mil, coisas de família. Eu sentiria saudade daquela proximidade. Mas, quando estava fazendo o inventário no meu quarto para James, me despedia intimamente da minha vida de solteira, naquele apartamento, naquele quarto. Eu estava com o sentimento de dever cumprido. Agora, sim, eu poderia embarcar em uma vida a dois com ele.

Voltei meus olhos para James e notei que ainda estava ao telefone. Nesse instante a campainha soou. Todos nós nos assustamos, pois não esperávamos ninguém, afinal ninguém sabia da nossa chegada. E foi neste momento que Alexandre irrompeu pela porta como um furacão. Como James estava na sacada, Mariana conseguiu fechar a porta corrediça a tempo de ele não ver quem estava em casa.

— Onde ela está? — perguntou ele bruscamente. — Senhor Ângelo, eu respeito muito o senhor, mas não adianta me dizer que ela não está aqui porque eu já soube que ela voltou.

— Alexandre, antes de tudo, abaixe o tom de voz. Você está na minha casa e não se esqueça de que em nosso último encontro você só não recebeu uns bons sopapos porque não deixei meus genros fazerem o serviço — ameaçou meu pai.

Eu estava na sacada com Mariana e James ainda ao celular. Ele estava alheio a tudo o que acontecia na sala. Meus olhos estavam esbugalhados. Eu sentia medo pelo escândalo que Alexandre proporcionaria e pela repercussão que poderia resultar da situação. Se Alexandre soubesse que James estava ali, era bem capaz de delatar para alguém da imprensa, embora eu não o achasse esperto o suficiente para pensar nisso. A dúvida na minha cabeça estava em como ele havia descoberto que eu tinha voltado. Será que ele também tinha um GPS conectado aos meus passos? Que chique. James tinha fãs com GPS, eu tinha um maníaco possessivo!

Mariana tentava de todo jeito me acalmar e percebi que ela havia trancado a porta da sacada por fora, assim, mesmo que alguém tentasse abrir, não conseguiria acesso ao lugar em que estávamos. Tentei prestar atenção à conversa na sala.

— Eu quero falar com ela. Quero saber que história ridícula de casamento é essa — disse Alexandre, ainda alterado.

— Alexandre, você não acha que já se humilhou o bastante, não, hein? Já disse que ela não quer mais nada com você, e, mesmo que quisesse, eu não permitiria, depois do que você fez com ela, você me entendeu? — meu pai respondeu.

— E ela está casada mesmo, então acho bom você se acostumar com a ideia de ir dando o fora e sumir da vida dela de vez! — esbravejou minha mãe.

— Como assim, "ela está casada mesmo"? Como assim? — gritou ele mais uma vez.

— Está casada, Alexandre. Casada. Com todas as letras que você puder entender — respondeu Melissa. — E ela não está aqui. Quem foi que falou isso para você?

— O Marcos comentou com um amigo que não sairia hoje porque a irmã estaria em casa. Eu deduzi que só poderia ser a Marina. Eu quero falar com ela. Agora.

O que ninguém esperava era que Alexandre estivesse louco. Ouvi o choque na sala, mas não conseguia ver nada por causa da cortina. Senti um angústia crescendo em meu peito e pressenti que alguma coisa estava errada. Muito errada.

— Alexandre, você não quer fazer nenhuma besteira, não é verdade? — meu pai argumentou.

— Não. Não quero. Mas quero falar com ela. Agora.

— Você acha que sou louco de deixar você a sós com minha filha? — perguntou meu pai. Percebi que ele tentava ganhar tempo. Por quê? O que estava acontecendo na sala?

— Abaixe essa arma e conversaremos melhor. Prometo nem sequer chamar a polícia...

Arma? Eu ouvi direito? Meu Deus! Alexandre estava na sala da minha casa com uma arma apontada para minha família? Até onde iria a loucura dele? E com James ali, no mesmo lugar, seria um risco muito maior do que imaginei. Eu estava pensando antes somente no risco de que a informação a respeito de sua presença vazasse para a imprensa. Agora eu estava preocupada com sua segurança. Droga. Como faríamos para contatar Carl?

— Eu quero falar com ela, Ângelo. Só com ela. Não vou fazer nada, mas quero ter o direito de falar pessoalmente com ela.

— Não, Ângelo, de jeito nenhum, não deixe esse maluco chegar perto dela, por favor! — implorou minha mãe.

— Calma, Marisa, vamos ver o que conseguimos resolver aqui... — meu pai disse tentando parecer calmo, mas notei que ele estava tenso.

— Alexandre, você entrega sua arma e verei o que posso fazer...

tapete VERMELHO

— Não, Ângelo, pelo amor de Deus!

— Eu deixo a arma aqui com vocês. Já disse que só quero falar com ela.

— Certo. Mel, vá ver se sua irmã está acordada — ordenou meu pai.

Passados alguns instantes, Mel nos chamou pela varanda do quarto dos meus pais, que tinha o mesmo acesso da varanda da sala. James continuava conversando no celular, resolvendo uma série de coisas, então era melhor que ele continuasse alheio ao que estava rolando na sala.

— A coisa se complicou. Alexandre está aí... Você tem o telefone dos pais dele? — Mel perguntou baixinho.

— Tenho. Você tem um celular aí? — perguntei, ansiosa. Podia sentir meu coração quase querendo saltar pela boca.

— Claro! Fala o número.

Depois de ditar o número do telefone da casa dos pais dele, esperei para ver o que se daria em seguida. Ouvi Melissa narrando os fatos e pude imaginar a cara de choque dos pais dele do outro lado da linha. O pai de Alexandre era um coronel da Polícia, daí a facilidade de ele pegar uma arma.

— Agora você vai falar com ele. Nós ficaremos tentando isolar de toda forma o James, embora eu ache que Alexandre não ofereça mais perigo, pois ele entregou a arma para o papai. Ricardo e Rui estão de prontidão, então o risco maior já passou.

— Certo. Eu vou lá — afirmei tentando parecer corajosa, mesmo estando em frangalhos de medo.

— Vai ficar tudo bem, Marina — me assegurou Melissa.

— Eu sei.

— Não acho que seja uma boa ideia. Além do mais, quando James souber que a colocamos em risco, ele vai ficar uma fera, e com toda razão — opinou Mariana. — Se o cara trouxe uma arma aqui pra casa, então subestimamos sua loucura. Seria melhor se disséssemos que ela está no banho e tentássemos ganhar tempo até o pai dele chegar aqui.

— Não podemos enrolar muito tempo. Como faremos com James aí? Quanto antes ele se for, melhor. Já disse, os meninos estarão a postos para qualquer eventualidade — argumentou Melissa.

— Ela tem razão, Mari. Não quero expor James a nenhum escândalo ou perigo desnecessário. Nossa, eu trouxe esse problema pra todos vocês! — choraminguei.

— Nada disso, meu bem! Você é nossa garota! Agora vai lá e dispensa o cara. Suavemente.

— Certo — respondi e saí da sacada. Ainda olhei para trás a tempo de ver James envolvido no telefonema. Eu esperava que ainda durasse muito tempo aquela ligação.

Quando entrei na sala, olhei diretamente para Alexandre, com o máximo de ódio que meus olhos podiam exprimir. Olhei para a cara de preocupação de meu pai, de choro de minha mãe e de guarda dos meus cunhados. E para a cara de culpado de Marcos, que com sua língua grande permitiu que aquele episódio estivesse acontecendo.

— O que você quer, Alexandre? — perguntei friamente. Eu não conseguia sentir nem sequer uma gota de qualquer sentimento que fosse além de puro ódio dele.

— Quero falar com você, a sós —disse ele, segurando meu braço. Neste instante, meus cunhados se moveram de modo intimidador, mas Alexandre nem cedeu o aperto.

— Na hora em que você soltar meu braço — contra-argumentei.

— Certo.

— Vamos para a cozinha — sugeri e me encaminhei para lá.

Encostei-me na bancada de granito o mais longe possível dele e aguardei enquanto ele fechava a porta.

— Marina, você não respondeu a nenhum dos meus e-mails ao longo destes meses e simplesmente desapareceu! Achou que indo para outro país estaria se livrando de mim, é isso? — Seu tom de voz mostrava o nível de loucura.

— "Estaria", não, Alexandre. Eu me livrei de você. Bem antes de sair daqui eu já tinha sido bem clara quanto a isso. Você é que não entendeu ainda. Eu não queria mais nada com você e agora quero muito menos. Nosso relacionamento acabou. Estou com outra pessoa agora.

— Como assim? Que palhaçada é essa de que você está casada? — perguntou ele, aos gritos.

— Não é palhaçada, é a verdade. Vim só buscar algumas coisas aqui no Brasil e estarei de volta amanhã mesmo — falei de pronto.

— Mentira! É mentira sua!

tapete VERMELHO

251

— Não, não é. Estou casada e não há nada que você possa fazer a esse respeito, Alexandre. Eu sinto muito. Não sei quando começou essa sua loucura. Tanta gente entende quando um relacionamento chega ao fim, por que você não quer entender e dificulta mais as coisas? — perguntei, cansada.

— Porque, Marina, você me fez de bobo durante dois anos, me deixou esperando, fazendo esse joguinho ridículo, e você conseguiu com que eu ficasse obcecado por você. E você vai ser minha e de ninguém mais — disse enquanto se aproximava ameaçadoramente.

— Alexandre, por favor, não torne as coisas mais difíceis. Por favor... — implorei, com medo agora, procurando alguma coisa ao alcance da minha mão para me defender. Eu só via um liquidificador. Droga. Onde estavam as facas? Ah, na gaveta. Que ótimo.

Ele foi rápido o suficiente para conseguir me imprensar entre a bancada e a mesa. Cozinhas de apartamentos não davam muito espaço para que eu pudesse manobrar um golpe de defesa, e se eu parasse para pensar, também não tinha pensado naquilo. Por mais que ele estivesse fora de si, eu ainda enxergava a figura à minha frente como o cara com quem namorei por dois anos. Era difícil assimilar que tinha se tornado aquela pessoa sem noção.

No exato momento em que ele me apertava em um abraço de urso, um James ensandecido irrompia pela porta da cozinha, seguido de Carl e do pai de Alexandre.

— Larga ela agora, seu filho da puta! — gritou James. Como eu já estava ficando sem fôlego por causa do abraço apertado, nem percebi Carl se aproximando pelo outro lado. Meus sentidos já estavam ficando entorpecidos.

— Solta ela, filho. Agora. A família da Marina está sendo muito gentil em permitir que você saia daqui diplomaticamente. Vamos resolver este assunto em outro lugar — o pai de Alexandre tentava argumentar com o filho.

— Não! Eu só saio daqui com ela! Só se ela for comigo! — gritou Alexandre, enfurecido.

Dali a um segundo, Carl pulou sobre as costas dele, enquanto James vinha do outro lado e me arrancava do abraço apertado de Alexandre. Carl o mantinha seguro numa gravata, enquanto o pai dele tentava apaziguar a situação e meu pai e meus cunhados vinham e formavam uma parede protetora à minha frente.

— Espero que seu filho não apareça mais por aqui, Coronel Artur. Pelo bem de todos.

— Isso não vai mais acontecer, Ângelo. Vamos buscar ajuda para o meu filho.

— Certo. Eu realmente espero isso. Embora neste exato instante não possa afirmar categoricamente que ele seja um bom rapaz.

— Compreendo. Mil perdões, Marina. Espero que possa apagar da sua memória este episódio infeliz — desculpou-se o pai de Alexandre.

Não respondi nada. Creio que nesse momento eu estava em choque. James tentava conversar comigo, mas eu não conseguia articular as palavras. Sabia que ele estava me perguntando como eu estava, mas meus olhos estavam vidrados nas costas de Alexandre se retirando da cozinha. Minha mãe entrou em seguida e buscou um copo d'água com açúcar. Percebi que eles me sentaram na cadeira da cozinha e James estava às minhas costas com as mãos pousadas protetoramente em meus ombros. Mariana e Melissa chegaram em seguida e me abraçaram. Desculparam-se por terem permitido o acesso de Alexandre em casa. Marcos pediu perdão por ter falado para o amigo em comum sobre minha chegada, e meu pai, cabisbaixo, também pediu perdão por não ter conseguido me proteger da fúria e insanidade de Alexandre.

Até então, ninguém havia realmente notado o estado de espírito de James Bradley. Eu percebia a fúria contida em suas mãos e sacudindo seu corpo às minhas costas. Muito calmamente, ele se dirigiu ao meu pai:

— Senhor Ângelo, gostaria da sua permissão para nos hospedar em um hotel em algum local. E quando digo nos hospedar, estou me referindo à sua filha e a mim. Não sei se conseguirei ficar um minuto a mais em São Paulo. Eu estava receoso com a volta de Marina, imaginando que algo assim pudesse acontecer. Mas realmente não imaginei que chegaríamos a tal ponto.

— Eu entendo, James. Mas Marina é minha filha e prezo por sua segurança tanto quanto você. Insisto que vocês continuem aqui e amanhã tudo se resolverá mais calmamente. Assim espero. Adiantaremos os planos outra vez e seguiremos viagem, e de lá vocês podem voltar aos

tapete VERMELHO

Estados Unidos, sem nem ao menos pousarem por aqui. Na medida do possível, estou até mesmo satisfeito que Marina vá morar em um país distante, longe o suficiente desse louco — disse meu pai, cabisbaixo. — Sinto muito, minha filha, não deveria ter permitido que ele falasse com você a sós.

— Tudo bem, pai... — Foi tudo que consegui falar. — Posso me deitar?

— Tudo bem, minha filha.

Saí escoltada por James, ouvindo que Carl ficaria por ali mesmo. Minha mãe já estava providenciando as acomodações dele. Mariana e Melissa se despediram com seus respectivos maridos, e fui para meu quarto me isolar e dar vazão aos sentimentos que me assolavam. Na verdade, eu sabia que James manifestaria suas opiniões dali a pouco. O que ele temia realmente aconteceu. Por sorte, não aconteceu nada mais grave, mas foi assustador o suficiente para uma pacata família paulista.

Sentei-me na cama ainda cabisbaixa e fechei os olhos. E só esperei.

— Por que tive quase que ameaçar pular da sacada para conseguir sair para a sala, Marina? Seus familiares tinham noção do perigo em que colocaram você? — Senti a indignação mal disfarçada em sua voz.

— James, foi repentino, ninguém esperava nada daquilo. Ninguém esperava que ele soubesse do meu retorno, ninguém esperava que ele aparecesse e muito menos, esperava que ele estivesse armado e ameaçasse a todos na sala — falei simplesmente. — Eu não queria que ele visse você, fiquei com medo, sei lá o que poderia passar na cabeça dele...

— Sei lá o que poderia passar na cabeça dele a sós com você, Nina! A demonstração do que poderia ter sido não foi suficientemente clara?

— Jim, ninguém imaginava que com todos na sala ele tentasse alguma loucura. Confesso que o subestimamos, mas não julgue minha família tão duramente, por favor... — pedi e dei vazão às lágrimas que agora nublavam minha visão.

— Eu sei, meu amor, mas você não tem noção de como quase fiquei louco quando desliguei o celular e finalmente percebi que algo estava errado.

— Eu sei, mas eu temia por você...

— Olha, ainda bem que não deixei você voltar naquela época, sozinha, e ainda bem que Carl chegou a tempo de conseguirmos impedir o animal de te machucar mais ainda... Você está bem mesmo? — perguntou ele, me abraçando.

— Sim, acho que só estou chocada. Nunca imaginei que Alexandre pudesse chegar a esse ponto... Será que ele estava bêbado? — indaguei.

— Não é justificativa para um ato insano desses! Que medo eu tive quando soube que você estava sozinha com ele na cozinha! E se ele estivesse com outra arma escondida?

— Não tinha pensado nisso... Mas ainda bem que nada aconteceu. Será que o pai dele vai abafar tudo? Inclusive sua presença aqui? — perguntei, temerosa.

— Não acho que eu faça parte do circuito de filmes que seu ex-sogro assista, meu amor... — declarou James, placidamente.

— Eu sei, mas se Alexandre fizer alguma associação...

— Não se preocupe com isso. Amanhã resolveremos tudo da melhor forma possível. Vamos descansar agora. Além de a viagem ter sido cansativa e não termos descansado o suficiente, ainda tivemos momentos intensos esta noite — afirmou James e me fez deitar na cama, me enrolando com meu próprio edredom.

— Jim, você vai ficar aqui, não é? — perguntei, incerta.

— Vou, sim... Só vou apanhar minhas roupas e volto para me deitar junto de você.

Minutos depois James voltou, mas eu já estava quase completamente adormecida. Só senti o edredom sendo erguido e James se deitando e me abraçando na cama estreita do meu quarto. Em segundos mergulhei em um sono turbulento e agitado, e só me acalmei muito tempo depois, com James sussurrando palavras tranquilizantes em meu ouvido.

JAMES BRADLEY

Não posso ser hipócrita e dizer que não estava puto. O sentimento de raiva que me dominou custou a deixar meu peito, muito tempo depois de Marina ter adormecido entre meus braços. *Okay*, eu sabia que era possessivo. Sabia que era ciumento. Sabia que era mandão. Mas também sabia que era apaixonado e que meu instinto protetor falava muito mais alto, sempre que o nome dele estivesse em voga.

Daí, quando saí daquela porra de sacada, depois de perceber que estava trancado, e que algo estava acontecendo, uma raiva subiu como uma onda de lava sobe por um vulcão que está entrando em erupção. Porra! A família dela não percebeu que se o cara entrou armado no apartamento, a primeira coisa que deveriam ter feito era ter chamado a droga da polícia? Que raio de ideia fora aquela de ter permitido que ela fosse conversar com ela sozinha? Na cozinha, ainda por cima?

Então o rancor brotou com força. E tive meu momento de tentar mentalizar a calma interior. Eu sabia que tinha o pressentimento de que o merda do ex não a deixaria em paz numa boa. Pelo simples relato do que ele fizera. A família de Marina se mostrara meio relapsa quanto aos sinais ao longo do tempo de namoro, mas eu também culpava a própria Nina, que escondeu o verdadeiro teor do relacionamento.

E então, se antes eu já estava grilado, imagina agora? Eu teria que mandá-la ao Brasil, quando eu não pudesse acompanhar, na presença constante de dois guarda-costas. Mesmo que ela ficasse brava e irritadiça.

Somente quando o som de sua respiração suave penetrou nos meus ouvidos, e o calor de seu corpo aqueceu o meu, foi que me deixei acalmar e agradecer que nada de pior havia realmente acontecido. Graças a Deus.

Capítulo 27

MARINA

O dia seguinte chegou com minha casa em um clima meio embaraçoso devido ao episódio da noite anterior. Havia também uma certa agitação no ar por causa da viagem logo após nossa ida ao cartório. Arrumei rapidamente minhas coisas na mala, inclusive as que eu levaria do meu quarto. Chequei meu visual no espelho da porta do armário e saí para o café da manhã. James já estava sentado ao lado de minha mãe, tendo suas falas devidamente traduzidas por um Marcos extremamente prestativo. Creio que ele queria apagar a culpa por ter falado demais. Mariana nos encontraria no cartório e Melissa nos esperaria no aeroporto.

Quando me sentei à mesa, comecei a ouvir a ladainha de minha mãe sobre a roupa nada apropriada que eu estava vestindo. Olhei de novo para ver se estava tudo *okay* com meu *jeans* casual e minha blusinha de um ombro só e não vi nada demais.

— Mãe, eu acho que estou bem vestida — suspirei.

— Mas, Marina, você vai se casar, minha filha!

— Mãe, é no civil! Quando acontecer a cerimônia mesmo, vou me vestir adequadamente, está bem? James está cuidando de tudo, não é mesmo, Jim? — disse eu, cutucando-o com o cotovelo.

— É verdade, o vestido será lindo.

— Como assim? O noivo não pode ver o vestido de noiva! — exclamou minha mãe, chocada.

— Mãe, está tarde demais para este tipo de preocupação.

— Não se preocupe, dona Marisa, eu não vi o vestido ainda... —

disse James, galanteador.

Rimos bastante por causa da ladainha de mamãe. James olhava para mim e levantava a sobrancelha, já que não entendia nada do que ela estava reclamando. Marcos disse que não valia a pena traduzir. E assim nos preparamos para sair dali. Eu me despedi de cada cômodo daquele apartamento que abrigara minha vida familiar desde minha infância até a adolescência. Peguei minha bolsa e chequei os documentos necessários. James fez o mesmo.

Ao chegarmos ao cartório, com James devidamente camuflado, nos encontramos com Mariana, que já aguardava na fila. Depois de uma hora, mais ou menos, finalmente entramos na sala do juiz de paz. Com meus familiares como testemunha, saímos dali devidamente casados pelas leis brasileiras. Mariana estava empolgadíssima, me dizendo que só contaria para onde iríamos quando estivéssemos no aeroporto. James ria baixinho.

— Por que você está rindo? Por acaso você está sabendo aonde vamos? — perguntei, desconfiada.

— Eu não, nem conheço seu país... — respondeu ele, disfarçando.

— *Humpf...* seus engraçadinhos. Agora, como sou uma mulher casada, posso muito bem exigir meus direitos! Você não disse que me diria a verdade sempre?

— Ah, não venha com golpe baixo, Marina... não vamos te contar — Mariana ralhou.

Ao chegarmos ao aeroporto, no hangar 3, já que novamente iríamos de jatinho, a família toda já aguardava. Recebi um buquê de rosas de Melissa e congratulações. No voo, James pediu atenção a todos e me presenteou com uma aliança dourada para ser usada junto com a outra de noivado, como ele já havia me explicado antes. Também colocou uma aliança semelhante em seu dedo, simbolizando que éramos um só a partir daquele momento. Aquele era o símbolo de que pertencíamos um ao outro. Ainda tentei argumentar que achava que trocaríamos essas alianças na cerimônia em Los Angeles, mas ele afirmou que fazia questão de já deixar registrado socialmente que tínhamos uma aliança entre nós. Depois de momentos de emoção e um champanhe, finalmente consegui descobrir para onde estávamos indo: Fernando de Noronha.

Capítulo 28

MARINA

A viagem foi tranquila e emocionante. Seria novidade também para mim, já que eu não conhecia Fernando de Noronha, embora sempre soubesse que era um lugar paradisíaco e de sonhos. Exatamente por ter acesso mais difícil do que em outros complexos paradisíacos do país, Mariana escolheu esse destino. Como James precisava ficar "invisível", que lugar melhor do que uma pousada isolada numa ilha isolada, aonde poucos tinham oportunidade de realmente ir? O turismo em Fernando de Noronha era seriamente controlado, por ser um local de grandes reservas e preservação ambiental, tanto da fauna quanto da população marinha.

Chegamos à pousada que Mariana fez a reserva e comecei a rir. Quem seria, pelo amor de Deus, Thiago Bradnandes? Quanta imaginação de Mariana...

— Thiago, Mari? — perguntei, rindo. — Bradnandes?

— Exatamente. Se houvesse tradução para nomes, Thiago seria a tradução para James, e Bradnandes é a junção de Bradley com Fernandes, não é óbvio? — respondeu ela, dando uma piscadela.

— E como você descobriu essa "tradução" nominal? — continuei rindo. James tentava em vão falar seu novo nome de maneira correta.

— Na Bíblia, oras. O livro de Tiago na Bíblia em inglês é James, logo...

— Hum, entendi... E eu sou definitivamente Nina Cristina...

— Exatamente. Fiz um excelente trabalho, não é mesmo? Acho que vocês deveriam me contratar! Agora vão para seu quarto que tem uma surpresa lá.

Nós nos despedimos de todos e subimos para o quarto da pousada. Embora fosse chamada de "pousada", era um lugar com grande conforto. Não se equiparava aos hotéis superluxuosos aos quais James estava habituado, mas não deixava a desejar em conforto e beleza.

Quando entramos no quarto, havia pétalas de rosas sobre a enorme cama e uma mesa farta de aperitivos, com todo tipo de frutas tropicais. James colocou as malas no chão e me ergueu no colo, como em cenas de filmes românticos.

— Não precisa disso, Jim... — respondi, sem graça.

— Estamos em lua de mel, devemos passar por todas as etapas possíveis...

— Nossa! Você já pensou em quantas luas de mel teremos? Se vamos nos casar de novo em Los Angeles...

— Ah, pare de falar, mulher, e fique bem quietinha! Vamos usufruir os momentos a sós. Estava com saudades.

Daquele momento em diante, nós nos ocupamos em tirar o atraso de alguns dias, com a devida intimidade registrada em cenas ardentes de paixão. Só muito mais tarde acordamos e James buscou um lanchinho para nós dois.

— Adorei este lugar. Sempre soube que o Brasil era lindo, com praias maravilhosas, e isto aqui não deixa nada a desejar ao Caribe. Nem que fosse um mega *Resort* como aquele a que pretendo te levar lá no México. Dá uma sensação de lar... Engraçado, não?

— É, eu também não conhecia Fernando de Noronha, mas acho que devíamos ir para a praia, o que você acha? Você sempre quis me acompanhar, lembra? Por causa da aglomeração de tubarões fêmeas prontas a tentar tirar uma lasquinha sua, nunca pode realmente em Los Angeles.

— Além do mais, a água lá devia ser gelada... Vamos ver se essas águas são quentes mesmo, como você disse.

Fomos para um delicioso banho de mar. Enfim, pude desfrutar de um prazeroso dia na praia ao lado de James Bradley, meu marido. Pudemos brincar na água como duas crianças e, quando o momento de carinho ultrapassava um pouco os limites territoriais, dávamos um jeito de refrear as coisas.

Foram dias maravilhosos ali. Absolutamente agradáveis. Minha família pôde participar um pouco mais da vida de James e, com promessas de um encontro próximo, nos despedimos dos meus queridos. James teria uma importante premiação dois dias depois e precisávamos voltar para Los Angeles. Todos ficariam mais alguns dias na ilha, sem saber que James já havia acertado todas as contas como uma forma de agradecimentos pela acolhida calorosa.

Eu me despedi de meus pais aos prantos, e de meus irmãos também. Mariana jurou que na época do casamento ficaria mais tempo, embora soubesse que eu é que não poderia ficar muito, pois James teria que embarcar para a França logo depois da cerimônia. De qualquer forma, era reconfortante saber que os veria em breve. Sabe-se lá quando nos encontraríamos novamente depois disso.

Fomos para São Paulo e pegamos outro voo fretado para os Estados Unidos. Carl estava refestelado em sua poltrona. Disse que teria ficado mais tempo por lá. Acho que tinha se encantado por uma nativa de Fernando de Noronha.

James sentou-se ao meu lado e pegou minha mão, beijando o dedo que agora acomodava as duas alianças. Olhei ternamente para ele. Tinham sido dias maravilhosos. Poucos, porém excepcionais. Ele estava até bronzeado. Com certeza daria uma boa notícia nas revistas, principalmente porque as especulações seriam intensas para descobrir em qual destino turístico James Bradley tinha estado.

— Então, senhora Bradley, você volta para os Estados Unidos oficialmente minha... — disse ele, sedutoramente.

— Esqueceu que eu saí de lá oficialmente sua? — respondi no mesmo tom.

— Ah, é mesmo! Mas estamos nos casando em cada país diferente... Acho que devemos nos casar no castelo da minha família na Inglaterra — sugeriu, jocosamente.

— RáRáRá, tão engraçadinho!

— Minha mãe está enciumada.

— Mas ela vai acompanhar a cerimônia oficial em Los Angeles, não vai?

— Vai sim, meu amor. Ah, e tenho novidades para você — disse ele em suspense. — Sabe aquele dia na casa de seus pais, quando recebi uma ligação longa e inoportuna?

tapete VERMELHO

— Sim, o que tem? — perguntei, curiosa.

— Era um amigo meu... Ele tem uma banda que está fazendo muito sucesso. Daí, ele me ligou para te fazer um convite. Muito bem remunerado, diga-se de passagem... — continuou naquele suspense que estava me matando.

— Ah, por favor, não me diga que ele quer entrar na fila para quando você me dispensar de meus serviços? — perguntei, ironicamente.

— Isso não tem graça nenhuma... — disse ele, amuado.

— Eu achei engraçado — retruquei, rindo com a reação exagerada dele. — Mas me conte logo, por favor, não me deixe assim nesse suspense...

— Ele quer que você participe de um clipe de uma de suas músicas... — disse James a contragosto.

— É mesmo? É sério? Como assim? — perguntei, eufórica. A vida com James era excitante e cheia de atividades diferentes e enriquecedoras. Literalmente enriquecedoras, depois que ele informou a pequena fortuna que seria o cachê.

— Bem, aparentemente, você vai estar caminhando lindamente por uma praia, e depois chegará a uma discoteca e deslumbrará a todos no recinto e por aí afora... Claro que chequei todos os detalhes e não haverá, em hipótese alguma, qualquer tipo de intimidade, beijos etc. Será meramente a sua presença que enlouquecerá os espectadores.

— Hum, e o que você achou disso? — questionei, arqueando minha sobrancelha de maneira cômica.

— Eu não gostei, mas não posso interferir naquilo que quem deve decidir é você. Não posso tirar sua oportunidade de conquistar suas fronteiras, embora não goste de dividir você com ninguém. Mas você fotografa bem, o que posso fazer se eles se apaixonam por você loucamente?

— Ah, James, que bonitinho... Gosto de novos desafios, mas entrei nessa simplesmente porque estou ao seu lado, não quero fazer nada que te desagrade, de forma alguma... E não estou contigo por fama, isso pouco me importa. O que quero é estar com você. Quem sabe não faço uma faculdade por lá e ingresso em um trabalho comum?

— Você sabe que isso é praticamente impossível, não sabe? Você nunca terá uma vida normal ao meu lado, meu amor. Vão querer saber da sua vida tanto quanto querem saber da minha, especialmente porque estamos conectados agora.

— Tudo bem. Vou pensar, tá?!

— Certo. Deixa eu aproveitar que o Carl está roncando ali para te dar uns amassos bem dados. Vem aqui, senhora Bradley...

Depois de um exaustivo voo repleto de carinhos e sussurros, além dos resmungos de Carl por presenciar tudo aquilo, chegamos enfim ao nosso destino. Era engraçado, mas eu já encarava Los Angeles como a minha cidade, onde meu novo lar estava situado. As responsabilidades de James Bradley já o aguardavam ansiosamente, tanto que seu agente, Madson, que eu nem conhecia, nos aguardava no aeroporto. Pelo que pude entender do teor da conversa entre os dois, parecia que um grande e poderoso estúdio de cinema o queria em uma franquia de filmes, fechando um acordo milionário.

James não se mostrava muito empolgado, mas como era uma oportunidade de se fazer muito maior do que já era, multiplicando suas possibilidades futuras no tal estúdio, ele acabou por aceitar e pegou o envelope pardo que Madson trazia com os roteiros atualizados dos três filmes. Eu não prestei atenção na hora, mas depois pude perceber que provavelmente não haveria trégua para umas merecidas férias tão cedo. Como James engatava um trabalho após outro, só daria para curtir poucos dias de folga entre os intervalos de gravações. Ele me explicou que depois teria mais detalhes sobre as locações dos filmes etc. Então, não havia nada mais que eu pudesse fazer senão aguardar e ficar de prontidão pela vida errante que eu mesma escolhi ao aceitar me casar com ele. Paciência.

Daquela vez, nosso destino foi diferente. Não estávamos nos dirigindo para o hotel que era, até então, nossa "residência". Fomos direto para nossa casa. Pude identificar as ruas arborizadas que levavam às poderosas mansões de Beverly Hills. E lá estava nossa casa. Imponente, entre tantas outras, mas com um quê diferente: era nossa casa. Nosso lar.

— James, já vamos ficar aqui? — perguntei, animada.

— Vamos, agora temos residência fixa. Chega de saguões de hotéis, por enquanto. Vamos nos dar um pouco de normalidade, na medida do possível, claro. Além do mais, na premiação de amanhã, os tabloides vão ferver com as novidades, então será bom termos um refúgio seguro e isolado dos *paparazzi*.

tapete VERMELHO

— Que bom! Estou tão empolgada! Mas quero saber quais serão nossos próximos passos, para eu poder me preparar — perguntei, tentando conter minha curiosidade. É claro que eu não estava alcançando esse intento.

— Está curiosa, é? — perguntou ele, brincalhão.

— Droga, você percebeu? Estou, sim, pronto. Assumo minha total curiosidade a respeito de tudo.

— Posso contar quando estivermos em casa?

— Pode... Vai demorar muito? — perguntei, gracejando, já que estávamos diante da mansão.

Desci apressadamente e corri para a porta de entrada. Fui direto para o *closet* do quarto para me certificar de que minhas roupas estavam lá. Caramba, a equipe contratada por James havia feito um bom serviço. Além da minhas peças identificáveis, ainda havia outras tantas, que provavelmente eram obra de Jenny Duke. James chegou logo em seguida e se refestelou na enorme cama de dossel do quarto. Bateu a mão ao lado de seu corpo em um convite para eu me deitar ali também. Tirei meus tênis e me espreguicei na cama. Nós dois ficamos olhando para o teto do quarto, com suas sancas magnificamente espalhadas e entrelaçadas, com o charme dos *designers* de interiores.

— Não tinha reparado que o teto é tão lindinho — comentei, sem pensar.

— Quem quer olhar para o teto com uma constelação aqui? — disse James, sedutoramente.

— Hum, que metido! Como você é modesto, hein?

— Não estou falando de mim, sua boba, estou falando de você... E então, você vai aceitar o convite da Psycho Band? — perguntou.

— Poxa, que nome estranho para uma banda, hein?

— Ué, eles são uma banda de *rock*, então são meio psicóticos mesmo.

— São mesmo, querendo me colocar no clipe...

— Ah, mas isso tem um quê de *merchandising*... Você é minha esposinha querida, aclamada pelas garotas, perseguida pela mídia e por outros idiotas do sexo masculino, então, existe muita curiosidade a seu respeito. Você é vendável, meu amor. Você acha que eles são bobos? Todo mundo vai querer ver o clipe, e para eles, como sou amigo pessoal, ficou quase como um esquema de exclusividade, entende? Ninguém teria essa cara de pau antes, mas eles tiveram.

— Hum, acho que vou aceitar, mas só se estiver tudo bem para você. Penso que será divertido e diferente, como as fotos da revista. Foi emocionante ver o resultado do trabalho.

— É, eu sei, tudo bem. De qualquer forma, vou pedir para o Madson ver tudo isso, com contratos e datas direitinho, por causa da nossa ida iminente para a França, tudo bem?

— Tudo. Mas e agora, o que vamos fazer? — perguntei, inocentemente. Pelo brilho nos olhos dele, a resposta estava bem clara: em um rompante apaixonado ele se deitou sobre mim e começou a suave tortura que só os amantes conhecem.

E dali, partindo do princípio de que uma mera viagem de intercâmbio seria apenas uma aventura singela, começou a maior aventura da minha vida, na qual pude ver que príncipes de contos de fadas existem em carne e osso, e que o sonho romântico de ser feliz a cada novo dia era possível.

Nenhum casamento de princesas ou de contos de fadas era necessário para que eu soubesse que estava vivendo dentro do meu sonho máximo de encontrar o amor e me deixar levar por ele até os confins da terra.

tapete VERMELHO

Epílogo

MARINA

    Eu olhava pela janela do meu quarto enquanto toda a organização estava acontecendo abaixo, nos jardins de nossa mansão. Meus pais chegaram do Brasil, acompanhados do meu irmão, enquanto minhas irmãs já estavam há dois dias em meus ouvidos questionando quais celebridades estariam ali no casamento.

    Eu não conseguia entender a necessidade de James em executar toda uma festa para dar satisfação à sociedade. Claro que quase todas as mulheres sonham com um casamento ideal, cheio de pompa, um vestido maravilhoso, um buquê lindo e um belíssimo álbum de fotos de recordação. Porém aquilo realmente não era uma necessidade absoluta minha, porque tudo o que eu mais queria já estava ao meu lado. Tudo o que eu mais queria já era meu.

    James declarava seu amor por mim todos os dias e, de certa forma, era até constrangedor, porque eu não me achava assim essa maravilha toda, digna de contemplação, que ele via, mas provavelmente esse era meu lado inseguro falando. *Okay*. Admito. Um lado bem inseguro. Mas quando nos deparamos com beldades a quase todo instante, não tem jeito. A insegurança vem e bate à sua porta. Mas eu mandaria aquele sentimento para o raio que o parta. Para sobreviver naquele meio, eu teria que me revestir de uma capa de coragem e uma armadura praticamente brilhante como a de alguma Valquíria fodona. Então, eu teria que ter aquele olhar empinado e aquela confiança nata, de quem sabe que conquistou o amor do galã mais lindo do pedaço, simplesmente sendo... ela mesma. No caso, eu.

Cruzei meus braços na frente do corpo, esperando que as mariposas enlouquecidas em meu estômago se acalmassem. Porque estava nervosa eu não entendia. O circo da mídia já havia sido desbravado por mim há meses. Eu e James já havíamos nos casado. Praticamente *duas* vezes. Nosso compromisso estava mais do que firmado e atestado. Embora James tenha conseguido segurar a onda de fofocas estridentes sobre um possível casamento secreto e etc. O site TMZ era realmente um antro de informações. Como eles conseguiam tantas notícias secretas era um mistério para mim. Provavelmente o FBI trabalhava em algum setor do mundinho das celebridades para passar informações confidenciais às revistas badaladas... nunca se sabe.

Senti a presença de James antes mesmo de sequer ouvir sua voz ou sentir seu toque. Suas mãos enlaçaram minha cintura e fecharam-se em um casulo simplesmente delicioso ao meu redor. Deitei minha cabeça em seu ombro e suspirei audivelmente.

— Ainda pensando em se esconder no *closet*, Nina? — perguntou ele, sorrindo. Mesmo de costas, eu podia afirmar que em seu rosto havia um sorriso despretensioso.

— Não. O *closet* não é tão confortável para nós dois — respondi, rindo. — Mas eu poderia pensar em um plano alternativo...

— Esqueça o plano. Daqui a poucas horas você vai estar absolutamente deslumbrante em seu vestido magnífico e irá desfilar por aquele tapete ali embaixo — informou ele e beijou meu pescoço, gerando arrepios por todo meu corpo. — E eu serei o cara logo ali à frente, consegue visualizar? — continuou ele, fazendo questão de apontar os locais exatos no jardim. — Estarei radiante e com um sorriso gigante no rosto, porque a garota mais bonita do mundo vai se casar comigo.

Olhei para cima com uma sobrancelha arqueada.

— James, nós já somos casados, esqueceu? — perguntei de maneira retórica.

— Claro que não, meu amor. Esse feito é inesquecível. Você foi uma garota difícil de conquistar... — disse ele.

— Difícil? — Eu ri. — James... você me tinha praticamente enrolada no seu dedo mindinho no momento em que tirou o capuz do seu casaco!

Ele ergueu as sobrancelhas quase as juntando ao couro cabeludo.

— Sério?

— Hum hum... — confessei, tentando segurar o riso com sua cara incrédula.

— E porque você me fez rastejar atrás de você uma semana depois? — perguntou. — Uma semana onde eu pensava que talvez nunca mais a encontraria? Onde meu sofrimento foi tão atroz que me senti despedaçando com sua ausência?

Comecei a rir porque o talento dramático pelo qual ele era tão conhecido havia acabado de aflorar.

— Essa fala não é de um dos seus filmes? — perguntei sem me voltar para ele. Eu sabia que ele estaria rindo.

— Talvez... — respondeu o descarado, disfarçando.

Dessa vez, eu me virei em seus braços e enlacei seu pescoço, beijando seu queixo e aspirando seu perfume almiscarado.

— Bom, não deixei transparecer abertamente minha paixonite aguda por você naquele momento porque tudo o que vem muito fácil vai muito fácil também... — comentei. — Diz que não foi uma coisa diferente você ter que perseguir uma garota...

Ele olhou para mim com um rosto pensativo.

— Sim. Bem diferente e valeu a pena cada minuto.

Sério. Eu era muito feliz. Até então, eu nunca tinha imaginado que poderia encontrar a felicidade assim, nos braços de um cara absurdamente desejado e megafamoso, mas sem um pingo de prepotência. James entregou seu coração para mim, da mesma forma que entreguei o meu a ele. Era um sentimento arrebatador.

Mariana resolveu entrar como um furacão no quarto exatamente naquele momento mágico, onde nossos olhares estavam conectados de maneira hipnótica.

— *Okay, okay...* os pombinhos podem se separar agora — ordenou ela em seu inglês arrastado. — Finjam que nunca passaram um tempo juntos, que não anteciparam as bodas etc.

Ela arrancou James do meu abraço e saiu expulsando-o do quarto. Ele ainda olhou para trás e deu de ombros, como quem dizia que "era impossível conter aquele furacão".

tapete VERMELHO

Eu ri, mas senti uma forte vontade de esganar o pescoço adorável de minha irmã.

— Mari, você não acha que está exagerando? — perguntei e aceitei que ela me guiasse até a penteadeira do *closet*.

— Claro que não, Marina. Dá azar o noivo ver a noiva antes do casamento — afirmou ela.

— Sei... fala aquela que foi pega pelo tio Rubens no flagra dando uns amassos antes da cerimônia... — comentei rindo e levei um tapa na cabeça. — Ai! Doeu!

— Cale-se, garota. Chantageei o tio Rubens e pago até hoje uma caixa de cervejas por mês por causa desse lapso — retrucou ela, indignada.

Nós duas caímos na risada porque aquilo era hilário mesmo. Estávamos enxugando as lágrimas dos olhos quando Jenny chegou afobada ao meu quarto.

— Nina! Onde está você? — gritou ela a plenos pulmões.

— Aqui! — respondi no mesmo tom.

Ela chegou carregando o vestido de noiva na embalagem apropriada. Seus braços estavam atolados de sacolas e coisas. Senti as borboletas revoando. Meu vestido de noiva estava ali!

— Uau. Passou em uma loja e fez compras antes, Jenny? — perguntei ironicamente.

— Óbvio que não, espertalhona — respondeu e quase me deu um tapa no braço, mas eu desviei.

— Parem de me bater! Eu vou acabar cheia de hematomas desse jeito! —disse eu, fingindo revolta.

— Então pare de se comportar como uma garota resmungona e se comporte — mandou Mariana.

— Uau. Parece a mamãe falando — comentei, admirada.

Jenny abriu o plástico que protegia o vestido e Mariana suspirou de maneira cômica.

— Meu Deus!!! É o vestido mais lindo que já vi! — exclamou ela e enxugou uma lágrima. — Mais lindo até que o meu, o que é bem difícil, mas tenho que admitir. Melissa vai desmaiar em pânico — Mariana exultou, rindo.

Olhei maravilhada para o vestido que Jenny havia mandado confeccionar para mim. Como eu confiava plenamente em seu gosto, deixei ao seu cargo essa tarefa. E eu não havia me decepcionado de forma alguma. O vestido era absurdamente lindo.

Contemporâneo e retrô ao mesmo tempo. Se é que havia a possibilidade disso acontecer.

Mariana começou a me abraçar empolgada enquanto jorrava palavras em português, deixando Jenny rolando os olhos porque não estava entendendo absolutamente nada.

— Céus... odeio ficar no vácuo — comentou ela. — Diga à sua irmã para falar em inglês. Quero saber a opinião dela sobre o vestido sem ter que pressionar a tecla SAP. Quero ouvir os elogios à minha magnificência em alto e bom tom!

Eu ri e acalmei Mariana.

— Mari... Mari! — gritei e consegui sua atenção. — Jenny quer saber o que você achou... em inglês, por favor.

Mari parou estática tentando se concentrar no que diria.

— Sensacional, Jenny!!! Não é à toa que minha irmãzinha sempre está divina nos eventos que comparece com James.

Jenny ficou encantada com os elogios e é obvio que ela não era nem um pouco modesta de seu talento, para corar. Ela aceitava de bom grado os elogios ao seu estilo e sua sabedoria em detectar o estilo de cada cliente seu.

— Obrigada, Mari — agradeceu ela. — Mas a modelo ajuda bastante, sabe? Marina veste bem praticamente tudo o que eu seleciono para ela.

Eu sim senti meu rosto corar violentamente. Eu tinha que admitir que ganhei uma amiga *fashion* no processo. Era bom saber que Jenny conhecia meus gostos quase melhor que eu mesma.

As horas se passaram com as duas fofocando efusivamente. Melissa chegou mais tarde, já que havia ficado por conta dos meus sobrinhos e os levara para um passeio pela cidade.

O quarto funcionava como um verdadeiro salão de beleza, com profissionais indo de lá para cá em polvorosa e arrumando as mulheres dóceis. Nós, claro. Eu, Mari, Melissa e minha mãe. Cada uma já estava devidamente vestida em seus trajes, quando uma batida na porta interrompeu a conversa.

tapete VERMELHO

Jenny abriu apenas uma fresta da porta e ouvimos sua conversa.

— Não, senhor, James. Você fica fora. *Capisce?* — disse ela. — Estamos preparando tudo para que seu dia seja maravilhoso, afinal, preciso garantir meu salário ao fim do mês. Embora eu espere um aumento depois de mandar esse presente embrulhado ao seu encontro.

Não conseguimos ouvir o que ele disse, mas deve ter sido algo engraçado, já que Jenny gargalhou alto e fechou a porta bruscamente.

— Homens! — exclamou ela e continuou sua jornada em me arrumar.

Quando, enfim, eu estava pronta, apenas aguardando o momento certo de fazer minha aparição, minha mãe segurou minha mão e me levou ao grande espelho no canto do quarto.

Confesso que a imagem ali era uma de sonho. Se eu pudesse viajar em minha imaginação naquele instante, até diria que um filtro, como uma névoa, estava à minha frente, transformando a imagem em algo surreal.

O vestido Vera Wang era maravilhoso. De corpete tomara que caia, moldava a parte de cima do corpo de maneira excepcional, enquanto a saia se abria diáfana em metros e metros de tule branco. Era simples e belo. Do jeito que eu gostava. Sem ostentação e aquela suntuosidade gritante que tantas divas de Hollywood faziam questão de mostrar.

Jenny colocou a tiara delicada com o véu espanhol e minha mãe delicadamente me beijou no rosto.

— Filha, você está maravilhosa — exclamou ela, emocionada. — Digna de um castelo, de um filme, digna de um príncipe como o que você conquistou — acrescentou e enxugou uma lágrima. *Obrigada, Senhor, pela maquiagem à prova d'água!* Agradeci mentalmente.

— Ei, mãe! Nossos maridos também são príncipes! — gritou Melissa.

— Cale-se, Mel. Você está estragando o momento melodramático da mamãe. — mandou Mariana e as duas receberam um olhar assassino de mamãe.

As duas calaram-se automaticamente.

— Ignore, querida. Elas já passaram por esta fase e estão morrendo de inveja... —disse ela e piscou. Sorrindo e derramando lágrimas ao mesmo tempo.

— Saudosismo — minhas irmãs responderam em uníssono e começamos a rir. — Embora a inveja possa fazer parte do esquema por conta do noivo em questão... — Mariana completou.

Visivelmente minha mãe estava emocionada. Acho que, afinal, a festa, a cerimônia grandiosa, onde a família entrega a noiva ao noivo, poderia realmente trazer à tona a magia do momento. Eu já estava casada, já vivia uma vida de casada, já aderira a uma rotina de mulher casada. Mas ali, naquele momento, era como se fosse a primeira vez que faria os votos a James e entregaria minha vida a ele. Oficialmente, claro. E diante de testemunhas. Muitas testemunhas.

O tumulto do quarto diminuiu e as pessoas foram deixando o ambiente silencioso. Mamãe me levou de mãos dadas até o corredor e a escadaria central, onde, lá embaixo, meu pai aguardava. E eu poderia dizer que ele estava nervoso ao extremo. Sua gravata provavelmente vinha acompanhada de urticária, porque ele coçava o pescoço desavergonhadamente.

— Angelo! Pelo amor de Deus! — gritou mamãe. — Você vai levar nossa filha ao altar dessa maneira? Parecendo um cão sarnento? — mamãe ralhou com ele.

Ele olhou de cara feia para mamãe.

— Por Deus, porque não ajustaram isso ao meu pescoço?

— Está apertado, papai? — perguntei.

— Está sim, filha... mas agora esqueci tudo isso ao vê-la linda desse jeito — disse ele e me abraçou.

Minhas costelas estavam um pouco contundidas com o entusiasmo de seu abraço, mas eu não poderia reclamar. Eu era a última filha a ser entregue e deixar as asas do pai.

Passados os momentos em que a minha maquiagem quase tirou férias, fomos devidamente posicionados para a entrada triunfal.

Mariana estava se abanando e Melissa suspirando.

— O que foi? — Olhei desconfiada para as duas.

— Você já viu o tanto de astros de cinema que estão presentes? — perguntou Mel.

— Meu Deus! O Bart Montridge está aí! Vou desmaiar, juro! — exclamou Mari empolgada.

— Eu acho que vi o Henry Cavill, cara... e se for ele... meu Deus... — Melissa falou se abanando —, me segurem porque vai rolar divórcio. E um possível escândalo.

tapete VERMELHO

— Caracas... duas fanáticas ao meu lado... o que fiz para merecer isso — comentei e olhei enviesado para as duas. — Se comportem! Quanto mais vocês fingirem que eles são normais, mais legais eles serão.

— Marina — contestou Melissa. — Não dá pra fingir que eles são normais, meu bem. Você sempre teve um parafuso a menos na cabeça e consegue isso... nós não.

— Jesus, agora percebi que não tenho nenhum papel para pegar autógrafos! — afirmou Mari com pavor. — Embora eu ache que um guardanapo sirva para o mesmo fim, certo, Mel?

— Claro, querida. Carreguei a bateria do meu celular e estou preparada para fazer *selfies* a torto e à direita. Minhas amigas da academia vão morrer de inveja! — Melissa riu maldosamente. — Se eu pedir um autógrafo para o Henry, exatamente aqui nos meus peitos... você acha que será muito chocante?

As duas começaram a rir.

— Podemos imprimir as fotos e colar em nossas gavetas de calcinha, que tal? — sugeriu Mariana.

Rolei os olhos sem acreditar naquele diálogo insano.

As duas riram e calaram-se quando seus respectivos maridos chegaram. Elas se entreolharam e começaram a rir mais ainda.

Segurei meu riso porque a alegria incomparável delas me dava um prazer imenso. Embora eu achasse embaraçoso o lance da tietagem, porque a maioria dos astros de cinema odiava aquilo e muitos agiam de maneira fria e seca. O que fazia com que seus fãs muitas vezes se decepcionassem de maneira irrevogável.

A música que anunciava o início da cerimônia começou e o cortejo seguiu em frente. Meu pai exalou forte e me deu um aperto na mão.

— Vai ficar tudo bem, filhinha. Você vai ver... — afirmou ele.

Okay. O discurso do meu pai era estranho. Na verdade, parecia que ele estava se acalmando e não a mim. Quando a marcha nupcial começou, nós andamos pelo portal que dava acesso ao jardim maravilhosamente ornamentado. Estava um dia lindo. Um final de tarde espetacular. Cerca de 200 convidados se acomodavam em suas poltronas douradas, enquanto eu arrastava meu olhar em busca do homem dos meus sonhos.

Quando nossos olhares se cruzaram, eu sabia que meu destino estava traçado. Minha vida estava unida à dele de maneira contundente. Eu sabia que minha jornada em seu mundo completamente glamoroso seria um desafio e eu teria que praticamente matar um leão por dia. Mas valia a pena quando eu olhava em seus belos olhos azuis esverdeados e me perdia dentro deles.

Encontramos-nos quase ao final do tapete e James apertou a mão de meu pai e ajeitou a minha à sua, com nossos dedos entrelaçados.

A cerimônia prosseguiu e James sempre buscava meu olhar junto ao seu. O sorriso que trocamos era recatado, mas cheio de promessas. Estávamos apenas cumprindo um protocolo, porém estávamos mais do que envolvidos em todo o evento.

Um helicóptero sobrevoava a nossa propriedade e nem assim James perdeu a compostura. Obviamente naquele mesmo dia, as notícias já estariam divulgadas em diversos sites e não haveria nada que poderíamos fazer. Era como o velho ditado. Estando na chuva, o mínimo que poderíamos esperar era sairmos molhados da experiência.

Eu estava na chuva com James. Eu ficaria com ele eternamente, enquanto durassem meus dias. Uma viagem tão simples e despretensiosa acabou me levando para os braços daquele homem espetacular que agora me erguia em seu colo e me beijava eloquentemente enquanto os aplausos explodiam pelo jardim. A cerimônia passou tão rápido que eu sequer percebi a hora derradeira onde o "marido poderia beijar a noiva". Só sei que flutuei nos braços do amor da minha vida e só aí permiti que uma lágrima sem vergonha escorresse suavemente pelo meu rosto. E nem assim, minha maquiagem derreteu.

JAMES BRADLEY

Não há palavras para descrever o sentimento que arde no peito quando você vê o amor da sua vida caminhando na sua direção, vestida como se fosse uma princesa encantada, porém com o olhar mais *sexy* e o sorriso mais arrasador do mundo.

Estar confinado naquela sala Vip do aeroporto, tantos meses atrás, mesmo que tenha me deixado irritado, ter tomado a decisão impulsiva ao esbarrar com a garota misteriosa no mesmo lugar, amargar aquela semana de expectativa, por fim cedendo à imensa vontade de vê-la de novo, somente para provar que ela era mais do que especial... Aquilo ali somente confirmou que Marina era pra ser minha, desde sempre. Que nossos destinos estavam traçados.

Enfrentaríamos os obstáculos que estivessem à frente. Eu a ensinaria a lidar com as feiuras que existiam por trás dos bastidores da fama que me cercava, tentaria protegê-la com minha própria vida, a partir daquele momento.

A única coisa que eu sabia era que, dali por diante, só havia o prenúncio de uma história linda de amor a ser tecida. Desde que ela estivesse ao meu lado.

FIM

Nota da Autora

Quando Tapete Vermelho foi lançado em 2013, foi minha primeira experiência como escritora. Meu primeiro "bebê" literário. Vou sempre considerá-lo meu xodó. Meu queridinho do coração. Os personagens sempre serão mais do que especiais, e tenho um carinho por James Bradley que quase nenhum outro personagem masculino conseguiu superar. Mesmo que ele tenha seus defeitos e receba críticas, eu tenho um amor irradiante por ele. E pela docilidade e pureza juvenil de Marina.

Eu quis criar uma fantasia que talvez toda adolescente já tenha tido alguma vez na vida. Ao longo da minha jornada, desde o lançamento, não foram poucas as mensagens que já recebi de leitoras que disseram terem ido a Los Angeles e terem imaginado a "glória" de poderem encontrar um James Bradley no aeroporto LAX. Acho que até eu ficaria de rabo de olho, à espreita...

Reeditar essa versão, quase nove anos depois de ter sido escrito, em 2009, foi tão difícil e tão divertido quanto. Acho que na mesma medida. Nesses mais de cinco anos, desde o lançamento, eu já publiquei quinze livros, incontáveis contos e pude aprimorar um pouquinho a escrita, crendo, assim, que amadureci a forma de escrever.

Daí, poder relançar, anos depois, é simplesmente algo fantástico e maravilhoso, porque sempre tive o sonho de ver Tapete Vermelho alcançar o maior número de corações possíveis, com o único intuito de levar uma história de contos de fadas moderna, de amor à primeira vista, que acredito totalmente existir, de amor puro e arrebatador, daqueles que nos tiram o chão e nos fazem sonhar ao mesmo tempo.

Minha meta é espalhar o amor, de maneira fofa.

Espero que gostem dessa versão. É basicamente fiel à versão original, mas está editado em algumas cenas, em coisas que achei que poderiam ser melhoradas, além da inserção de alguns trechos do ponto de vista do James, já que muita gente ama conhecer um pouco da cabeça do mocinho da história, fora a cena do epílogo, que sempre foi uma queixa de muitos, à época, então agora ela está aí, inserida para a vossa alegria.

Então... *voilà*!

Love Ya'll.

M. S. F A Y E S

Agradecimentos

A Deus, que me permitiu sonhar. E desenterrar os talentos que Ele me presenteou e acreditou que eu pudesse ter.

Ao meu marido e filhos. Quando escrevi *Tapete Vermelho*, meus filhos eram tão pequenos e escrevi como uma espécie de terapia materna, para descansar a mente do estresse do dia a dia. Pode ser que nesse meio, eu não tenha surtado, por conta dessa nova empreitada, mas o sonho de prosseguir, custou aos meus filhos muito tempo que abdiquei de estar somente com eles.

À minha família, especialmente àqueles que desde o início acreditaram que era possível, bastava que eu fosse adiante.

Aos meus amigos, que sempre estiveram presentes, mais ainda quando souberam que *Tapete Vermelho* era meu primeiro livro. Essa versão agora, anos depois, é uma reedição, linda e fruto de tanto trabalho e tanto esforço, depois de tantos anos, que o orgulho que sinto é tão igual, ou maior ainda do que o que senti quando peguei a primeira edição impressa pela primeira vez.

Aos blogueiros mais lindos do mundo, que fazem com que a jornada seja muito mais amena e divertida. Há tumultos, há lágrimas, há dores. Mas sempre haverá vocês: os parceiros. Nossa, como amo meus parceiros. Eu os tenho como meus amigos. Sempre.

Decidi que não tenho como citar os nomes um a um, porque percebi que estou deixando muitas pessoas enciumadas ao longo do caminho. Dos amigos que cito, aos que deixo de citar. Mas saibam que amo do fundo do coração.

Aos meus leitores, que me permitem continuar. Vocês são a razão de eu continuar no caminho. Não há um único dia que não passa o pensamento tortuoso de simplesmente abandonar tudo, mas cada mensagem de carinho que recebo, por mais singela que seja, cada demonstração de apreço pelas minhas obras, tão despretensiosamente simples, faz com que meu coração se encha de alegria e perseverança por continuar e tentar trazer um pouco mais de entretenimento a vocês. Minha meta é arrancar-lhes um suspiro, um sorriso, um momento fofo. Para mim, isso basta.

Vou deixar um agradecimento mais do que especial à Mari Sales, minha Maricota, que salvou mais do que o próprio Windows, me salvou mais do que um bombeiro... Me deu um socorro quase no nível de paramédico... Tudo virtualmente. Vou te amar para sempre.

À minha equipe de betas. Amo vocês por sempre me colocarem nos trilhos, me darem os cascudos necessários e os conselhos sábios.

À editora The Gift Box, especialmente Roberta Teixeira, que acolheu o *Tapete Vermelho* com o maior carinho. Você não faz ideia do quanto esse gesto cobriu minha alma de alegria, por acreditar que o romance puro ainda vive e pode aquecer a literatura, mesmo em sua forma mais doce. Muito obrigada por acreditar em mim. Roberta II, R2D2, *thanks* pela amizade. Amo as duas Robertas da minha vida. Drizinha, capista fabulinda, que mais uma vez deu vida com maestria ao livro do meu coração.

A The Gift Box é uma editora brasileira, com publicações de autores nacionais e estrangeiros, que surgiu no mercado em janeiro de 2018. Nossos livros estão sempre entre os mais vendidos da Amazon e já receberam diversos destaques em blogs literários e na própria Amazon.

Temos o nosso próprio evento, o The Gift Day, onde fazemos parcerias com outras editoras para trazer autores nacionais e estrangeiros, além de modelos de capas.

A The Gift também está presente no mercado internacional de eventos, com patrocínio e participação em alguns como o RARE London (Fevereiro) e RARE Roma (Junho).

Somos uma empresa jovem, cheia de energia e paixão pela literatura de romance e queremos incentivar cada vez mais a leitura e o crescimento de nossos autores e parceiros.

Acompanhe a The Gift Box nas redes sociais para ficar por dentro de todas as novidades.

 www.thegiftboxbr.com

 /thegiftboxbr.com

 @thegiftboxbr

 @thegiftboxbr